# Los guardianes de las alturas

Brenda Silvagnoli

1

Los guardianes de las alturas
Copyright © 2013 por Brenda Silvagnoli

Título original: Giovánnoli y los guardianes de las alturas

Corregido por: Manuel Fernández
Diagramación: Editorial Co.Libri Publishing LLC.

# Contenido

# Dedicatoria

Este libro está dedicado a mis tres maravillosos hijos. Ustedes fueron mi inspiración y motivación para escribir cada día. Cada uno de ustedes ha llenado mi vida de felicidad, aventura, amor, paz y alegría. El cielo me regaló tres ángeles que llenaron mi corazón de luz y esperanza.

Lo más bello del mundo es ser madre y me siento muy orgullosa de mis hijos. Ustedes han sido un milagro en mi vida y deseo que sean muy felices. Lo más importante de la vida es amar y cuidar a la familia. Yo les pido que ustedes se amen y se cuiden los unos a los otros, siempre como hermanos.

Mamá

# Agradecimientos

En primer lugar quiero agradecer a Dios por la oportunidad que me ha dado de escribir esta historia. Gracias por bendecirme y darme la oportunidad de llegar a los corazones de muchas personas.

Quiero agradecerle a mi querido esposo Jusseppe Silvagnoli por su gran apoyo en la creación de este libro, sin su ayuda no lo hubiese logrado. Gracias por creer en mí desde el principio y por darme la motivación que muchas veces necesité. Has llevado en tu espalda todo el peso de nuestro hogar trabajando duro cada día para sostener a nuestra familia. Por ser un esposo maravilloso y un padre ejemplar, me siento muy orgullosa de que sea parte de mi vida.

De igual manera quiero agradecerle a mis padres Brunilda y Enrique Martínez por la gran ayuda y amor que me han brindado todo este tiempo. Gracias por abrirnos la puerta de su hogar a todos nosotros y por dedicarnos cada segundo de su tiempo. Gracias por habernos enseñado el valor y la importancia de la familia.

También quiero agradecer de todo corazón a mi hermano Carlos Martínez quien ha hecho un excelente trabajo en el proceso de corregir esta historia y haber hecho posible la venta de la primera edición de este libro. Gracias por todo tu esfuerzo y dedicación en cada detalle del montaje del libro. Gracias a toda tu experiencia y conocimiento, este sueño pudo convertirse en realidad. Trabajar contigo ha sido una experiencia maravillosa y espero volver a trabajar junto a ti muy pronto.

Brenda Silvagnoli

# Introducción

El bien y el mal han existido desde la creación del mundo enfrentándose en una batalla visible e invisible. Los dos viven dentro de cada uno de nosotros luchando el uno con el otro diariamente. Son una fuerza tan poderosa que se pueden ver, sentir y escuchar alrededor del mundo. Solo nosotros mismos podemos escoger cuál de ellos vencerá cada día. En este libro podrán ver un ejemplo de cómo el bien siempre triunfa sobre el mal como una fuerza inexplicable. No importan las circunstancias de tu vida siempre puedes salir adelante y ser vencedor sobre todo mal. Escojan con mucho cuidado...

# Capítulo I
## El nacimiento de un príncipe

Era muy temprano aquella mañana, apenas estaba amaneciendo. Serena observaba a su esposo detenidamente en el comedor, mientras él bebía su primera taza de café de ese día. Él, sin prestarle atención, escribía algo en la nueva minicomputadora que había comprado unas semanas antes. El aroma del café recién colado llenaba toda la casa, provocando que Serena deseara beber un poco. Esta sería la primera vez que saldría de su casa sin beber café, ya que el procedimiento que recibiría en la oficina del doctor no le permitía comer ni beber nada.

—Carl, debemos irnos ya —dijo Serena a su esposo—. No quiero llegar tarde.

—Sí, sí, vámonos —dijo Carl dándole un vistazo a su reloj—. ¿Crees que nos tome mucho tiempo llegar al consultorio del doctor? Hoy tengo una reunión muy importante y no quiero llegar tarde —continuó Carl mientras se ponía su chaqueta.

—No lo sé —contestó Serena fingiendo una sonrisa.

Antes de salir de la casa, Serena miró su foto de bodas que colgaba en una de las paredes de la entrada. "Dios bendiga a esta familia" decía el marco de la foto. «"¿Estaré rechazando las bendiciones de Dios?", pensó Serena contemplando la foto».

Serena y Carl se habían conocido en el primer año de universidad donde asistían a varias clases juntos. Serena era una chica callada y tímida, pero su gran belleza no la dejaba pasar desapercibida. Llevaba siempre su pelo negro recogido en una cola de caballo. Carl era un joven alborotado y muy sociable. Había recibido una beca estudiantil para jugar en el equipo de soccer de la universidad. Era alto, delgado y muy guapo; estaba siempre bien presentado y a la moda. Sus ojos verdes cautivaban y su sonrisa blanca invitaba a sonreír. El estilo conservador de Serena había llamado la atención de Carl.

Una mañana de otoño, antes de comenzar una de las clases que tomaban juntos, se hablaron por primera vez.

—¿Tienes un lápiz que me prestes? —preguntó Carl a Serena llamando su atención.

—Sí, claro —contestó ella mirándolo por primera vez a los ojos. Él sintió algo muy raro en su estómago al escuchar su voz, y un flechazo en el pecho al contemplar sus ojos azules, haciéndole sentir algo desconocido que no había experimentado anteriormente.

El amor creció durante los años de universidad mientras se conocían, ayudándose mutuamente en sus estudios. Se casaron unas semanas después de su graduación, estando seguros de que eran el uno para el otro y estaban decididos a pasar toda la vida juntos.

—¿Estás bien? —preguntó Carl mientras conducía—. ¡Estás muy callada!

—Estoy muy nerviosa —dijo ella.

—No tienes por qué estarlo. El doctor dijo que el procedimiento será muy rápido y casi sin dolor —continuó Carl.

—No estoy segura de hacerlo —dijo Serena mirando a Carl.

—¿¡Qué!? —exclamó Carl con asombro—. Serena, hemos estado hablando sobre esto durante meses —añadió alterándose.

—Yo sé que ya lo habíamos decidido, pero a lo mejor podemos intentarlo —replicó Serena esperanzada.

—Acabamos de comenzar un nuevo trabajo hace solo unos meses. Este no es el momento para esto —dijo Carl deteniendo el auto. "Centro de planificación familiar", decía el letrero al frente del edificio.

—De acuerdo —dijo Serena bajando la mirada con resignación y tristeza.

—Nosotros aún somos muy jóvenes, y comenzar una familia es un paso muy grande. Ya tendremos tiempo para tener hijos. ¡Te lo prometo!, pero ahora no es el momento adecuado —dijo Carl acariciándola y secándole una lágrima que rodaba por su mejilla.

El sol brillaba intensamente en el cielo despejado, aquel hermoso día de verano. Aunque la temperatura era casi de noventa grados, Serena sentía escalofríos por todo su cuerpo. Ya estaba a finales de su sexto mes, pero su barriga había crecido poco. En la última visita, el doctor le había dicho que era "ahora o nunca", ya que si entraba al séptimo mes sería muy tarde y la intervención no se podría llevar a cabo.

—¿Estás lista? —preguntó Carl, tomando la mano de Serena antes de abrir la puerta del consultorio.

Ella asintió con la cabeza sin hablar. Serena caminaba cabizbaja, llena de vergüenza, deseando que todo acabara de una vez para poder continuar con su vida y sin sentirse tan culpable. Pero lo que ella no sabía era que ese sentimiento nunca se iría a desvanecer sino que crecería cada vez más.

La sala de espera estaba completamente llena. Serena se registró con la enfermera de la recepción donde llenó todos los papeles con la información requerida.

—¿Esto es todo? —preguntó Serena al entregar los papeles.

–Sí. Te puedes sentar en la sala de espera. Pronto te llamaremos –contestó fríamente la enfermera sin dejar de escribir en la computadora y sin hacer ningún contacto visual con Serena.

–Serena Poloc –llamó otra enfermera que la esperaba a la entrada de otro salón, sin darle tiempo de sentarse en la sala de espera. Serena buscó a Carl con la mirada pero él había salido del edificio para hablar por el celular sin darse cuenta de que ella lo necesitaba a su lado.

–Ven conmigo –dijo la enfermera dirigiéndola por un pasillo en el cual había muchas puertas cerradas marcadas con números. Finalmente se detuvo en una de ellas casi al fondo del pasillo. Serena estaba cada vez más nerviosa y quería salir corriendo de aquel lugar.

–Por aquí, por favor. Quítate la ropa y ponte la bata que está encima de la camilla –dijo la enfermera entrando a la habitación, con una seria expresión en su rostro. Luego se dirigió a una mesa llena de instrumentos de uso médico al lado de la camilla, sacó de un cajón varios instrumentos más que puso al lado de los otros.

–El doctor te atenderá pronto –le dijo a Serena sin mirarla mientras salía de la sala.

Serena hizo lo que le mandó la enfermera, mientras observaba todo a su alrededor. La habitación era pequeña pero bien iluminada. La temperatura era extremadamente fría en aquel lugar. Serena observó detenidamente la mesa larga al lado de la camilla la cual estaba llena de instrumentos médicos raros para ella. Llamó su atención uno muy parecido a una aspiradora, con un par de tubos plásticos de succión conectados al aparato. En eso, escuchó algunos leves gritos de dolor que provenían de la sala contigua. Serena respiró profundamente tratando de calmarse y no caer en pánico. Su corazón latía

11

fuertemente queriendo salírsele del pecho y comenzó a sentirse mareada por los nervios. De momento sintió algo que brincaba en su vientre llamando su atención. Serena sonrió poniendo sus manos encima de su barriga mientras la miraba deseando sentirlo otra vez. Era la primera vez que sentía las patadas del bebé dentro de ella; pensó que era el nerviosismo que tenía y se lo había transmitido a la criatura. O quizá el bebé sospechaba algo malo y se hacía notar para tratar de cambiar la decisión de su madre. Serena estaba llena de felicidad y asombro al sentir su vientre saltar por primera vez. Pero ella sabía que debía ahogar ese sentimiento porque otra era su realidad.

—Buenos días —dijo el doctor abriendo la puerta con una actitud muy calmada y amable. Serena se había quedado paralizada de miedo en una esquina de la habitación—. Te puedes sentar en la camilla —dijo el doctor arreglándose los espejuelos. Serena se sentó en la camilla colocando sus manos encima de las rodillas.

—Doctor, ¿esto dolerá? —preguntó Serena con voz temblorosa, recordando los gritos que había escuchado unos minutos antes.

—Esto durará unos cuantos minutos y puede que duela un poco —contestó el doctor poniéndose unos guantes plásticos.

—¿Qué hiciste? —preguntó el doctor mirando a Serena entre las piernas con espanto.

—¿Qué? —exclamó ella confundida, frunciendo la frente.

—¡Estás sangrando! ¿Qué te hiciste? —preguntó el doctor preocupado.

—Yo no he hecho nada —replicó Serena mirando su bata llena de sangre, sin saber lo que estaba sucediendo.

—¿Estás nerviosa? —preguntó el doctor. Ella afirmó con su cabeza sin poder hablar—. A veces, cuando las mujeres en tu condición entran en estado de pánico severo, se provocan sangrados como el que estás experimentando en este momento —dijo el doctor mientras se acercaba a la puerta llamando a la enfermera.

La misma enfermera que la había llevado a esa habitación entró dirigiéndose a la camilla y se quedó parada al lado de Serena.

—Estamos listos —dijo el doctor poniéndose una mascarilla y encendiendo la aspiradora de los tubos plásticos.

—Acuéstate por favor —le dijo la enfermera a Serena. Ella respiró profundo mientras se acostaba en la camilla, cerrando los ojos y apretando fuertemente los puños. Los minutos pasaban lentamente mientras Serena sentía que le estaban succionando todo por dentro. Ella quería gritar, pero de sus ojos solo salían lágrimas de amargura y dolor. De repente, comenzó a sentir que todo daba vueltas y le llegó un deseo muy fuerte de vomitar. Serena se inclinó hacia fuera de la camilla y vomitó sin poder evitarlo. El doctor apagó la máquina, esperando a que ella se recuperara, para poder continuar.

—Serena, se ha presentado una complicación que no esperaba y voy a tener que sedarte con un poco de anestesia —dijo el doctor mientras preparaba la inyección. Serena escuchaba hablar al doctor pero no podía entender lo que decía. La enfermera la ayudó a recostarse en la camilla para no caerse. Era tanto el dolor que sentía en ese momento, que no se dio cuenta cuando le pusieron la anestesia. Después de unos segundos, Serena quedó completamente dormida.

Fuera, en la sala de espera, Carl estaba ajeno a todo lo que sucedía dentro del pequeño cuarto donde estaban atendiendo a su esposa. Él enviaba algunos mensajes por celular y, en su minicomputadora, terminaba la presentación para la reunión que tendría en su oficina dentro de unas pocas horas. Repentinamente, cinco hombres enmascarados y armados entraron violentamente al edificio.

—¡Todos al suelo! ¡Todos al suelo! —gritaba el que parecía ser el líder del grupo, mientras los demás tiraban a la gente al suelo y los despojaban de objetos valiosos y dinero. Las mujeres lloraban y trataban de no mirar ni de llamar la atención de los enmascarados quienes usaban una especie de batas largas negras que impedían ver el color de su piel o alguna marca que pudiera identificarlos. Todos cargaban poderosas armas que intimidaban solo de verlas. «"¡Debo hacer algo para detenerlos!", pensó Carl». Sacó su teléfono que había escondido para que no se lo quitaran, y tratando de no ser oído marcó a la policía; no para hablar sino para que se dieran cuenta de lo estaba sucediendo allí.

—¡Buenos días, este es el departamento de la policía! ¿Quién habla? —preguntó una fuerte voz al otro lado de la línea. Carl trató de tapar la bocina para que no se escuchara, pero ya era demasiado tarde. Uno de los hombres enmascarados había escuchado y corrió hacia Carl apuntándole con su arma; Carl trató de escapar, pero el hombre lo golpeó en la cara tirándolo nuevamente al suelo.

Dos de los hombres de negro apuntaban a las personas que estaban en el suelo, mientras los demás registraban todo el edificio.

—¿Qué tenemos aquí? ¡Un valiente que quiere convertirse en héroe! —dijo el hombre tomándolo por el cuello, mientras le quitaba el celular. El enmas-

14

carado lanzó el celular al aire y de un certero disparo lo partió en mil pedazos que cayeron por todos lados.

—¡Tú eres un criminal! —dijo Carl con enojo.

—Entonces tenemos algo en común —respondió el hombre levantando a Carl por el cuello y dejándolo casi sin respiración.

—Tú y yo no tenemos nada en común —dijo Carl casi sin aliento.

—¿Por qué razón estás en este lugar? ¡Te sientes libre de culpa porque eres tú el que está fuera y ella dentro! ¡Tú eres el criminal! —gritó el hombre muy molesto arrojando a Carl hasta el otro rincón de la habitación y dejándolo muy herido.

—Vienen aquí a resolver su problema y luego siguen su vida como si nada hubiera pasado —exclamó el hombre mirando a todos los que estaban en el suelo.

—Somos más parecidos de lo que crees —continuó el hombre mientras apuntaba a Carl, listo para disparar.

—¡Suelta el arma! —gritó un hombre en la puerta de la entrada del edificio.

—¡Ja, ja, ja, la policía está aquí! —dijo el hombre de negro, al tiempo que disparaba mientras corría hacia la ventanilla de la oficina lanzándose dentro de la habitación. El primer policía que entró corrió tras el hombre, mientras los demás sacaban a las personas del edificio.

Carl adolorido, pero aún consciente, sabía que Serena todavía estaba dentro y tenía que sacarla de allí. Sin obedecer las órdenes de la policía que pedían salir del edificio, Carl entró corriendo buscando desesperadamente en todas las habitaciones que encontraba a su paso mientras los disparos se escuchaban por todas partes. Finalmente, al llegar a una habitación que tenía la puerta abierta, Carl se sorprendió al ver a su esposa inconsciente en una camilla con sangre en el suelo y en su ropa. Su corazón se detuvo al pensar que le habían disparado y que estaba muerta; pero al acercarse, se dio cuenta de que respiraba. Rápidamente la envolvió en las sábanas y cargándola la sacó del edificio y la puso a salvo.

—¡Cusco!, ¡Entrégate, estás rodeado! —gritó el policía mientras revisaba las habitaciones.

—¡Nunca, y tú lo sabes! ¡No descansaré hasta acabar con todos ellos! —respondió el líder del grupo.

—¿Qué haces en este lugar? —preguntó el policía, abriendo una de las puertas y apuntando dentro de ella con su arma.

—¡Estoy buscando algo! —dijo Cusco.

—¿Qué es lo que buscas? —preguntó el policía abriendo otra habitación.

—Venganza —dijo Cusco.

El policía sintió la presencia de alguien detrás de él. Al darse vuelta vio a Cusco que le apuntaba con su arma.

—Vaya, vaya, no lo puedo creer, si es el poderoso Hex —dijo Cusco muy sorprendido al descubrir a quien le apuntaba—. Esto se pone cada vez mejor.

—Cusco, Cusco, debemos irnos ya —urgió uno de sus hombres irrumpiendo en la habitación.

—Váyanse ahora todos —ordenó Cusco. Ellos obedecieron inmediatamente, abandonando el edificio.

—Ninguna de estas personas tiene culpa de nada —dijo Hex con las manos arriba.

—¿Por qué los defiendes y los ayudas si nos quitaron todo lo que era nuestro? —preguntó Cusco con enojo—. Si te unes a mí, seremos invencibles. Acabaremos con los humanos y la Tierra será nuestra.

—Yo nunca me uniré a ti —dijo Hex. En ese momento Carl regresó al edificio, pero esta vez armado. Siguiendo el sonido de las voces, llegó a donde Cusco y Hex se encontraban. Silenciosamente se ubicó detrás de Cusco y le disparó en la espalda sin previo aviso. Cusco dio un grito de dolor y soltó su arma; pero inmediatamente se volteó hacia Carl, y haciendo un ademán con las manos hacia delante produjo una ráfaga de viento tan fuerte que lanzó a Carl contra la pared del pasillo.

—¡Tú otra vez! —dijo Cusco furioso mientras se quitaba la máscara dirigiéndose hacia él amenazante. Carl se sorprendió al verlo; sus ojos eran negros y su cara estaba completamente llena de horribles cicatrices grises, rojas y negras, lo mismo que su cabeza totalmente desprovista de pelo. Llegó hasta Carl y lo agarró por el cuello levantándolo del piso.

—¡Suéltalo! —gritó Hex, apuntándole con su arma.

—Me voy a asegurar de que tu hijo te odie y que los destruya a todos ustedes —gruñó Cusco acercándose a Carl mientras lo sacudía tomándolo del cuello. Carl no entendió el alcance de esas palabras, pero estaba seguro de que no viviría para saberlo. Cusco arrojó a Carl contra el techo provocándole un fuerte golpe en la cabeza haciendo que cayera al suelo inconsciente. Hex corrió hacia Carl para asegurarse de que estaba vivo, circunstancia que aprovechó Cusco para escapar del edificio. Al mismo tiempo un grupo de policías entró al consultorio, y Hex les ordenó llevar a Carl para ser atendido.

Hex sabía que Cusco había escapado sin lograr su propósito y estaba convencido de que pronto volvería a atacar, pues él y su ejército se fortalecían cada vez más; por eso temía por el futuro de la humanidad que, ajena al peligro que la amenazaba desde las alturas, seguía su vida normal en el planeta Tierra. También era consciente de que solo un milagro podría impedir que esos malvados lograran su cometido. Él no sabía cuál sería ese milagro, pero estaba seguro de que la respuesta llegaría muy pronto.

Hex era un hombre sumamente alto, con grandes músculos e incomparable fuerza. Su cabello negro solo crecía en una línea ancha en su cabeza. De ojos grises muy claros que resaltaban en su pálida piel. No era nativo del planeta Tierra pero lo visitaba con frecuencia. En su mundo era muy importante, mas cuando estaba en la Tierra se distinguía por su humildad y espíritu de servicio. Estando en el edificio, Hex escuchó algo muy extraño que no había oído anteriormente. Siguiendo aquel sonido llegó a una habitación donde, para su gran sorpresa, encontró algo que conmovió su corazón; algo que cambiaría su vida, y también la del planeta Tierra. La escena era aterradora: enrollado en una sábana, encima de la camilla yacía un bebé que, con mucha dificultad, intentaba llorar; estaba lleno de sangre y apenas respiraba. Hex levantó a la frágil criatura, la acercó a su rostro para verla mejor y exclamó lleno de asombro:

—¡No lo puedo creer! ¡Estás vivo! Nunca nadie ha sobrevivido a algo así. Tienes el alma de un guerrero y en adelante un guardián cuidará de ti. Tú vivirás y te convertiré en mi hijo. Reinarás junto a mí y todos te llamarán Giovánnoli, príncipe de Pactron —dijo mientras levantaba al niño hacia el cielo. Hex estaba seguro de que había llegado el milagro que estaba esperando. Ese niño debía tener un gran propósito y una gran misión por haber sobrevivido ese día. Su destino había cambiado por completo; ya no era muerte sino vida y su más grande batalla aún estaba por venir.

# Capítulo 2
## El proyecto

18 años después.

Era el último día de clases antes del receso de primavera. Todos estaban muy felices y emocionados ya que el invierno había terminado oficialmente y tendrían toda una semana de vacaciones. Discutían animadamente sobre los proyectos que tenían para estos días fuera de la escuela, sin prestar atención al profesor quien, con mucho esfuerzo, trataba de dictar los últimos minutos de clase.

—¡Silencio! —gritó el profesor Gibson muy molesto, mientras hacía sonar la campanilla que siempre usaba para restablecer el orden, lo cual tuvo efecto instantáneo en los alumnos—. Muchas gracias —continuó el profesor con voz calmada y suave pero serio—. Bueno, ahora que tengo la atención de todo el grupo, quiero hablarles sobre la tarea de investigación que tendrán para el receso de primavera —inmediatamente, un murmullo de protesta brotó de todas las gargantas.

—Pero si es receso de la escuela, ¿por qué tenemos que tener tarea? —preguntó Rose.

—Pero yo me voy de viaje con mi familia —dijo Julián.

—Esta semana es mi cumpleaños —dijo Pamela.

—Ya es suficiente —dijo el profesor Gibson levantándose de su asiento—. Sí, va a haber trabajo para la

19

próxima semana y no me importa lo mucho que discutan, no habrá ningún cambio. Presten atención porque solo lo explicaré una vez. El proyecto se divide en tres partes. La primera es sobre una de estas preguntas:
1. ¿Cuál es el secreto de la vida?
2. ¿Cuál es el tesoro de la vida?
3. ¿Cuál es el propósito de la vida? —enumeró el profesor—. Pueden escoger cualquiera de las preguntas que les acabo de dar o cualquier otra pero siempre sobre el mismo tema —dijo el profesor—. La segunda parte consiste en la información que puedan conseguir sobre el tema —continuó el profesor Gibson.

—¿Cómo conseguiremos esa información? —preguntó Thomas.

—Hay muchas maneras —dijo el profesor mientras repartía a los estudiante un papel que explicaba el proyecto.

—Pueden ir a la biblioteca y consultar en los libros; también pueden entrar al internet; pueden hacer entrevistas a maestros, parientes, amigos y a cualquier persona que les pueda dar información sobre el tema —dijo el profesor mientras terminaba de repartir los papeles y recogía sus pertenencias en su vieja mochila despintada y raída—. La tercera y última parte del trabajo es su opinión. Yo quiero saber su opinión personal y qué aprendieron sobre este trabajo. ¿Alguien tiene alguna pregunta? —concluyó el profesor Gibson mirando atentamente al grupo.

—¿Podemos tener dibujos o láminas en nuestro trabajo? —preguntó John.

—Sí, pueden usar cualquier ayuda para ilustrar y explicar el trabajo —dijo el profesor.

—¿Cuándo tenemos que entregar el trabajo? —preguntó Austin.

20

—Esta tarea será entregada y presentada, al frente de la clase, el lunes siguiente a la terminación del receso de primavera —contestó el profesor.

—Profesor Gibson..., ¿esta tarea será individual o en grupo? —preguntó Teresa.

—Muy buena pregunta —dijo el profesor. Será en grupo, y cada grupo consta de cuatro estudiantes —dijo el profesor mientras sacaba un papel de su mochila.

—¿Puede estar Carmen en mi grupo? —preguntó Sofiara interrumpiendo al profesor.

—Lo siento, pero ya he separado cada grupo, y a continuación les dejaré saber cómo están formados —dijo el profesor poniéndose los espejuelos—. El grupo número uno está compuesto por Julián, Pamela, Rose y John.

—¡Pero en mi grupo no puede haber niños! —protestó Pamela.

—¿Y por qué no? —preguntó el profesor, levantando la vista para mirarla.

—Porque yo tengo novio y él es muy celoso —contestó Pamela.

—Lo siento, pero eso no es una buena razón para cambiarte de grupo —contestó el profesor devolviendo la vista al papel en su mano—. El grupo número dos lo forman Austin, Teresa, Carmen y Frank.

—¡Oh no! —suspiró Austin frustrado. Los cuatro se miraron analizándose por unos segundos.

—Bueno, el tercer grupo es muy interesante. En él están: Alextro, Sofiara, Yashira y Tristan —puntualizó el profesor.

—¡Nooo! —dijeron todos al mismo tiempo. El profesor sabía que entre ellos no se soportaban y por esa razón los puso juntos, con la esperanza de que eso les iba a permitir conocerse mejor y darse cuenta de que cada uno tenía algo especial y que terminarían siendo buenos amigos.

—¡No es justo profesor, a mí me toca el peor grupo! —protestó Tristan.

—Nadie está obligado a hacer el trabajo. El que no quiera hacer el trabajo, simplemente no lo hace —dijo el profesor quitándose los espejuelos.

—¿En serio? —preguntó Alextro aliviado.

—Pero les aclaro que esta tarea tiene un valor de quinientos puntos. Esto significa que el que no la entregue será reprobado y tendrá que repetir el año —dijo el profesor.

Todos se miraron unos a otros sin decir una palabra. No podían creer lo que el profesor acababa de decir.

—Bueno, por último el cuarto grupo está formado por Vanessa, Adrián, Sara y Thomas —dijo el profesor. Los de este grupo se miraron y sonrieron entre ellos porque todos eran buenos amigos.

—¿Es esto algún tipo de castigo? —preguntó Austin.

—No —contestó el profesor mirándolo disgustado.

—¿Y cuál es el propósito de esta tarea? —preguntó Tristan.

—Qué buena pregunta —dijo el profesor—. El propósito de este trabajo es que conozcan un poco más de la vida, y por qué y para qué estamos en este mundo. La vida es mucho más que los juegos de video, es más que enviar mensajes de texto por el celular o ir a las fiestas; la vida es más profunda que todo eso. Cada uno de nosotros tenemos una misión muy importante en este mundo. Lamentablemente, la mayoría de los seres humanos mueren sin haber conocido cuál era su misión en la tierra, solo por perder el tiempo en cosas que los distraen de lo que realmente es importante. —En ese momento sonó el timbre de la escuela avisando que el receso de primavera había comenzado.

—Bueno, estudiantes de undécimo grado, que tengan un feliz receso de primavera —dijo el profesor Gibson acomodando su mochila en su espalda, y abandonando el salón rápidamente.

El profesor Gibson era el mejor maestro que la escuela Paracaídas había tenido en toda su historia. Era sumamente inteligente y cien por ciento dedicado a su trabajo. Muchos de sus amigos y familiares lo llamaban "adicto al trabajo", su primera esposa lo había abandonado por tal razón, pero su segunda esposa lo apoyaba incondicionalmente. Él era de buena estatura y gran aspecto físico. Todas las mañanas corría dos millas antes de ir a trabajar; decía que eso era lo que lo mantenía fuerte y joven a sus setenta años de edad. Siempre estaba bien presentado y mantenía su cabello blanco bien arreglado. Su esposa había tratado muchas veces de que se lo tiñera, pero él respondía con una sonrisa: "Las canas son medallas para los sabios y yo las mostraré con orgullo siempre". La enseñanza para él era su gran pasión, la cual reflejaba en sus profundos ojos verdes. A los consejos de retirarse a disfrutar de lo que había ganado, respondía: "Seré maestro hasta el día de mi muerte".

Los estudiantes comenzaron a formar sus respectivos grupos para programar el trabajo y la parte que correspondería a cada uno.

—Bueno, yo sé que nadie está contento con este proyecto, pero tenemos que hacerlo si queremos pasar el grado —dijo Yashira a su grupo.

—¿Alguno de ustedes tiene alguna idea de cómo podemos conseguir la información? —preguntó Alextro.

—¿Por qué no le pagamos a alguien para que haga la tarea por nosotros? —aconsejó Tristan.

—No creo que esa sea una buena idea —contestó Sofiara—. Yo creo que la mayor parte de la información la podemos conseguir en la biblioteca de la escuela. ¿Qué creen ustedes?

—Yo he buscado información en la biblioteca y hay muchos libros donde podemos encontrar lo que necesitamos. Creo que es buena idea comenzar por allí —dijo Yashira.

—Ok —dijo Tristan. Todos miraron a Alextro, esperando su opinión.

—Lo que sea —contestó él, entornando los ojos y suspirando.

—Listo, pues nos encontramos mañana en la biblioteca, a las ocho de la mañana —dijo Sofiara.

—¡A las ocho de la mañana! —protestó Alextro. Yo tenía planeado dormir hasta tarde en el comienzo de nuestras vacaciones.

—Mientras más rápido terminemos este trabajo, mejor; así nos quedará tiempo para disfrutar el receso —dijo Sofiara tratando de animar al grupo.

—De acuerdo —dijo Alextro, sin mucho ánimo—. Pero solo por un rato, porque mi clase de artes marciales comienza a las doce del mediodía y no puedo llegar tarde —continuó Alextro más animado, ya que las artes marciales era lo que más le gustaba.

Alextro era un joven muy disciplinado y lleno de energía. Estaba cerca de ser cinta negra en el deporte de las artes marciales y eso lo tenía muy emocionado. Sus instructores estaban muy sorprendidos de su talento y desarrollo. Le habían prometido que tan pronto obtuviera su cinta negra, lo enviarían a una de las competencias más esperadas por los recién graduados, donde sería visto por los busca talentos que asisten cada año a los torneos de los Spars. Alextro era un muchacho alto, de cabello negro que hacía resaltar sus ojos intensamente azules. A sus dieciséis años de edad, había desarrollado un cuerpo fuerte y tonificado. Su mayor sueño era triunfar en la competencia de los Spars, pues así sería reconocido y contratado y podría ganar dinero; algo que le hacía mucha falta, ya que él y su hermano tenían problemas económicos y estaban a punto de perder su casa. Ellos habían quedado huérfanos dos años atrás, por lo que su hermano mayor tuvo que abandonar la escuela a los dieciséis años para trabajar a tiempo completo. De esa manera mantenía a su hermano, pagaba la casa donde vivían y compraban algo de comer todos los días.

—Yo también me tengo que ir antes del mediodía a mi clase de música. Voy a tener una audición muy importante para poder estudiar en la mejor escuela de Europa —dijo Sofiara muy emocionada. Sofiara tenía gran pasión por la música desde los tres años. A tan temprana edad había descubierto su amor por el violín.

Desde los doce años de edad era solicitada para tocar con grandes artistas y había sido aceptada en las mejores escuelas de música de los Estados Unidos, pero su verdadero sueño era estudiar en París. Sofiara era una jovencita muy aplicada e inteligente con grandes metas y sueños. A pesar de su juventud, ella tenía muy claro lo que quería en la vida, había trabajado muy fuerte para alcanzar sus metas, y sin duda lo estaba consiguiendo. Con el respaldo de sus padres había desarrollado un talento increíble en la música. Por su dedicación y perseverancia se había ganado el respeto de sus maestros y de grandes artistas. La buscaban para trabajar con ella y poco a poco se estaba dando a conocer en el mundo de la música. Sofiara no era solo talentosa sino que también poseía una gran belleza. Era de esbelta figura y de cabello rubio que casi le llegaba hasta su cintura; lo adornaba con cintas en forma de flores para recoger parte de él. Sus ojos eran de color amarillo muy claro, los cuales no podías dejar de mirar; parecía como si dos pequeños soles brillaban e iluminaban su pálido rostro. Vivía bastante alejada de la escuela, pero sus padres le habían regalado un lujoso auto, en su cumpleaños número dieciséis, lo que le permitía ir a la escuela y a las prácticas de violín sin tener que depender de ellos o del autobús. Tenía fama de niña orgullosa y malcriada. Era hija única y sus padres le complacían todos sus caprichos, debido a la buena posición económica de que gozaban. Pero a pesar de todo, Sofiara tenía una gran virtud: su maravilloso y gran corazón. Cuando no estaba practicando violín o haciendo tareas de la escuela, trabajaba como voluntaria en el orfanato de Sion, a las afueras de la ciudad.

—¡Wow, no sabía que eras tan buena en la música! ¿Qué instrumento tocas? —dijo Alextro.

—El violín —contestó Sofiara.

—Bueno, no nos salgamos del tema —dijo Yashira interrumpiéndolos—. Los espero a todos a las ocho de la mañana al frente de la biblioteca, y no lleguen tarde.

Al día siguiente Sofiara fue la primera en llegar.

—Lo sabía, ya son las ocho y no han llegado —murmuró furiosa mientras estacionaba su BMW convertible rojo. Es mejor que traiga el violín conmigo, por si nos demoramos, no perderé tiempo al venir a buscarlo al auto —dijo Sofiara acomodando su mochila en la espalda. La audición sería en el salón de música de su escuela. El director de la Universidad "La Casa de Música" en Europa venía a conocerla. Había oído mucho sobre la joven artista y estaba muy impresionado; sabía que su talento era único y quería asegurarse de que ella estuviera dispuesta a estudiar con ellos. Sofiara caminó hacia la puerta de la biblioteca y al llegar a ella escuchó una voz.

—Buenos días Sofi —dijo Alextro—. ¿Te puedo llamar Sofi? ¿O prefieres Sofiara? —preguntó con una sonrisa.

—Prefiero Sofiara, y a propósito: llegas tarde —dijo ella.

—No es tarde —dijo Alextro mientras verificaba su reloj—. Son las ocho y cinco.

—La puntualidad es algo muy importante, ¿sabías eso? —repuso ella muy seria.

—Solo llegué cinco minutos tarde, y a propósito, no fue mi culpa, yo no tengo un carro como tú. Yo vengo en bicicleta —dijo Alextro.

—Olvídalo —dijo ella mientras entraba en la biblioteca.

—¡Wow, este sitio sí que es grande! —dijo Alextro mientras observaba todo a su alrededor.

—¿Nunca habías entrado a la biblioteca de la escuela? —preguntó Sofiara con asombro.

—No. ¿Quién usa las bibliotecas en estos tiempos, si puedes usar el internet? —contestó Alextro.

—Buenos días —saludó Sofiara amablemente a la señora de pelo blanco en la recepción de la biblioteca—. Buenos días jóvenes, ¿en qué les puedo ayudar tan temprano esta mañana? —respondió levantando la mirada del periódico que leía.

—Sí, de seguro es temprano —murmuró Alextro. Sofiara le lanzó una mirada no muy amigable. —Necesitamos información sobre cuál es el secreto de la vida —dijo Sofiara.

—Déjenme adivinar, ¿son alumnos del profesor Gibson? —preguntó la señora.

—Sí. ¿Cómo lo sabe? —preguntó Sofiara con curiosidad.

—Me lo imaginé. El profesor Gibson es el mejor maestro de esta escuela, posee mucha sabiduría e inteligencia, gracias a los largos años de arduo estudio y trabajo, con científicos, doctores y filósofos. Ha estudiado todas las culturas y religiones del mundo. También ha trabajado con algunos presidentes de este país y ha ganado más de cincuenta premios durante toda su carrera —dijo la señora con emoción.

—¿Y cómo es que usted sabe tanto sobre el profesor Gibson? —preguntó Sofiara sorprendida.

—¡Ah, porque yo soy su esposa, la señora Gibson! —respondió orgullosa.

La señora Gibson cumpliría setenta años dentro de algunos días. Tenía el pelo blanco y usaba grandes espejuelos que no dejaban apreciar con claridad el color café de sus ojos. Vestía muy elegante, con una falda larga roja y una blusa blanca de seda, lucía muy a la moda. Años atrás tuvo una batalla muy difícil contra el cáncer, y su cuerpo sufrió y se debilitó mucho, pero gracias al apoyo y dedicación de esposo, logró sobrevivir felizmente. El amor que le tenía ahora a la vida, jamas lo había experimentado antes; eso se reflejaba en la gran sonrisa que llevaba en su rostro en todo momento.

De pronto se escuchó el rechinar de la puerta, que atrajo la atención de todos. Eran Yashira y Tristan que llegaban apresuradamente. Detrás de Tristan venía una pequeña niña de cabello rojo bien peinado en forma de cola de caballo con una hermosa cinta rosada y un lazo al final. En sus brazos traía una muñeca que abrazaba muy fuerte.

—Llegan tarde —dijo Sofiara enojada.

—Todavía no hemos empezado —replicó Alextro para que no se sintieran mal.

—¿Quién es ella? —preguntó Sofiara.

—Es mi hermanita Patricia —contestó Tristan.

—Pero me pueden llamar Paty —agregó la niña rápidamente.

—Ya ves, a ella le gusta que la llamen Paty —le dijo Alextro a Sofiara con un tono burlón y una sonrisa, que Sofiara le devolvió forzadamente.

–Hola Paty, yo soy Sofiara. ¿Cuántos años tienes? –dijo agachándose hacia la niña, quien miro a su hermano sin saber qué hacer.

–Ella es mi amiga. Contéstale –le dijo Tristan.

–Tengo seis años –contestó ella, mirándola a los ojos.

–Mucho gusto Patricia, me gusta mucho tu muñeca –dijo Sofiara dándole la mano para saludarla.

–Gracias –respondió la niña devolviendo el saludo con su pequeña mano.

–Joven, no puedes usar eso aquí –dijo la Señora Gibson señalando la patineta de Tristan.

–No lo haré Señora –dijo él. Guardó la patineta en un bolso y se la acomodó en la espalda.

Tristan era un muchacho energético y rebelde, pero muy protector de su familia. Sus padres eran doctores y trabajaban mucho, por lo cual prestaban poca atención a sus hijos. Por eso Tristan tuvo que hacerse cargo de su pequeña hermana y le dedicaba todo su tiempo libre, lo cual fue como una bendición para él, pues se vio obligado a distanciarse de las malas compañías, de sus amigos que abusaban de las drogas y del alcohol; además de peleas y robos por lo que habían sido arrestados varias veces por la policía. Él sabía que iba por el camino equivocado y era consciente de que su hermana lo había salvado, por lo cual le estaba muy agradecido. Él quería ser mejor por ella, para darle buen ejemplo y para poder cuidarla siempre. Tristan era un joven muy guapo, de cabello marrón y ojos verdes. Alto y con grandes músculos por el tiempo que había dedicado a ejercitarse por si fuera necesario ayudar a sus viejos amigos en las peleas en las que tomó parte varias veces. Su único medio de transporte era la patineta, la cual dominaba a la perfección. Iba en ella para todas partes y podía realizar todos los trucos y piruetas que fueran posibles en aquel aparato. Muchos jóvenes le pedían que les enseñara, y hubo veces en las cuales le pagaban por esto. También le habían pedido que participara en competencias, pero él no aceptaba porque lo más importante era estar con su hermanita.

—Bueno, tengo justo lo que necesitan para su trabajo —dijo la señora Gibson entregándoles un libro—. ¿Esto es todo? ¿Aquí encontraremos todo lo que necesitamos para nuestro trabajo? —preguntó Alextro recibiendo el libro.

—¡Oh sí, estoy segura de que van a encontrar toda la información que necesitan en este libro! —dijo la señora con una sonrisa. En ese momento sonó el teléfono, y la señora Gibson los despidió para atenderlo. Todos miraron el libro por unos segundos, dudando de que en él pudieran encontrar la respuesta de un tema que ellos consideraban muy profundo y difícil de entender.

—Bueno, ¿qué esperamos?, leamos el libro —dijo Yashira dirigiéndose a una de las mesas que se encontraban cerca de una fuente.

Yashira era una joven que aún no tenía claro lo que quería en la vida. Su difícil niñez la había marcado para siempre. Las diarias discusiones de sus padres y el maltrato físico que ella y su madre recibían de su padre, la habían desilusionado por completo, y ya ella no tenía amor por la vida; se sentía confundida y sin rumbo; su corazón estaba lleno de tristeza y dolor. El día más feliz de su vida fue cuando sus padres se divorciaron y ella sintió alivio y tranquilidad por primera vez. Hacía un año que ella y su madre comenzaron a asistir a una pequeña iglesia cerca de su casa. El ir cada semana le había ayudado a ella a perdonar, y poco a poco ya no se sentía molesta ni triste. Un día, una de las señoras que cantaban en la alabanza, le preguntó si quería pertenecer al grupo y cantar con ellas. Yashira dudó solo por un segundo y aceptó muy emocionada. Desde entonces comenzó a cantar los domingos en la iglesia y eso estaba cambiando su vida grandemente. La llenaba de paz, alegría y esperanza. La autoestima que antes no tenía, ahora estaba creciendo dentro de ella. Se sentía con un propósito, con amor hacia la vida y hacia ella misma. Yashira era alta y muy delgada, de pelo marrón hasta los hombros y ojos marrones en combinación con su piel. Tenía una voz muy hermosa, la cual estaba afinando cada vez más en los ensayos y presentaciones en los servicios de los domingos. Vestía muy sencilla y conservadamente, pero eso no evitaba que pudiera admirarse su hermosura.

La biblioteca era grandísima, tenía cuatro pisos enteros llenos de libros. Había salones de conferencias, muchas mesas y sillas en todos los pisos, muchas computadoras y un enorme sofá en el centro del primer piso. Siempre estaba llena de estudiantes buscando información, estudiando, haciendo trabajos en grupo y leyendo. Pero esa mañana, los cuatro jóvenes y la pequeña niña eran los únicos en aquel lugar. Todos se acomodaron en una mesa y miraron el libro con atención. La cubierta del libro era extraña y poco común; estaba forrado con hojas en las cuales podías verte reflejado. Por su exterior parecía que estuvieras sosteniendo un espejo en vez de un libro. No tenía nada escrito por fuera; solamente en su interior.

—¿Quién es el autor del libro? —preguntó Tristan.

—Es Edward Gibson —leyó Yashira con asombro, en la primera página.

—¡Claro, el profesor Gibson! —exclamó Sofiara.

—¿También ha escrito libros? —preguntó Alextro lleno de asombro y frunciendo la frente. Yashira abrió el libro y comenzó a leer en voz alta: El príncipe perdido y los guardianes de las alturas. Luego continuó leyendo en la segunda página: Advertencia: este libro

31

solo puede ser leído por aquellos valientes escogidos, que con su valor y fuerza cruzarán mares y treparán montañas para cumplir su misión.

–¿Qué significa eso? ¿Si no somos los escogidos, no podemos leer el libro? –preguntó Yashira haciendo una pausa. No entiendo.

–Pasa la página, a lo mejor nosotros somos los escogidos –dijo Tristan en forma de burla. Yashira pasó la página y todos se sorprendieron al ver lo que estaba escrito a continuación:

Sofiara Catwood, por tu perseverancia eres escogida.

Alextro Poloc, por tu valentía eres escogido.

Yashira Spooch, por tu fe eres escogida.

Tristan Rock, por tu fuerza eres escogido.

Patricia Rock, por tu inocencia eres escogida.

Los jóvenes leyeron sus nombres y por lo que eran escogidos. Todos se miraron sorprendidos, sin decir ni una sola palabra. Pero al pasar la siguiente página, algo inesperado pasó. La alarma de incendio del edificio comenzó a sonar fuertemente. Al momento, las regaderas del techo de la biblioteca se activaron, derramando gran cantidad de agua en todo aquel lugar. Todos corrieron hacia la salida sin entender lo que estaba sucediendo. Por el susto y la prisa, dejaron olvidado el misterioso libro del profesor Gibson. Tristan agarró a su hermanita y todos salieron lo más rápido que pudieron.

–No puede ser; estamos todos empapados –dijo Sofiara exprimiendo su abrigo.

–¿Qué fue lo que pasó? ¿Por qué se activó la alarma de incendio y las regaderas de agua? –preguntó Yashira, tratando de recuperar el aliento.

Respondiendo al llamado de la alarma que sonaba sin control, rápidamente llegaron camiones de bomberos y los carros de policía. Después de algunos minutos investigando el lugar, desactivaron la alarma y salieron del edificio.

—¿Qué fue lo que sucedió? —preguntó Alextro a uno de los bomberos.

—Todo está bien, no hay señales de fuego; no hay de qué preocuparse —dijo el bombero.

—¿Por qué sonó la alarma si no hay ninguna emergencia? —replicó Alextro.

—No lo sé, a veces las alarmas se activan por causa de algún corto circuito. Parece que eso fue lo que sucedió hoy porque no hay rastro de ningún problema. Ahora les aconsejo que se vayan para sus casas porque se avecina una gran tormenta y no queremos que nadie esté en peligro —dijo el bombero mientras acomodaba su equipo en el camión. La señora Gibson llegó a donde estaban los estudiantes, toda empapada.

—Lo siento, pero tienen que buscar otro lugar para reunirse a hacer el trabajo porque la biblioteca estará cerrada por un tiempo —les dijo y se fue. El cielo estaba lleno de nubes de un gris muy obscuro, que hacía creer que el día estaba terminando y que la noche comenzaba a tomar su lugar. De momento comenzó a llover.

—¿En dónde nos podemos reunir ahora? Con esta lluvia no nos podemos quedar en la calle; tenemos que ir a algún lugar —dijo Sofiara temblando de frío.

—Vamos para Silva's Bakery, mi hermano trabaja allí desde hace algunos años. Queda cerca de aquí —dijo Alextro.

—Ok, ¿qué esperamos?, vamos que me estoy muriendo del frío —dijo Sofiara. Sin perder más tiempo todos se dirigieron a la repostería que quedaba muy cerca de la escuela.

# Capítulo 3
## El guardián y el príncipe perdido

Silva's Bakery era el lugar preferido de los estudiantes de la escuela Paracaídas y de las demás escuelas alrededor, gracias a sus famosos pasteles, refrescantes batidos, tentadores helados, deliciosos bizcochos de queso y muchas otras delicias. Todos los días el lugar se desbordaba de jóvenes que, después de un largo día de clases, se reunían allí para relajarse con una deliciosa merienda. Tristan abrió la puerta y todos entraron rápidamente para buscar una mesa donde poder sentarse. De todas las veces que habían visitado Silva's Bakery, esta era la primera vez que estaba completamente vacía, algo que les pareció muy raro a todos.

—¿Qué pasó en este lugar? ¿Por qué está vacío? —preguntó Tristan sorprendido.

—Debe ser que hoy no hay servicio —dijo Yashira.

—Pero la puerta está abierta y las luces encendidas —dijo Sofiara sentándose en una de las mesas de la esquina; los demás la siguieron y se sentaron junto a ella.

—Tristan, tengo que ir al baño y es importante —dijo Patricia a su hermano.

—Puedes ir; está al final del pasillo, a la izquierda —dijo Tristan señalándole el camino—. Por favor, te lavas las manos cuando termines.

—De acuerdo —contestó Patricia, y se fue lo más rápido que pudo para el baño.

—Qué silencio. Esto es muy extraño, no se escucha nada ni a nadie, ni siquiera dentro de la cocina

—dijo Alextro mirando todo el lugar y tratando de ver a alguien, dentro de la repostería.

El local era grande y lleno de mesas, con muchos dibujos en las paredes, de postres, bizcochos, dulces, frutas y chocolates. El olor que se sentía en ese sitio le abría el apetito a cualquiera y había infinidad de platos para todos los gustos, sumado a esto que el ambiente era cálido y acogedor, y los jóvenes se sentían muy a gusto allí.

—Alextro, tú dijiste que tu hermano trabaja aquí —dijo Tristan.

—Sí, se supone que él esté aquí, pero no tengo idea de lo que pueda estar pasando —contestó Alextro.

—Bueno, comencemos el trabajo y no perdamos más el tiempo, que solo quedan unas cuantas horas antes de irnos —dijo Sofiara.

—¿Alguien puede decirme por qué están nuestros nombres escritos en el libro?, ¿y qué significa que hemos sido escogidos? —preguntó Yashira.

—¿Escogidos para qué? —preguntó Sofiara muy confusa.

—No lo sé, no puedo entender qué significa eso. Es como si fuéramos parte de alguna historia —dijo Tristan.

—Eso no tiene ningún sentido. Debe ser alguna broma de alguien de la escuela —comentó Alextro.

—Tendremos que leer la historia para poder entender de qué se trata todo esto —dijo Tristan.

—¿Quién tiene el libro para leerlo? Yo no lo tengo —dijo Sofiara.

—Lo tenía Yashira —dijo Alextro mirándola fijamente. Los demás también la miraron esperando una respuesta.

—Lo siento, pero yo no lo tengo. Creo que lo dejé en la biblioteca —respondió Yashira.

—Buen trabajo, ahora no tenemos nada con qué comenzar, y lo que hemos hecho es perder el tiempo —dijo Sofiara muy molesta.

—Bueno, no fue mi culpa lo que pasó en la biblioteca esta mañana —respondió Yashira disculpándose.

—Tú eras la que lo tenía, no debiste haberlo soltado y dejarlo allá —replicó Sofiara. En ese momento la puerta se abrió, llamando la atención de los jóvenes.

Un hombre alto y fuerte entró chorreando agua por la cara y los brazos, por la tormenta que aún caía fuera.

—¡Wow! ¿Quién es ese? —preguntó Sofiara.

—Ese es mi hermano Giovánnoli —contestó Alextro.

—Se ve extraño, pero muy interesante —dijo Sofiara admirándolo.

—Giovánnoli —llamó Alextro a su hermano. Al verlos, Giovánnoli se dirigió a la mesa donde estaba el grupo—. Alextro, qué bueno que te encuentro, tenemos que hablar, y es importante —dijo Giovánnoli.

—¿Qué pasa? —preguntó Alextro.

—Mejor hablamos en la casa por la noche —dijo Giovánnoli mirando al grupo que acompañaba a su hermano.

—Podemos hablar ahora, porque ya terminamos lo que estábamos haciendo —dijo Alextro. Giovánnoli acercó una silla y se sentó con ellos.

—Hola, mucho gusto, soy Sofiara —dijo ella extendiendo un brazo para saludarlo.

—Mucho gusto, soy Giovánnoli —dijo él, dándole la mano.

—Me gustan tus tatuajes —dijo Sofiara.

—No son tatuajes, son marcas de nacimiento —replicó Giovánnoli.

—Disculpa por la confusión —dijo Sofiara.

—No te preocupes, no te tienes que disculpar —dijo Giovánnoli.

Giovánnoli era un muchacho de dieciocho años, musculoso, fuerte y más alto de lo normal. Tenía marcas de nacimiento en los brazos, en el pecho y en la espalda, que parecían raíces de árboles que corrían por todo su cuerpo. De niño, los doctores nunca pudieron saber por qué tenía esas marcas en el cuerpo, y después de muchos estudios llegaron a la conclusión de que eran marcas de nacimiento. Su piel era de un tono dorado y combinaba con su cabello. Sus ojos eran de color morado muy claro, nada común. Solo le crecía una franja ancha de cabello. Por sus rasgos físicos, algunos lo llamaban raro o extraño y en algunas ocasiones lo trataban diferente. Él nunca se sintió parte del mundo en que vivía.

—Disculpa Sofiara, pero mi hermano tiene algo que decirme —interrumpió Alextro.

—Lo siento —contestó ella.

—¿Qué pasa aquí? ¿Por qué no hay nadie? —preguntó Alextro.

—El encargado tuvo que salir de emergencia y me llamó para que yo viniera a cerrar el lugar —contestó Giovánnoli.

—¿Quién es ese muchacho tan extraño Tristan? —preguntó Patricia, que había regresado del baño.

—No hables así de las personas, eso no es correcto —dijo Tristan a su hermanita, llamándole la atención.

—No te preocupes, ya estoy acostumbrado —dijo Giovánnoli.

—Bueno, ¿qué querías decirme? —insistió Alextro.

—Presta atención Alextro, es muy importante lo que tengo que decirte —le dijo Giovánnoli mirándolo fijamente.

—Voy a renunciar a la repostería. Voy a unirme al ejército para irme a trabajar con ellos.

37

—¿Qué? ¿Estás loco?, tú no puedes hacer eso. Por favor Giovánnoli, no lo hagas. ¿Qué voy a hacer yo si tú te vas? —dijo Alextro muy frustrado y triste.

—¿Y tus padres Alextro? Puedes vivir con ellos —le sugirió Yashira.

—Nosotros somos huérfanos, nuestros padres murieron hace dos años. Nosotros vivimos solos y no tenemos a nadie más —le respondió Alextro.

—Lo lamento —dijo Yashira.

—Alextro escucha, nos van a quitar la casa y no vamos a tener dónde vivir. Lo que yo gano trabajando en este lugar, no nos alcanza para vivir. Necesito otro trabajo que me pague más para poder cubrir todos los gastos que tenemos —dijo Giovánnoli levantándose y tomando a su hermano por los hombros.

—Yo puedo conseguir un trabajo después de la escuela para ayudarte con los gastos —sugirió Alextro.

—¡No! Eso no es una opción. Sacrifiqué mis estudios por ir a trabajar, pero tú si vas a terminar tus estudios, y eso no está en discusión —dijo Giovánnoli con autoridad.

En ese momento, un hombre que vestía un largo abrigo, entró a la repostería. Cubría su cabeza con una capucha para protegerse de la lluvia, por lo que no se le podía ver el rostro.

—¡Está cerrado! —le advirtió Giovánnoli, pero el hombre ignoró el aviso y se sentó en una mesa, al lado contrario a donde estaban ellos.

—Alextro, solo será por algún tiempo, y tan pronto pueda te mandaré a buscar, y todo seguirá siendo igual —le explicó Giovánnoli a su hermano, olvidándose del hombre que acababa de entrar.

—¿Qué voy a hacer yo aquí solo? —preguntó Alextro.

—Yo seguiré pagando la casa y te mandaré dinero para que puedas comer y comprar cosas —contestó Giovánnoli.

—No, yo no quiero vivir así. Por favor hermano, tú puedes conseguir un trabajo mejor que ese, tú eres inteligente —dijo Alextro.

—Alextro, créeme, he tratado de conseguir otro trabajo durante los pasados seis meses, y nadie quiere contratarme. El único que me da trabajo es el ejército. Esa es mi única opción por ahora —dijo Giovánnoli. De repente, la puerta del frente de la repostería se abrió, dando un golpe en la pared y dejando entrar una ráfaga de viento hizo que todas las cosas que estaban sobre las mesas, rodaran por el piso. Todos miraron hacia la puerta, esperando que alguien entrara, o si la fuerza de la tormenta era responsable de todo el desastre que había provocado el descontrolado viento. Después de unos segundos, tres altos hombres vestidos de negro entraron al lugar lanzando al suelo todo lo que se les atravesaba en el camino.

Los jóvenes estaban inmóviles, con sus corazones golpeando fuerte dentro del pecho. Patricia gritó y corrió a esconderse detrás de su hermano.

—Está cerrado, se tienen que ir —dijo Giovánnoli a los tres misteriosos hombres.

—¡Vaya, vaya, vaya! Nunca pensé que te encontraríamos, y menos en este lugar —dijo uno de los hombres.

—¿Nos conocemos? Porque yo nunca te he visto antes —preguntó Giovánnoli.

—Han pasado muchos años desde nuestro último encuentro; estaba seguro de que te acordarías de mí —dijo el hombre de negro.

—¿De qué hablas?, yo nunca te he visto en mi vida —repuso Giovánnoli.

—Creí que habíamos acabado contigo, pero Cusco tenía razón, sigues vivo y has crecido mucho. Ahora sí que va a ser interesante pelear contigo y no con un niño —dijo el hombre con una sonrisa burlona.

—Debes estar confundiéndome con alguien más, yo no soy la persona que tú dices —dijo Giovánnoli.

—Eso crees, príncipe Giovánnoli —dijo el de negro acercándose a él.

—¿Quién eres tú? ¿Cómo sabes mi nombre y por qué me llamas príncipe? —preguntó Giovánnoli confundido.

—Yo soy Valtrax, el que debió haber acabado contigo cuando aún eras un niño —dijo acercándose cada vez más a Giovánnoli de manera amenazante.

—Mi propósito era matarte, pero tu padre se interpuso en mis planes.

—¿Tú conociste a nuestros padres? —preguntó Alextro, muy confundido.

—¿Sus padres? —preguntó Valtrax desconcertado.

—Yo conozco a los de Giovánnoli, pero a los tuyos no.

—Los padres de él, son los mismos míos. Nosotros somos hermanos —dijo Alextro.

—¿Hermanos? —preguntó Valtrax muy sorprendido.

—Estás muy equivocado, Giovánnoli no es tu hermano —continuó Valtrax acercándose a Alextro.

—Déjalo tranquilo; la cosa es conmigo, no con él —dijo Giovánnoli poniéndose en medio de Valtrax y su hermano.

—Ya veo que has desarrollado valentía dentro de ti; algo muy poco común en este débil y patético planeta —dijo Valtrax con un gesto de odio.

—¿A qué has venido y para qué me buscas? —preguntó Giovánnoli.

—Eso es simple, vengo a terminar lo que debí haber hecho años atrás; ¡acabar contigo! —dijo Valtrax agarrándolo por el cuello y lanzándolo contra la pared al otro extremo del lugar.

—¡Nooo! —gritó Alextro tratando de golpear a Valtrax, pero otro de los hombres lo evitó, golpeando al muchacho y dejándolo herido en el suelo.

Tristan trató de golpear a otro de los hombres de negro, para ayudar y defender a su hermana, pero tampoco tuvo éxito. Fue lanzado por el aire hasta el otro extremo de aquel lugar, cayendo encima de una de las mesas y rompiéndola al caer. Sofiara, Yashira y Patricia se escondieron rápidamente debajo de la mesa, muertas de miedo. Valtrax caminó hacia Giovánnoli mientras él se levantaba del suelo; lo tomó nuevamente por el cuello y lo volvió a tirar por el aire hacia el otro extremo de la repostería. Giovánnoli no entendía lo que estaba pasando y no sabía qué hacer. Valtrax era mucho más fuerte que él. Más que temer por su vida, temía por la de su hermano que también estaba siendo golpeado en ese momento. Giovánnoli se levantó del suelo, una vez más, sin darse por vencido; pero Valtrax lo agarró por el cuello, una última vez, con toda la intención de acabar con él. Giovánnoli pensó que ese sería el final. Por más que trataba de golpear a Valtrax, parecía que estaba golpeando a una pared. Aquellos tres hombres golpeaban a los jóvenes violentamente y sin piedad, hiriéndolos gravemente. Parecía que su único propósito era el de acabar con cada uno de ellos. De momento, el hombre que estaba sentado en una de las mesas cubriéndose con una capucha, se paró y sacó de debajo de su largo abrigo, un arco de color café. También sacó una flecha de color rojo, la cual puso rápidamente en el arco. El misterioso hombre lanzó la flecha hacia uno de los hombres vestidos de negro, que en ese momento atacaba a Alextro. La flecha salió velozmente cayendo en el brazo del hombre. La flecha al tocar el brazo de aquel malvado

41

ser se prendió en fuego. Al sentir el golpe de la flecha que quemaba su cuerpo, el hombre que atacaba a Alextro, dio un gran salto en el aire que rompió el techo de la repostería, huyendo del lugar. Sin perder más tiempo, el hombre que ayudaba a los muchachos, sacó otra flecha de debajo de su largo abrigo. Esta era de color amarillo, y al ser disparada salía en forma de hondas de sonido. El hombre lanzó la flecha hacia el malvado que atacaba a Tristan. Un potente silbido salió de en medio de aquellas ondas. Las ondas cubrieron al hombre vestido de negro, provocando que el sonido lastimara sus oídos y lo desorientara. Aquel hombre se tapó rápidamente los oídos con sus manos, liberando a Tristan de la golpiza.

El fuerte sonido que provocaron aquellas ondas era insoportable para aquel malvado hombre. Sin soportar más el ruido, dio un gran salto en el aire, huyendo por el agujero del techo de la repostería. Finalmente, sacó una flecha de color blanco que al ser lanzada produjo un fuerte viento que arrasó con todo lo que encontró por delante. El hombre disparó la flecha a Valtrax, quien sin piedad atacaba a Giovánnoli golpeándolo con una mano, mientras con la otra le apretaba el cuello. Los dos fueron lanzados hacia el techo, cayendo los dos al suelo desorientados y sin saber qué había ocurrido. Al darse cuenta de quién era el que los defendía, Valtrax dio un gran salto y huyó por el agujero que había en el techo.

Después de que Valtrax y sus hombres huyeron, pudieron evaluar todo el daño que había sido causado. La repostería estaba completamente destruida, las mesas rotas, las sillas regadas por todo el suelo, cristales destrozados y quemaduras en el techo al igual que en las paredes. Todo quedó en silencio por unos segundos, solo se escuchaban las leves quejas de Tristan, Alextro y Giovánnoli que aún estaban en el suelo, recuperándose de la golpiza que habían recibido. El misterioso hombre que había defendido a los muchachos, ahuyentando a Valtrax y sus malvados compañeros, corrió hacia Giovánnoli, se agachó a su lado y le revisó las marcas que tenía por todo el cuerpo.

—¡Sí eres tú! ¡Te encontré príncipe Giovánnoli! —dijo él en voz baja, sonriendo. Rápidamente, lo ayudó a levantarse, le acercó una silla y lo sentó en ella. Sofiara fue corriendo a donde estaba Alextro.

—¿Estás bien? —preguntó preocupada.

—Sí, eso creo —contestó él, con dificultad.

—¿Estás herido? Insistió ella, ayudándolo a levantarse para sentarlo en una silla.

—Estoy seguro de que sí —respondió Alextro sentándose mientras se agarraba el brazo y se cubría una herida que sangraba.

De igual manera, Yashira y Patricia acudieron a socorrer a Tristan.

—¡Tristan, Tristan! ¿Estás bien? —preguntó Patricia angustiada.

—¿Te puedes levantar? —preguntó Yashira revisándole una herida que tenía en la frente.

—Sí, estoy bien —mintió Tristan tratando de incorporarse para sentarse recostado en la pared.

—¿Quién eres tú y quiénes eran esos monstruos que casi nos matan? —preguntó Giovánnoli, jadeando y tosiendo, al hombre que acababa de defenderlos.

—¿Cómo es que me conocen y qué quieren de mí? —continuó después de escupir un poco de sangre que tenía en la boca.

—Yo soy Maloc, guardián de las alturas. Vengo del mundo de Pactron con la misión de llevarte a ti y a los escogidos ante el rey Hex —respondió mientras sacaba del bolsillo una planta que comenzó a frotar en las heridas que tenía Giovánnoli en la cara y en el cuerpo.

—Los que los atacaron son servidores de nuestro más grande enemigo, que es Cusco y su ejército de venganza. Lamentablemente te han encontrado también y eso no es bueno. Ahora que saben dónde estás, y que estás vivo, no descansarán hasta destruirte —dijo Maloc.

—Todos ustedes están muy equivocados. Yo no soy la persona que buscan —dijo Giovánnoli tocándose la herida que tenía en el pecho y muy sorprendido porque ya no sentía ningún dolor. Maloc siguió frotando su planta milagrosa en las heridas que tenían Alextro y Tristan por todo el cuerpo, quienes no salían de su asombro por la prodigiosa sanación que experimentaban. Por fin reaccionaron, y preguntó Alextro:

—Giovánnoli, ¿estás en problemas?, ¿te está buscando la policía?

—No. Yo no hago cosas ilegales; ese no es el ejemplo que yo te quiero dar a ti —contestó Giovánnoli.

—Esto no tiene que ver nada con este planeta; tiene que ver con nuestro mundo —dijo Maloc mirando a Giovánnoli.

—¿Qué quieres decir con eso? —preguntó Giovánnoli.

—¿Nunca te has sentido como que no perteneces a este lugar? —preguntó Maloc poniéndose de pie.

—Todo el tiempo —respondió Giovánnoli.

—Eres físicamente diferente a ellos pero no a nosotros —dijo Maloc mientras se quitaba el largo abrigo que cubría sus brazos y su pecho, quedando solamente con largos pantalones negros y dejando a la vista las mismas marcas que Giovánnoli tenía en su cuerpo, solo que de color café.

Maloc era más alto que todos en aquel lugar. Su cuerpo estaba completamente definido muscularmente. Al igual que Giovánnoli, muchas marcas como de raíces de árbol cubrían gran parte de su piel. Solo una franja ancha de cabello cubría su cabeza. Sus ojos eran verdes, y sumamente claros en el centro con una línea amarilla en los bordes, lo que los hacía más llamativos. Era uno de los guardianes con más experiencia en las batallas; también uno de los de más edad, aunque su apariencia era muy juvenil. Giovánnoli abrió grandemente los ojos sin poder creer lo que veía. Por primera vez en su vida no se sentía tan diferente. Alextro miró a Giovánnoli asombrado por lo que estaba viendo.

—Tú vivías en el mundo de Pactron dieciocho años atrás, y cuando eras solo un niño fuiste traído a este planeta. Cusco y su ejército de venganza, te han estado buscando desde entonces por todo el universo; ahora que te ha encontrado hará todo lo posible por capturarte. Nosotros los guardianes tampoco hemos dejado de buscarte todos estos años. Ahora estás en grave peligro —dijo Maloc.

—¿Alguien me puede explicar qué tenemos que ver nosotros en todo esto? —preguntó Tristan mientras Maloc usaba su planta para sanarle las heridas que tenía en la frente y la espalda.

—Todos ustedes han sido escogidos por el rey Hex para ayudar a los guardianes, junto con Giovánnoli, a vencer al enemigo más grande que tiene el planeta Tierra —respondió Maloc mirando a cada uno de ellos.

—¿Todos nosotros? ¿Y por qué nosotros? —preguntó Yashira.

—Después de observar a la humanidad por largo tiempo, nuestro rey, junto con el grupo de las mentes maestras, han decidido que todos los que están aquí presentes son importantes y necesarios para derrotar a nuestro enemigo —contestó Maloc.

—Pero nosotros no sabemos nada del mundo del que tú hablas. Nunca hemos oído hablar de él —dijo Sofiara.

—Ustedes sí tienen mucho que ver con el mundo de Pactron. Nosotros somos diferentes, pero todos estamos conectados. Nuestra misión es distinta de la de ustedes pero venimos del mismo Creador; cuando Él formó el universo, ya sabía que había mucho peligro y maldad. Existen grandes y temibles monstruos cuya función es devorar las galaxias y a todos los planetas, absorbiendo toda su energía. El planeta Tierra y la humanidad son la más grande obra de nuestro Creador. Por tal razón Él creó el mundo de Pactron, y a nosotros los guardianes, para velar y cuidar de su más grande tesoro que son ustedes. El planeta Tierra está lleno de vida y de energía al igual que ustedes los humanos. Los tenebrosos seres que rodean el universo necesitan energía para tener fuerza y seguir viviendo, de lo contrario se debilitarán y morirán. Desde el principio de los tiempos su planeta ha sido atacado por esos seres malignos que quieren apoderarse de su energía. Pero los guardianes han velado por este planeta, combatiendo a los monstruos que viven escondidos en la profundidad y obscuridad del universo. Por eso su mundo ha permanecido a salvo —dijo Maloc.

—Si siempre nos han protegido y han triunfado en todas las batallas anteriores, ¿por qué ahora temen ser vencidos? —preguntó Tristan.

—Cusco ha sido un enemigo muy peligroso y ha encontrado muchas maneras de causar la perdición de los humanos y del planeta. Pero cada uno de ustedes ha logrado vencer de alguna forma los engaños y las trampas que el enemigo ha traído a sus vidas. Nosotros desconocemos su manera de trabajar en la mente de los humanos y por tal razón no podemos detenerlo completamente. Sabemos que él les miente y los llena de tentaciones para distraerlos de su verdadero propósito. Ustedes han sabido mantenerse firmes y mirar hacia delante sin caer en esas trampas. Personas como ustedes son las que nosotros necesitamos para derrotar a Cusco. Por eso es necesario que vengan conmigo y sean parte de esta misión –dijo Maloc.

Todos estaban muy sorprendidos de escuchar lo que decía Maloc.

–Giovánnoli, ya estuviste perdido por mucho tiempo, los guardianes te necesitamos, tus padres te necesitan. Ya es hora de que regreses a casa; por favor, no perdamos más tiempo –dijo Maloc mirando fijamente a Giovánnoli y poniéndole una mano sobre el hombro.

–Giovánnoli, dile que lo que él habla no tiene sentido, que nuestros padres se llaman Carl y Serena Poloc y que nosotros somos hermanos. Tu perteneces a este lugar, no a donde él dice –dijo Alextro con mucha frustración, mientras se levantaba de su asiento. Giovánnoli respiró profundamente, llenándose de valor para decirle la verdad a su hermano.

–Alextro, la verdad es que yo fui adoptado por tus padres cuando yo era un pequeño niño. Ellos no son mis padres biológicos –dijo Giovánnoli poniéndole las manos en los hombros.

–No, no puede ser; tu estás mintiendo. Ellos nunca dijeron nada –dijo Alextro.

–Que no hayan hablado nunca de eso no quiere decir que no sea verdad –dijo Giovánnoli mientras miraba a Maloc como pidiéndole ayuda.

–Tus padres fueron los escogidos para cuidar de Giovánnoli por un tiempo –dijo Maloc interviniendo en la conversación. Ellos hicieron un maravilloso trabajo, amándolos a los dos, pero ya es tiempo de que Giovánnoli regrese a su verdadero hogar.

—Ellos fueron muy buenos padres, pero son tu sangre, no mi sangre —dijo Giovánnoli bajando la mirada.

Giovánnoli siempre supo que era adoptado, pero eso no impidió que los quisiera como si fueran sus verdaderos padres. Ellos lo trataron siempre como a su propio hijo, brindándole todo su amor día tras día.

—Yo pertenezco a otro lugar y a otra familia. Ya es hora de que descubra quién soy yo en realidad —dijo Giovánnoli.

—Ustedes tienen que decidir ahora mismo; cada segundo que pasa es muy importante —dijo Maloc a los jóvenes.

—Sabemos que Cusco atacará sin piedad al planeta Tierra. No sabemos cuándo, pero creemos que será muy pronto. Ahora más que nunca te necesitamos Giovánnoli, y a ustedes también. Por favor vengan conmigo.

—Mi hermana solo tiene seis años, yo no quiero que ella corra peligro —dijo Tristan tomándola de la mano.

—Si ella fue escogida es porque tiene una misión muy grande y necesitamos que venga también —dijo Maloc.

—Yo quiero ir Tristan, yo no tengo miedo —dijo Patricia.

—¿Quién soy para poder vencer a ese enemigo del que hablas? Yo no soy nadie; no tengo fuerza sobrenatural ni poseo poderes mágicos. Ustedes no me necesitan, yo creo que se han equivocado de persona —dijo Giovánnoli.

—Estás muy equivocado. Tú eres grande en nuestro mundo, y sí posees todo lo que dices no tener. Lo que pasa es que al vivir aquí no se puede manifestar en ti toda tu fuerza y tu poder —dijo Maloc muy emocionado.

—¿Por qué esperaron hasta ahora para buscarme? —preguntó Giovánnoli.

—Te equivocas otra vez. Los guardianes te hemos buscado todos los días desde tu desaparición. Tus padres ordenaron tu búsqueda día y noche, sin perder la esperanza de tu regreso. Les haces mucha falta y no hay día en que no lamenten tu ausencia — dijo Maloc.

—¿Quiénes son mis padres? Yo no los puedo recordar —preguntó Giovánnoli.

—Tus padres son los reyes del mundo Pactron, y eso te convierte a ti en príncipe de Pactron. Giovánnoli, tú eres nuestro príncipe perdido —dijo Maloc.

—¿Un príncipe? ¿Por qué no dijiste eso antes? — dijo Alextro emocionado y sorprendido.

—¡Wow, no lo puedo creer! —dijo Sofiara sonriendo.

—¿Tristan, los príncipes existen? —preguntó Patricia.

—Claro Paty —contestó Tristan.

—Yo creía que los príncipes solo existían en los cuentos de hadas —replicó ella.

—¿Y en dónde se encuentra ese mundo del que tú hablas? —preguntó Yashira.

—Está muy cerca de aquí, un poco más arriba de las nubes —contestó Maloc.

—¿Y cómo llegaremos allá? —preguntó Yashira.

—Eso ya está arreglado, el rey Hex ha mandado transportación para que puedan llegar al mundo de Pactron —contestó Maloc.

—Bueno, ya es hora de irnos; ¿puedo contar con ustedes? —preguntó mirando fijamente a cada uno de los jóvenes.

—Cuenta conmigo —dijo Giovánnoli sin dudar.

—Yo iré —dijo Alextro.

—De acuerdo —dijo Tristan.

—Yo también voy —dijo Patricia.

—Cuenta también conmigo —dijo Yashira.

—Ok —dijo Sofiara.

—Muy bien; ¿qué esperamos? Vámonos ya —dijo Maloc muy contento.

—Pase lo que pase, quédate siempre al lado mío, ¿de acuerdo Paty? —dijo Tristan a su hermana seriamente.

—De acuerdo, no te preocupes —contestó Patricia con una sonrisa.

—Por lo que veo, ya no podré ir a mi audición de música —dijo Sofiara con desánimo.

—No eres la única, yo tampoco podré ir a mi práctica de artes marciales —dijo Alextro.

—No se preocupen, que si todo sale bien, llegarán a tiempo a sus compromisos —dijo Maloc antes de salir por la puerta. Ellos no entendieron lo que él quiso decir, pero no dijeron nada y lo siguieron. Los muchachos habían aceptado el reto de aquella misión, sin saber realmente en qué se estaban metiendo.

Aquel día sería el comienzo de una maravillosa aventura; sería algo que cambiaría sus vidas para siempre y que formaría lazos de una fantástica amistad entre ellos, que nadie podría romper jamás.

Ellos conocerían de lo que podían ser capaces; se darían cuenta de que cada persona en este mundo tiene una misión que nadie más puede realizar, y que cada uno es especial e importante en este mundo.

# Capítulo 4
## La entrada al mundo de Pactron

Al salir de aquel lugar se dieron cuenta de que su transportación había llegado. Era algo que ninguno de ellos se esperaba y que nunca se habían imaginado. La tormenta ya había pasado y el sol brillaba nuevamente en el cielo; las nubes, la lluvia y los fuertes vientos habían desaparecido, y no se veía ninguna persona alrededor de allí. Cuatro dragones esperaban fuera de la repostería. Todos eran enormes, con largas alas y cola. Distintos tonos dorados vestían sus gigantescos cuerpos. Desde la parte de atrás de sus cabezas una ancha franja de pelaje plateado que corría por toda la espalda hasta la punta de la cola. Sus ojos eran grandes, con los que podían ver a cientos de pies de distancia. Tenían un ojo verde para ver en la obscuridad y otro rojo para ver de día. Sus bocas eran enormes y llenas de afilados dientes.

–¡Wow! –exclamó Patricia emocionada.

–Esto no puede ser real –dijo Tristan.

–¿En esto iremos a tu mundo? –preguntó Sofiara.

–¡Esto debe ser un sueño! –dijo Yashira.

–¿Son amigables? –preguntó Alextro.

–¿Es esta la única opción que tenemos? –preguntó Sofiara, dudando de subirse a uno de ellos.

–No puedo creer que los dragones en realidad existan. Siempre los veía en películas y dibujos, pero no sabía que fueran reales –dijo Giovánnoli, observándolos detenidamente.

51

—Todo lo que la mente humana pueda imaginar es porque existe. A lo mejor no es real en tu planeta, pero en algún lugar del inmenso universo sí existe –dijo Maloc sonriendo al ver la expresión de los jóvenes.

—El mundo de Pactron está lleno de dragones guerreros que son parte de nuestro ejército; fueron creados para nuestro mundo para ayudarnos a vencer a nuestro enemigo –dijo mientras se acomodaba en la espalda su arco y su aljaba llena de flechas.

—¿Tú esperas que nos subamos encima de ellos? –preguntó Sofiara con nerviosismo.

—Sí, escojan el que quieran, pero deben montarse de dos en dos –contestó Maloc.

—¿En cuál nos subimos, Tristan? –preguntó Patricia.

—No lo sé; yo creo que esto no es buena idea.

—Vamos, no seas cobarde –dijo Patricia.

—¿Yo, cobarde? ¡Ja, ja, ja, qué graciosa!; yo no le temo a nada –dijo Tristan riéndose, para fingir que no estaba asustado.

—Bueno, qué esperas, subámonos en este –dijo Patricia mientras trepaba en él.

—Espérame Paty –dijo Tristan subiendo detrás de su hermana. Giovánnoli también subió a otro dragón.

—¿Qué haces Giovánnoli? ¿Estás loco? Eso es un dragón –dijo Alextro manteniendo la distancia.

—Ven, no seas miedoso, es amigable. Vamos, no va a pasar nada. Sube –dijo Giovánnoli.

—Esto no puede estar pasando –protestó Alextro mientras subía temeroso.

—Bueno, solo faltan ustedes. Suban –ordenó Maloc a las otras dos chicas que estaban paradas, observando a los dragones, sin poder moverse.

—¡Yashira, Sofiara! ¿Están bien? –preguntó Alextro

—Sí —dijeron las dos al mismo tiempo.

—Tú primero, Yashira —dijo Sofiara.

—No, no. Tú primero —contestó Yashira.

—No, yo insisto, tú primero —replicó Sofiara dándole un pequeño empujón.

—De acuerdo —dijo Yashira mientras subía muy cuidadosamente.

—Ahora es tu turno, Sofiara —dijo Tristan.

—Ok, ok, ya voy —dijo Sofiara siguiendo a Yashira. Entonces Maloc salto sobre su dragón y ordenó:

—¡Stone, llévanos a casa! —Al instante el dragón se incorporó, y los otros también. El que llevaba a Giovánnoli y a su hermano volteó la cabeza para mirarlos fijamente por unos segundos, luego abrió la boca y dio un gran rugido. Los demás dragones hicieron lo mismo, rugiendo todos al mismo tiempo produciendo un ruido tan terrible que los jóvenes tuvieron que taparse los oídos.

—Agárrense fuerte —gritó Maloc. Todos obedecieron sujetándose fuertemente del pelaje de los dragones. Stone alzó sus largas alas y dio un enorme salto hacia el cielo, tomando altura rápidamente. Los demás dragones lo siguieron hasta subir por encima de las nubes.

A estas alturas la temperatura era muy baja, pero gracias al cálido cuerpo de los dragones y a su abundante pelaje, los jóvenes no sentían el frío de la altura. Ninguno tenía idea de hacia dónde se dirigían, ni del tiempo que estarían viajando encima de esos monstruos: todos estaban ansiosos por saber qué les esperaba en el futuro. Desde la altura todo se veía distinto, un cielo inmenso lleno de blancas nubes y el gran sol en lo alto que iluminaba con su majestuoso esplendor; estaban maravillados con aquel paisaje, no podían creer lo que estaban viviendo, les parecía un sueño que les inspiraba paz y tranquilidad sin sentir temor en ningún momento. Después de un rato viajando por el cielo, pudieron observar un hermoso arcoíris de brillantes colores que resplandecía como si estuviera lleno de piedras preciosas.

—¡Mira Tristan, un arcoíris! —dijo Patricia emocionada.

—Sí, lo veo; creo que nos dirigimos hacia él —contestó Tristan.

—No sabía que los arcoíris se formaban tan arriba en el cielo, creía que se formaban solo en la tierra —dijo Alextro.

—Los arcoíris son la puerta de nuestro mundo hacia el de ustedes —dijo Maloc. Cada vez que se forma un arcoíris en el cielo es porque nosotros hemos entrado o salido de su planeta en cumplimiento de alguna misión.

—¿Nos dirigimos hacia el arcoíris? —preguntó Yashira sorprendida. Siempre he querido saber qué hay al final de ellos.

—Bueno, por lo que veo, hoy lo sabremos —dijo Sofiara.

Los dragones conocían perfectamente el camino. Al llegar al arcoíris sucedió algo inesperado para los jóvenes: cruzaron justo por el centro del inmenso arcoíris, exactamente por el medio del color amarillo. Al instante, el paisaje cambió completamente. Ya no viajaban por el cielo, entre las blancas nubes; ahora volaban por encima de un gran río de agua clara como el cristal. Se podía ver todo lo que había dentro de aquellas aguas, cada piedra con su color y su tamaño, cada pez y cada ser que vivía allí. Los chicos estaban fascinados con el paisaje; los dragones volaban tan bajo que podían tocar el agua; Giovánnoli tomó un poco de ella y la bebió.

—Está tibia, y su sabor es increíble —dijo Giovánnoli. Alextro probó también el agua y dijo:

—Tienes razón. Es muy extraño, porque el agua de los ríos usualmente es fría; la lluvia que cae en las altas montañas suele ser helada, por la altura a la que se encuentran.

—Recuerda que ya no estamos en tu mundo sino en el mío —dijo Maloc.

En las riberas del inmenso río se levantaban grandes bosques con árboles y flores de todos los tamaños y variedad de especies. Todos eran frondosos y sus ramas se vestían con hojas de un verde muy intenso. Flores de distintos colores brotaban en cada árbol llenando de color todo el lugar. A lo lejos se podía ver que el río terminaba en una caída de cascada a donde se dirigían los dragones.

—¡Sujétense fuerte! —gritó Maloc. Ninguno sabía por qué, pero todos obedecieron sin dudar; se agarraron con fuerza del pelaje de los dragones sin imaginar lo que iba a suceder.

La caída era larga y profunda y los dragones bajaron por ella a la misma velocidad que el agua de la cascada haciendo giros mientras descendían. Los jóvenes cerraron los ojos y gritaban al sentir el vacío en el estómago que producían esas piruetas. La bajada fue larga, hasta donde terminaba la caída del agua y nuevamente se formaba el río; aquí era menos ancho, pero tan largo que recorría todo el mundo de Pactron. Al llegar a su destino, los jóvenes estaban tan mareados que no esperaron a que los dragones se recostaran, sino que saltaron al suelo para recuperarse. Maloc los miró confundidos escuchando sus quejas, sin entender por qué los chicos reaccionaban de esa forma extraña para él. Sin esperarlos, caminó hacia un gran árbol que estaba frente a ellos y entró por un agujero que tenía en el tronco.

El primero en incorporarse fue Giovánnoli, observando aquel fantástico lugar por primera vez.

—¿Qué lugar es este? —preguntó Alextro levantándose y mirando detenidamente a su alrededor.

—Creo que estamos en Pactron —respondió Giovánnoli.

—¡Wow, este sitio es increíble! —dijo Patricia.

—¡No puedo creer que ellos sean los que hacen aparecer los arcoíris y que detrás se encuentre este lugar! —dijo Sofiara emocionada.

—Yo pensaba que los arcoíris se formaban por el reflejo del Sol en el agua —comentó Tristan.

—Ahhh, todo me da vueltas—se quejó Yashira aún sin poder recuperarse de las acrobacias de los dragones.

A las orillas del río se levantaban diez hermosos árboles; cinco a cada lado y todos de diferente tamaño, color y textura. Esos árboles eran la fuente de vida del mundo de Pactron, cada uno de distinta manera.

Después de unos minutos, Maloc salió del árbol acompañado de un hombre de igual aspecto que tenía las mismas marcas en la piel y el mismo estilo de cabello, y se dirigió a donde estaban los muchachos. El hombre fue directo hacia Giovánnoli y le dio un fuerte abrazo.

—Bienvenido a tu hogar Giovánnoli —le dijo muy emocionado—. Todos te hemos estado esperando por mucho tiempo. ¡Estoy muy feliz de que por fin estés aquí!

—Gracias —contestó Giovánnoli un poco confundido pero satisfecho con tan agradable bienvenida.

—Bienvenidos al mundo de Pactron, mi nombre es Jaspe. Yo soy el guardián de la entrada de este maravilloso mundo, y protector de los árboles de vida —dijo a los jóvenes.

Jaspe era unos de los guardianes más viejos de Pactron, aunque no revelaba su edad, casi llegaba a los quinientos años. Era un hombre de aspecto juvenil, alto y de notable condición físico-atlética. Su piel era de una blancura mate adornada por las marcas características de todos los guardianes. Tenía el cabello color negro y los ojos azules tan claros como el cielo. Mientras Jaspe hablaba, Patricia se acercó a uno de los árboles y cuando estaba a punto de tocarlo, uno de los dragones rugió tan fuerte que la niña corrió asustada a refugiarse detrás de su hermano.

—Está prohibido tocar cualquiera de estos árboles, y si lo intentan, los dragones no lo permitirán —dijo Jaspe.

—¿Por qué no podemos tocarlos? —preguntó Yashira.

—Estos árboles son muy especiales para todos nosotros, son los que le dan vida a nuestro mundo. Sin ellos nuestro mundo se debilitaría, y a consecuencia de ello nosotros también —dijo Jaspe.

—¿De qué manera les dan vida? —preguntó Sofiara.

—Cada uno de estos árboles representa algo y nos dan vida de distintas maneras. Pero lo más importante es que todos deben estar juntos y trabajar en unidad. Todos son vitales para la vida en nuestro mundo —dijo Jaspe.

—¿Por qué los árboles del otro lado del río son tan diferentes a estos? —preguntó Tristan.

—Esos árboles tienen otra historia que no les puedo contar ahora —respondió Jaspe. Los árboles del otro lado del río eran muy altos y de ramas largas pero sin hojas. Se veían tristes y tenebrosos y daban la impresión de estar muertos.

—Les quiero dar las gracias a todos por haber venido a ser parte de nuestro ejército sin saber a qué se tienen que enfrentar. Se necesita mucho valor y coraje para eso. Con ese acto han demostrado que realmente son los verdaderos escogidos —dijo Jaspe sonriendo. Los jóvenes también sonrieron orgullosos de la decisión que habían tomado—. Por favor, vamos a mi vivienda; tengo algo preparado para ustedes.

Todos siguieron a Jaspe, quien poniendo su brazo sobre los hombros de Giovánnoli le dijo:

—Sé que estás confundido en estos momentos y que nada tiene sentido, pero te aseguro que muy pronto todo tendrá sentido para ti.

Los muchachos caminaban sin dejar de admirar con fascinación todo aquel espectáculo de la naturaleza. El primer árbol, de todos los que estaban allí, tenía hojas de un color rojo muy brillante. Su tronco muy grueso de color café, raíces largas y muy fuertes. Era un árbol sumamente frondoso. Cada una de sus hojas tenía un pequeño diamante rojo en la punta. Era el árbol del amor. A la derecha se encontraba el árbol de hojas amarillas; era el árbol de la prosperidad, de tronco muy fino color café claro, sus raíces también finas y descubiertas en la superficie del suelo. En cambio sus ramas eran gruesas y largas y caían apuntando hacia abajo. Era escaso de hojas, pero cada una tenía un pequeño diamante amarillo.

No muy lejos de este, se levantaba otro árbol con hojas moradas que era el más alto y grueso de todos y tenía diamantes del color de sus hojas redondas en el centro de cada una de ellas. Este era el árbol de la sabiduría. El siguiente árbol tenía las hojas de color naranja. Con las ramas más cortas que los demás y estas solo cargaban una hoja con un diamante del mismo color. Ese era el árbol de la fuerza y del poder. El último árbol de ese grupo era el que más cerca del río se encontraba ya que la mitad del árbol crecía dentro del agua y la otra mitad en la orilla. Sus hojas eran de color azul claro, menos brillante que las de los demás y con diamantes de color azul marino de un brillo muy intenso. Ese era el árbol más especial de aquel lugar. Era el árbol de la vida y de la salud. Él generaba vida a todo el mundo de Pactron, como un corazón que latía constantemente.

—Por favor, pónganse cómodos —dijo Jaspe cuando ya todos estaban dentro del árbol. Allí había un olor muy agradable; se sentía un ambiente limpio y fresco. No había mucha luz en su interior, solo unas cuantas antorchas iluminaban la habitación.

—¿Esta es tu casa? —preguntó Patricia—. ¡Wow, tu casa es dentro de un árbol!

—Es diferente a lo que me imaginaba —dijo Yashira. Después de observar el lugar pudieron darse cuenta de que estaba prácticamente vacío.

—¿Y en dónde duermes? —preguntó Patricia.

—Yo no duermo —contestó Jaspe.

—¿No duermes? —preguntó Sofiara con curiosidad.

—No, nosotros los guardianes no necesitamos dormir para reponer fuerza y energía. Nosotros obtenemos energía de otra manera —dijo Jaspe mientras tomaba una de las antorchas para encender una pequeña chimenea.

—¿De qué manera? —preguntó Tristan.

—El agua es nuestra mayor fuente de energía; nos mantiene alertas, en buena condición física y con la mente clara —dijo Jaspe.

—¿Solo beben agua todo el día? ¿Nunca comen? —preguntó Patricia sorprendida.

—Sí, nosotros comemos frutas y vegetales, pero no todos los días como ustedes. No lo necesitamos. Lo hacemos en ocaciones especiales. La comida hace nuestro cuerpo pesado y desenfoca nuestra mente. Solo necesitamos agua y nada más —explicó Jaspe.

—No puedo imaginarme vivir bebiendo agua nada más —dijo Alextro.

—Ustedes los humanos, sí necesitan los alimentos, pero muchas veces usan la energía en su contra sin darse cuenta. En vez de comer para nutrir el cuerpo y fortalecerlo, lo agotan dándole más trabajo del que debe tener —continuó Jaspe.

—No entiendo lo que estás diciendo; eso no tiene sentido —dijo Tristan.

—Muchas veces comen alimentos que no son saludables o comen en exceso. Por esa razón el cuerpo tiene que trabajar de más para procesar toda esa comida. En lugar de usar los nutrientes para energía y fuerza, los tienen que utilizar en el proceso de la digestión. Por eso el cuerpo se siente pesado y débil, en vez de fuerte y energético —dijo Jaspe.

—Bueno, creo que tienes razón —dijo Sofiara.

—Sí, es verdad, hay mucha gente enferma porque no escogen bien lo que comen —añadió Yashira.

—El cuerpo necesita moderación y balance. Los alimentos que la tierra produce son muy importantes para ustedes —dijo jaspe tomando una manzana y un tomate de una larga mesa.

—En ellos tienen todo lo que el cuerpo necesita para mantenerse joven, fuerte, saludable y energético. Igual sucede con el cerebro que necesita mucha agua para trabajar bien; si no la tiene, no pueden pensar con claridad, se les hace difícil resolver problemas, y las ideas nuevas nunca llegan. Si los humanos conocieran mejor su cuerpo y se preocuparan por él, sus vidas serían diferentes. El agua es el secreto de la vida y de la energía para los guardianes y para el mundo de Pactron —concluyó Jaspe mirando al grupo de muchachos.

—Al decirlo de esa manera sí tiene sentido —dijo Tristan.

—¡Así que ustedes no comen! ¿Y por qué está toda esta comida aquí? —preguntó Sofiara señalando la mesa llena de frutas y vegetales.

—Todo eso ha sido preparado para ustedes. Por favor, coman lo que deseen —dijo Jaspe.

Los jóvenes se sentaron en el suelo, alrededor de la mesa. No había muebles ni decoración en aquel lugar; solamente la mesa del centro, que era larga pero bastante baja.

En una esquina de la habitación se encontraba un cofre de mediano tamaño, de color cobre, con grabados de raíces de color oro en su exterior. De una de las paredes de la habitación salía una fuente de agua para beber y se derramaba hasta el suelo, donde caía en un pequeño pozo dentro de aquel árbol. Al otro extremo de la casa, justo al lado de la entrada al árbol, se encontraba una pequeña chimenea la cual calentaba y alumbraba el lugar. Mientras Jaspe hablaba con los jóvenes, todos ellos comían del banquete que se encontraba encima de la mesa, y bebían del agua de la fuente. Excepto Giovánnoli que estaba muy callado observando y escuchando todo en una esquina.

—Estas frutas tienen un sabor diferente pero delicioso —dijo Alextro.

—Sí, son las mejores frutas y vegetales que he comido en mi vida —dijo Yashira, que era vegetariana y disfrutaba comer todo tipo de frutas y vegetales.

Giovánnoli se acercó a una de las paredes del tronco observando detenidamente algo que le llamó la atención: palabras formando oraciones aparecían iluminadas por las paredes, y luego desaparecían.

—¿Qué son todas esas palabras? preguntó Giovánnoli.

—Son palabras de sabiduría —contestó Jaspe.

—¿Quién las escribe? —preguntó Giovánnoli.

—El árbol las escribe para enseñarnos y recordarnos lo que debemos hacer —contestó Jaspe.

—Los demás jóvenes se levantaron llenos de curiosidad para observar las paredes.

—¿El árbol escribe en el tronco? —preguntó Sofiara sorprendida.

—Sí, estamos dentro del gran árbol de sabiduría y conocimiento. Este maravilloso árbol posee y conoce toda la sabiduría del universo —contestó Jaspe.

"Escoge el bien sobre el mal", leyó Yashira en una de las paredes al iluminarse con una brillante luz que luego desapareció. Yashira miró a Jaspe confundida.

—En el universo, igual que en tu planeta, siempre ha existido el mal, y cada vez sigue creciendo más y más. Solamente el bien puede vencerlo. Es importante que siempre escojamos hacer el bien para detener al mal; para que deje de crecer de una vez por todas —dijo Jaspe mirando a Yashira.

"Las palabras que salen de tu boca pueden matar o dar vida", leyó Sofiara en otra pared del árbol.

—Las palabras que salen de tu boca deben ser palabras correctas; palabras de sabiduría, de motivación, de esperanza, de amor, de misericordia, de fe, de perdón y de verdad. De esa manera se les puede dar vida a las personas. De igual manera, con palabras negativas de odio, envidia, rencor, mentira y desánimo, puedes matar el alma y el corazón de las personas. Debemos escoger muy bien las palabras que nos decimos a nosotros mismos y a los demás —dijo Jaspe mirando a los jóvenes.

"Tu mente puede ser una gran amiga o tu mayor enemiga", leyó Tristan en otra pared.

—A veces la mente nos distrae con diferentes tipos de pensamientos, algunos nos ayudan pero otros no. Hay que saber escoger los pensamientos de nuestra mente, de lo contrario se rebelará contra nosotros y nos puede llevar por caminos equivocados —dijo Jaspe mirando fijamente a Tristan.

"La gratitud te mantiene conectado con divino poder", leyó Alextro.

—Ser agradecido siempre nos traerá recompensa —dijo Jaspe mirando a Alextro.

"Todo es posible si de verdad lo crees en tu corazón", leyó Patricia.

—El valor vive dentro de cada uno de ustedes, no permitan que el miedo crezca en sus mentes y cubra de dudas sus ojos. Cada uno de ustedes es capaz de lograr grandes cosas, si de verdad creen en ustedes mismos —dijo Jaspe señalando a cada uno de los jóvenes.

"Yo soy el elegido", leyó Giovánnoli en una de las paredes cerca de la fuente de agua.

—Giovánnoli, sé que por mucho tiempo te has sentido pequeño e insignificante, diferente a los demás; pero muy pronto te darás cuenta de lo importante que eres para este mundo y para todo el universo —dijo Jaspe a Giovánnoli poniendo sus manos sobre sus hombros.

—¿Qué son todas estas pinturas? —preguntó Patricia mientras descubría una parte del tronco llena de dibujos.

—¿Son dibujos del planeta Tierra? —preguntó Tristan acercándose a la pared.

—Sí, son pinturas de su planeta —contestó Jaspe.

—¿Qué significan? —preguntó Giovánnoli con curiosidad.

—Cada vez que el planeta Tierra es atacado, el árbol graba el suceso formando una pintura —respondió Jaspe.

—¿Por qué? —preguntó Yashira.

—Para poder estudiar el ataque y aprender de él —dijo Jaspe.

—¿Y estos que están aquí? —preguntó Giovánnoli señalando unas pinturas en particular. Esas que él señalaba estaban repetidas muchas veces en el árbol.

—Todos estos ataques han sido hechos por el mismo enemigo —contestó Jaspe.

63

—¿Y por qué tantos ataques? —preguntó Giovánnoli.

—Cusco, y su ejército de venganza, es el mayor enemigo de nosotros y del planeta Tierra. Él tiene una forma muy particular de atacar su planeta, teniendo éxito en todos sus ataques —contestó Jaspe.

—¿Y no lo han podido detener? —preguntó Alextro.

—Cada vez que él ataca su planeta, nosotros lo defendemos, pero después de que ha logrado hacer daño. Él se especializa en desastres naturales, eso es algo que nosotros no podemos detectar hasta después de que han comenzado. Los desastres naturales son muy comunes en su planeta porque son parte de él. La Tierra necesita esos sucesos para autolimpiarse y renovarse. El problema es que cuando comienza el suceso, el ejército de venganza toma el control de él, volviéndolo diez veces más fuerte, desastroso e incontrolable. Ahí es cuando nosotros debemos intervenir para desvanecerlo. Me refiero a terremotos, tornados, huracanes, maremotos, fuegos forestales y todo tipo de desastre naturales —dijo Jaspe señalando los dibujos en la pared.

—¿Cusco es el culpable de todos esos desastres? —preguntó Giovánnoli.

—Cusco no los puede comenzar, pero puede tomar control de ellos tan pronto comienzan, y volverlos peor de lo que son. Su planeta, después del Sol, es la mayor fuente de energía de todo el universo. Los seres humanos también están llenos de energía, y esa es una combinación muy poderosa. De esa manera, y por medio de ustedes, él obtiene mucha fuerza y poder. Por tal razón, se nos ha hecho tan difícil vencer a ese monstruo y a su ejército —dijo Jaspe.

—¡No puedo creer lo que nos estás diciendo! —dijo Sofiara.

—¿Y cómo planean destruirlo ahora? —preguntó Giovánnoli.

—Ustedes son nuestra arma secreta contra ese monstruo, para detenerlo finalmente —contestó Jaspe.

—¿Cómo nosotros podremos destruir algo tan poderoso? —preguntó Giovánnoli.

—Ustedes son más poderosos que cualquier gigante, lo que pasa es que en su planeta aprenden que son pequeños e insignificantes; pero eso no es verdad. Les daré algo que les pertenece y que los ayudará a convertirse en los grandes guerreros que en realidad son. Lo que les voy a dar es un regalo de parte del rey Hex —dijo Jaspe mientras se dirigía hacia el gran cofre que estaba en la habitación.

Jaspe abrió el cofre y sacó de él un arco, de color dorado, y una aljaba con flechas del mismo color, y se acercó a Sofiara.

—Sofiara Catwood, en nombre del rey Hex, te entrego esto y te nombro guerrera del mundo Pactron —dijo Jaspe. Ella lo tomó en sus manos con mucha emoción.

—¡Guerrera! —exclamó Sofiara admirando su regalo—. ¡Gracias!

—Ese arco es muy poderoso, solamente da la orden, y él sabrá qué hacer. Estas flechas, si las usas correctamente nunca se agotarán; pero si haces mal uso de ellas se acabaran pronto —le dijo Jaspe en forma de advertencia.

—De acuerdo —dijo Sofiara mirando detenidamente el arco y las flechas, pensando en lo que Jaspe acababa de decirle.

Jaspe volvió al cofre y sacó de él una espada de plata larga y pesada. Era muy hermosa; su hoja estaba totalmente cubierta con grabados de raíces y venía en una vaina bellamente decorada sujeta a una ancha correa para ceñirla a la cintura. Con ella en sus manos se acercó a Alextro.

—Alextro Poloc, en nombre del rey Hex te entrego esta espada y te nombro guerrero del mundo Pactron —dijo Jaspe.

—¡Wow, esto es grandioso! —dijo Alextro emocionado admirando la espada en cuyo mango estaban grabadas muchas palabras, pero nada tenía sentido.

—¿Qué significan estas inscripciones en la espada? —preguntó mientras se ceñía el arma.

—Esta es un arma muy peligrosa que puede causar mucho daño si se usa incorrectamente. En momentos de duda o confusión, la espada te guiará por el camino correcto, con las palabras que en ella están escritas —contestó Jaspe.

Enseguida regresó Jaspe al cofre. Esta vez sacó un escudo de bronce con llamas de fuego grabadas en su superficie y se lo presentó a Tristan diciéndole:

—Tristan Rock, te entrego este escudo, en nombre del rey Hex, y te nombro guerrero del mundo Pactron —dijo Jaspe.

—¡Fantástico! ¡Este es el mejor regalo que me han dado en toda mi vida! —dijo Tristan.

—Este escudo es fascinante —dijo Jaspe; pesado al cargarlo, pero liviano al moverlo. Las llamas dibujadas en él tienen movimiento como fuego verdadero. Cuando las llamas desaparezcan, disminuirá su tamaño.

—¿Cómo hará eso? —preguntó Tristan.

—Observa —dijo Jaspe. Las llamas del escudo fueron disminuyendo hasta desaparecer; entonces comenzó a reducirse hasta quedar del tamaño y forma de un anillo.

—¡Wow, esto es maravilloso! —exclamó Tristan con mucha emoción mientras se ponía el escudo en el dedo corazón de su mano derecha.

Acto seguido, Jaspe regresó nuevamente al cofre, buscó por unos segundos, tardándose más de lo normal, como si no pudiera encontrar lo que buscaba. Todos se miraron ansiosos de saber qué sacaría del cofre, y a quién se lo daría.

—¡Aja, aquí está! —dijo Jaspe en voz alta. Sacó una pequeña bolsa negra y se dirigió a Yashira:

—Yashira Spooch, yo te entrego esto en nombre del rey Hex, y te nombro guerrera del mundo Pactron —dijo Jaspe. Yashira abrió ansiosa la bolsa y encontró unas pequeñas bolas llenas de arena negra en su interior.

—¿Qué es esto? —preguntó.

—Cada una de estas bolas es capaz de explotar y destruir cualquier cosa que toque —contestó Jaspe. Si las usas correctamente no se agotarán nunca.

—Muchas gracias —dijo Yashira con una gran sonrisa.

Jaspe se acercó por última vez al cofre y sacó dos cosas, una en la mano derecha y otra en la mano izquierda, y se acercó a Patricia diciéndole:

—Patricia Rock, en nombre del rey Hex te entrego esto y te nombro guerrera del mundo Pactron —Jaspe abrió su mano derecha y lo entregó a la niña.

—¿Es una burbuja? —preguntó Patricia algo sorprendida.

—No es una simple burbuja, es la burbuja de los deseos. Debes cuidarla muy bien porque puede ser fatal si cae en malas manos. Ella hará lo que le pidas, pero solo la podrás usar una vez; así que debes escoger el momento adecuado para utilizarla. Pero debes saber algo muy importante, antes de darle algún mandato debes decir "yo deseo"; no lo olvides, "yo deseo" —dijo Jaspe.

—No lo olvidaré —dijo la niña sonriendo.

Enseguida Jaspe se dirigió a Giovánnoli:

—Giovánnoli, príncipe de Pactron, en nombre del rey Hex, te entrego esto —dijo levantando su mano izquierda y entregándole una raíz de árbol muy larga y gruesa, muy parecida a un látigo. Era de color café obscuro, gruesa en un extremo y delgada en el otro.

—Tu padre la usó en muchas batallas, pero ahora te pertenece a ti.

—¿Esto es el arma de mi padre? —preguntó Giovánnoli.

—Sí. Su mayor deseo es que tú la tengas y la uses de ahora en adelante —contestó Jaspe.

—¿Por qué no puedo recordar nada? —pregunto Giovánnoli confundido.

—Tu memoria te fue arrebatada. Debes hallarla para que puedas recordar y entender tu destino —dijo Jaspe.

—Yo solo recuerdo mi vida como humano. ¿Cómo los puedo ayudar si no recuerdo ser esa persona que tú dices? —preguntó Giovánnoli con frustración.

—Tus recuerdos solo podrás hallarlos en un lugar —respondió Jaspe.

—¿Cuál es ese lugar del que hablas? —preguntó Giovánnoli.

—Tu memoria fue arrojada a lo más profundo del mar, donde nunca nadie ha podido llegar —dijo Jaspe.

—Pero si nadie ha llegado a ese lugar, ¿cómo llegaremos nosotros? —preguntó Alextro.

—Solamente el grupo de las mentes maestras sabe dónde se encuentra y cómo llegar —dijo Jaspe.

—¿El grupo de las mentes maestras? —preguntó Sofiara confundida.

—Cada vez estoy más perdido —dijo Tristan.

—El grupo de las mentes maestras es el que busca las soluciones a todos los problemas del universo. Con sus sabias ideas mantienen el universo en divino balance. Son los únicos que tienen el mapa para llegar a ese lugar tan peligroso —dijo Jaspe.

—Si esa es la única manera de recuperar mi memoria y conocer la verdad, estoy dispuesto a ir —dijo Giovánnoli.

–¿Qué? ¿Estás loco? Ese es un lugar muy peligroso según él. Tú no debes ir sin saber los peligros que te esperan allá –dijo Alextro preocupado.

–No te preocupes Alextro; yo no iré solo, ustedes irán conmigo. Pero, ¿dónde encontraremos a ese grupo de las mentes maestras? –preguntó Giovánnoli.

–Ellos se reúnen todos los días dentro del bosque del mundo de Pactron. En el jardín secreto los encontrarán. Los árboles del bosque les mostrarán el camino –dijo Jaspe.

–¡Jardín secreto! –exclamó Sofiara.

–Deben irse pronto. No hay más tiempo qué perder. Nuestro mundo está en sus manos; váyanse ya –dijo Jaspe señalándoles la salida para ir en busca del grupo de las mentes maestras. Todos salieron del gran árbol, confundidos pero ansiosos de la aventura que les esperaba, y muy orgullosos de los regalos que habían recibido.

Fuera del gran árbol, Maloc daba de comer a los dragones. Rápidamente se dirigió a ellos cuando los vio salir.

–Ya deben irse y no se detengan, porque pronto obscurecerá y deberán buscar un lugar donde pasar la noche –dijo Maloc.

–¿Vendrás tú con nosotros? –preguntó Sofiara.

–Tengo que regresar a su planeta para una misión, y no podré acompañarlos hoy, pero muy pronto me reuniré con ustedes nuevamente. Buen viaje. Nos veremos pronto –dijo levantando su mano. Luego montó rápidamente en su dragón que rugió fuerte hacia donde se encontraban los jóvenes, como despidiéndose de ellos. Enseguida dio un gran salto, levantando el vuelo velozmente.

–¿Qué hacemos ahora? –preguntó Yashira.

—¿No escucharon? ¡Debemos irnos ahora! —dijo Giovánnoli, y comenzó a caminar bosque adentro. Alextro lo siguió.

—Tristan espera, creo que es mejor que pensemos bien lo que vamos a hacer —dijo Sofiara con dudas. Tristan la miró por un segundo, y siguió los pasos de Giovánnoli y Alextro, tomando a su hermana de la mano.

—Vamos Sofiara, no tengas miedo, andamos con el príncipe de este planeta. No creo que nos vaya a pasar nada malo —dijo Yashira siguiendo a los demás.

—Espero que tengas razón —dijo Sofiara caminando tras de ellos, comenzando así su gran aventura dentro del mundo de Pactron.

# Capítulo 5
## El grupo de las mentes maestras

Todo era hermoso alrededor, todo parecía mágico y lleno de vida. Los árboles llenaban el lugar con sus frondosas y abundantes ramas. Estas se movían al ritmo del viento, que levantaba las hojas por los aires, cubriendo las alturas con un espectáculo de danza y color. Las raíces de los árboles salían a la superficie de la tierra y con ellas caminaban por el suelo. Al mover sus ramas, mientras se paseaban por el bosque, sus hojas se desprendían y volaban por todo el cielo. El viento las alzaba, haciéndolas bailar en el aire, y cuando volvían a caer se juntaban nuevamente a las ramas de sus respectivos árboles. Las flores que se levantaban del suelo vestían la tierra con suaves y finas vestiduras, con diferentes colores brillantes que resplandecían con la luz del sol. La hierba que nacía de la tierra era verde y abundante, suave como seda y fina como delicados cabellos. Su olor era dulce y fresco, provocando que quisieras respirar todo el aire que allí había y llenar tus pulmones con él. Los animales salían de sus escondites para acercarse a Giovánnoli. Caminaban muy cerca de sus pies, saltando con alegría. Él tenía que tener mucho cuidado al caminar para no pisarlos y para no tropezar con ellos. Los árboles dejaban caer sus hojas al suelo, haciendo un camino para que Giovánnoli caminara por él. Él se llenaba de mucha alegría al observar todo ese recibimiento; se sentía importante por primera vez en su vida. El estar en ese lugar lo llenaba de mucha paz y tranquilidad. Mientras Giovánnoli iba observando todo a su alrededor, algo extraño sucedió. Todo aquello que estaba viendo no era nuevo para él; todo eso ya él lo había visto antes, pero no sabía dónde ni cuándo. Su corazón comenzó a latir muy fuerte, no sabía lo que estaba sucediendo.

No muy lejos de allí, vio un árbol en particular que le llamó mucho la atención, y sin dudar se dirigió hacia él. Cuando llegó hasta el árbol, lo observó por unos segundos y puso su mano en él. Giovánnoli pudo recordar algo al tocar aquel árbol. Se podía ver de niño corriendo por aquel lugar; lo sentía tan real que parecía que lo estaba viviendo otra vez, subiendo a los árboles, corriendo entre las flores y acostado en la hierba fresca del suelo. Una gran paz y felicidad invadió todo su ser. Podía escuchar a alguien llamando su nombre. "Giovánnoli", llamaba aquella voz a lo lejos. Era la voz de una niña. Él no se encontraba solo en aquel momento, parecía que jugaba con alguien más. Dio media vuelta buscando de dónde provenía la voz, pero no podía ver a nadie. Trataba de buscar detrás de los árboles, entre las flores, dentro del río, y no veía a nadie. "Giovánnoli", volvió a llamar la voz. Giovánnoli se mantuvo quieto por un instante, sintiendo el aire que golpeaba su rostro y su cuerpo. Miró hacia arriba, hacia un árbol alto y de largas ramas. Entre las ramas del árbol se encontraba una pequeña niña que le sonreía. La niña era hermosa, de largos cabellos rubios y ojos verdes, que hipnotizaban por su gran belleza. Su piel era dorada y tersa con una hermosa sonrisa que llenaba de calma el espíritu. —Eclipse, —dijo Giovánnoli con emoción, el nombre de aquella niña. El corazón de Giovánnoli saltó en su pecho y comenzó a latir rápidamente. Su alma reconoció aquel rostro y aquella voz, provocando que se acelerara su corazón. De momento, sintió que alguien tocaba su brazo.

—Giovánnoli, ¿estás bien? —preguntó Alextro. Él abrió los ojos y miró para todos lados, pero la niña ya no estaba, solo vio a su grupo de amigos.

—Sí, estoy bien; solo que creí ver algo —dijo.

—¿Quién es Eclipse? —preguntó Sofiara con curiosidad.

—No lo sé —contestó Giovánnoli muy confundido. «"Estaré comenzando a recordar mi pasado", pensó».

—Vamos por aquí —dijo Tristan, siguiendo la orilla de un gran río donde los peces saltaban por encima de las cristalinas aguas, como si estuvieran felices de verlos.

—¿Qué pasó hace unos minutos?, ¿recordaste algo? —preguntó Alextro.

—Creo que sí, pero no estoy seguro. Algo muy extraño me está sucediendo —dijo Giovánnoli.

—¿Crees que todo lo que nos han dicho es verdad y este sí es tu verdadero hogar? —preguntó Alextro.

—No lo sé, pero creo que lo sabremos pronto —respondió Giovánnoli.

—¡Wow, mira los peces, qué alto brincan! —dijo Patricia emocionada. Mientras los jóvenes caminaban por el bosque escucharon varias voces que hablaban en forma de debate, aunque todavía se oían lejanas. A medida que iban caminando, las voces se podían oír con más claridad.

—¿Escuchan eso? —preguntó Yashira.

—Yo lo escucho. Son voces —dijo Sofiara.

—Parece que están discutiendo —dijo Tristan.

—Deben estar muy cerca —dijo Alextro.

—Por aquí —llamó Giovánnoli a los demás. Minutos después llegaron a un lugar donde había muchos árboles unidos formando un círculo. Eran árboles altos, con frondosas ramas y hojas que caían cubriendo todo como una cortina. Era imposible ver lo que había detrás. Para poder pasar y ver, tenían que separar una rama de la otra.

—Síganme, es por aquí; los escucho muy cerca — dijo Yashira haciendo una señal con la mano y mostrando el camino.

—¡Mira las ramas de estos árboles, caen del cielo hasta el suelo! Nunca había visto árboles como estos —dijo Sofiara.

—Ayúdame Alextro —dijo Giovánnoli mientras abrían paso entre las ramas para que entraran los demás.

—¡Shhhhhh, hagan silencio para no interrumpir! — susurró Yashira.

—¿Dónde estamos Tristan? —preguntó Patricia.

—No lo sé, pero no te quedes atrás. Quédate cerca de mí —susurró Tistan.

Cuando lograron penetrar al interior del círculo de árboles abriéndose paso entre las ramas, se miraron unos a otros haciéndose señas para no hacer ruido. Todos quedaron sorprendidos al ver lo que apareció ante sus ojos.

El suelo estaba tapizado totalmente con flores como si todo el jardín fuera una hermosa alfombra multicolor, en cuyo centro había una gran mesa redonda muy antigua, pero en perfectas condiciones, en la cual se encontraban seis copas de color bronce y unos cuantos papeles al lado de ellas. Alrededor de la mesa estaban sentados seis hombres de largas barbas y cabellos que llegaban hasta el suelo. Todos ellos eran tan asombrosamente parecidos que era imposible distinguir uno de otro. Lo único que los hacía diferentes eran sus vestiduras, ya que todos tenían túnicas de distintos colores.

—No, yo no estoy de acuerdo con esa idea —dijo uno de ellos que vestía una túnica azul.

—Bueno, ¿tienes una mejor idea? —dijo el de la túnica roja.

—¡Estamos aquí para tomar una de las decisiones más importantes para la vida de los humanos y del planeta Tierra! —dijo el de la túnica color naranja.

—Hemos intentado todo lo que hemos podido, y no hemos logrado el resultado que esperamos — apuntó el de la túnica amarilla.

—Tenemos que hallar la solución de este problema hoy mismo —dijo el de la túnica morada.

Los muchachos se miraban unos a otros sin atreverse a hablar ni a moverse, para no interrumpir. De momento hubo un profundo silencio y los hombres que discutían se dieron cuenta de la presencia de los jóvenes, muy sorprendidos de verlos allí.

—¿Quiénes son ustedes? —les preguntó el de la túnica naranja.

Yo soy Giovánnoli, y ellos son mis amigos —dijo él, dando un paso al frente.

—¿Has dicho Giovánnoli? —replicó el hombre de la túnica naranja sorprendido.

—Sí, yo soy Giovánnoli y estamos aquí por órdenes del rey Hex —dijo.

Inmediatamente todos se levantaron de sus asientos, dejando al descubierto su gran altura. Eran tan altos que los muchachos tuvieron que alzar la mirada para ver sus rostros.

—Bienvenido seas príncipe Giovánnoli —dijeron los hombres al mismo tiempo, inclinando sus cabezas.

—Muchas gracias —respondió Giovánnoli.

—Con todo respeto príncipe Giovánnoli, estamos en medio de una reunión muy importante —dijo el de la túnica amarilla.

—Lamentamos haberlos interrumpido, pero estamos buscando al grupo de las mentes maestras para que nos digan cómo llegar a lo más profundo del mar —dijo Giovánnoli.

—¿Has dicho, lo más profundo del mar? —preguntó el hombre de la túnica amarilla muy sorprendido.

—Sí, me han dicho que ellos saben cómo se llega —contestó Giovánnoli.

—Por favor, siéntense aquí con nosotros —les dijo el mismo hombre indicándoles las sillas vacías alrededor de la mesa. Los jóvenes se sentaron a la mesa junto con los seis hombres allí presentes.

—Nosotros somos los ancianos del mundo de Pactron, mejor conocidos como el Grupo de las Mentes Maestras —dijo el hombre de la túnica roja.

—¿Por qué hablaban en voz alta?, ¿estaban discutiendo? —preguntó Patricia.

—Lamento haberlos inquietado con nuestra plática. Nosotros estamos encargados de resolver todos los asuntos relacionados con el planeta Tierra y la humanidad. Todos los días nos reunimos para hallar soluciones a los problemas de su mundo, en general e individualmente —respondió el anciano de la túnica roja.

—¡Wow!, eso es una gran responsabilidad —dijo Yashira.

—¿No se cansan de resolver tantos problemas cada día? —preguntó Tristan.

—No, para eso hemos sido escogidos —contestó el anciano de la túnica azul.

—¿Los logran resolver todos? —preguntó Sofiara.

—Sí, no hay nada que no podamos resolver —respondió el anciano de la túnica morada.

—¿Cómo hacen eso? —preguntó Alextro.

—Es muy sencillo. Cuando todos nos ponemos de acuerdo y diseñamos un plan, o concebimos una gran idea para los humanos, lo primero que hacemos es enviárselo a su mente —respondió el anciano de la túnica roja.

—¿En serio? —preguntó Tristan.

—Sí, pero lamentablemente, eso muchas veces no funciona porque al recibir la idea, los humanos dudan y rápidamente la descartan de sus pensamientos –dijo el anciano de la túnica roja.

–¿Ustedes pueden mandar pensamientos e ideas a nuestras mentes? –preguntó Alextro.

–Sí, lo hacemos todo el tiempo; pero si no funciona, entonces recurrimos a los guardianes –dijo el anciano de la túnica amarilla.

–¿Qué hacen ellos? –preguntó Giovánnoli con mucha curiosidad.

–Nosotros les explicamos el plan con las diferentes formas en que puede ser llevado a cabo, y ellos se encargan de ponerse en contacto con cada persona. Ellos le explican la idea, de qué manera será beneficiado, y cómo puede lograrlo. Creo que ustedes le llaman a eso "consejo" –dijo el anciano de la túnica naranja.

–¿Funciona de esa manera? –preguntó Yashira.

–Bueno, algunas veces sí funciona, pero otras no. Los humanos comienzan con el plan, muy emocionados, pero cuando se pone difícil o ven obstáculos en el camino, se desaniman y se dan por vencidos –dijo el anciano de la túnica verde.

–¿Hay alguna otra opción? –preguntó Sofiara.

–En ciertos casos, en los más extremos, nosotros los ayudamos sin pasar por ninguno de esos procesos –dijo el anciano de la túnica morada.

–¿Por qué no lo hacen así siempre? Parece ser la más fácil de todas –dijo Yashira.

–Antes de llevar a cabo esa opción, debemos consultarle al Creador. Él tiene la última palabra y nos da o niega el permiso. Pero no son muchas las veces que dice que sí –dijo el anciano de la túnica verde.

–¿Por qué no? –preguntó Alextro.

–Cada uno de ustedes tiene una lección muy importante que aprender en la vida. Pero deben aprenderla por ustedes mismos —dijo el anciano de la túnica naranja.

—Todos deben saber cuál es su misión en la tierra y cuál es el secreto de la vida —dijo otro anciano.

—¿Cuál es el secreto del que hablan? —preguntó Giovánnoli. Los seis ancianos se miraron unos a otros, sorprendidos por la pregunta.

—No estamos autorizados para revelarles el secreto. Ustedes mismos lo deben descubrir —dijo el anciano de la túnica azul.

—¿Son ustedes responsables de esos sucesos que ocurren en la vida de algunas personas y que nosotros llamamos "milagros"? —preguntó Yashira.

—Ustedes en su mundo lo llaman así —dijo el anciano de la túnica amarilla.

—¿Quiénes son ustedes en verdad? preguntó Sofiara.

—En su planeta nos llaman de muchas maneras: ángeles, extraterrestres, buenos samaritanos, héroes y de otras formas más. Pero en todo el universo somos conocidos como los Guardianes de las Alturas —dijo el anciano de la túnica amarilla.

—Guardianes del universo y de todo lo que hay en él —dijo el anciano de la túnica morada.

—Todo el universo fue hecho por el Creador, pero la maldad que vive en la obscuridad ha querido apoderarse de todo. Pero hasta ahora los guardianes lo han impedido exitosamente. Por miles de años su galaxia ha sido el objetivo, ya que es la que más energía posee —dijo el anciano de la túnica roja.

—En su galaxia existe un planeta que vigilamos muy de cerca porque en él vive el mayor enemigo del planeta Tierra y del mundo Pactron —dijo el anciano de la túnica azul.

—Es el maligno planeta gemelo de la Tierra. Cada seiscientos sesenta y seis días se unen en órbita dándole acceso fácil a su planeta y poniéndolo en grave peligro —dijo el anciano de la túnica amarilla.

—¿Cuánto tiempo tenemos antes de que se unan en órbita nuevamente? —preguntó Giovánnoli.

—Solo nos quedan dos días más —dijo el anciano de la túnica morada.

—¿Qué sucederá cuando pasen esos dos días? —preguntó Giovánnoli.

—Creemos que Cusco y su ejército están planeando una gran batalla, como nunca antes se ha visto en la Tierra —dijo el anciano de la túnica naranja.

—¿Cómo pueden saber eso? —preguntó Alextro.

—Cusco ha estado muy callado y quieto por algún tiempo, y sabemos que está planeando algo —respondió el anciano de la túnica naranja.

—Giovánnoli, durante años los guardianes han tratado de vencer a ese malvado, y estamos seguros de que tú eres el único que lo puede derrotar —le dijo el anciano de la túnica roja.

—¿Cómo pueden estar seguros de eso? —preguntó Giovánnoli.

—Cusco trató de matarte cuando eras un niño, porque sabía que tú eras el único que lo podía vencer y destruir para siempre —dijo el anciano de la túnica roja.

—¿Por qué no me mató en ese momento? ¿Qué pasó? ¿Qué se lo impidió? —preguntó Giovánnoli.

—Su mayor deseo era destruirte, pero el Creador te protegió en aquel momento —dijo el anciano de la túnica amarilla.

—¡El Creador! —exclamó Giovánnoli—. ¿Cómo me protegió Él?

—En el momento en el que Cusco te iba a atacar, el Creador te desapareció. Mandó del cielo un poderoso rayo, el cual te llevó lejos del mundo de Pactron a un lugar que solo Él conocía. El rey Hex por años le rogó que le dijera a dónde te había llevado, pero el Creador nunca le dijo —contestó el anciano de la túnica amarilla.

—¿Por qué el Creador no se lo dijo? ¿No quería que yo volviera a ver a mis padres ni que regresara a mi hogar? —preguntó él con frustración.

—El Creador muchas veces trabaja de manera misteriosa. A veces los humanos creen que Él no los quiere ayudar o que se ha olvidado de ellos, pero no saben que cuando Él está en silencio es porque está trabajando a su favor —dijo el anciano de la túnica azul.

—¿Por qué me mandó a la Tierra, donde hay tanta maldad y sufrimiento, abandonándome allí? —preguntó Giovánnoli enojado.

—Giovánnoli, el Creador nunca te abandonó, Él estuvo cada día a tu lado y muchas veces mandó guardianes a protegerte, sin ellos saber quién realmente eras —dijo el anciano de la túnica verde.

—¡Aún no entiendo por qué me mando a la Tierra, si ese es el lugar que Cusco más desea destruir —dijo Giovánnoli.

—Tienes razón, la Tierra es el lugar más deseado por Cusco, por eso te envió allá. El Creador sabía que Cusco nunca se iba a imaginar que vivías en la Tierra —dijo el anciano de la túnica verde.

—Pero él sí encontró a Giovánnoli —dijo Alextro interrumpiendo la conversación.

—Después de que los guardianes te buscaran por todo el universo, comenzaron a buscarte en la Tierra. Cusco se enteró y los siguió muy de cerca hasta que te encontró en el mismo momento en que Maloc te encontró a ti —continuó el anciano de la túnica roja.

—Por tal razón es muy importante que recuperes tu memoria. Solo así podrás saber quién eres y lo que significas para este mundo y para todo el universo —dijo el anciano de la túnica amarilla.

—¿Quién fue el que le hizo eso a Giovánnoli? ¿Quién le quitó su memoria? —preguntó Yashira.

—El único que puede arrojar o sacar cosas de lo más profundo del mar es el Creador —dijo el anciano de la túnica amarilla.

—¿¡Qué!? ¿El Creador también me quitó mi memoria? ¿Por qué lo hizo? Él me quitó todo lo que amaba y todo lo que conocía. Durante todos estos años he vivido perdido, confundido y solo. Viviendo una vida miserable.

Giovánnoli se levantó de su silla y caminó hacia un pequeño río que atravesaba el jardín en el interior de aquel lugar. El anciano de la túnica amarilla se levantó y fue hasta donde Giovánnoli se encontraba.

—Sabemos cómo te sientes y cómo te has sentido todo este tiempo, pero el Creador lo hizo para protegerte, para que no buscaras la manera de regresar al mundo de Pactron. Él te conoce muy bien y sabía que no te darías por vencido hasta encontrar el modo de regresar. Él también sabía que si regresabas estarías en grave peligro. Por esa razón hizo lo que hizo —dijo el anciano de la túnica amarilla.

—Tengo que recuperar mi memoria —dijo Giovánnoli muy decidido.

—¿Ustedes nos pueden decir cómo encontrar lo más profundo del mar? —preguntó Sofiara.

—Lo más profundo del mar es un lugar muy peligroso y tenebroso —dijo el anciano de la túnica morada.

—¡Giovánnoli, esto es una locura! Tú no puedes ir a ese lugar —exclamó Alextro levantándose de su silla muy preocupado.

—Tengo que hacerlo, no tengo otra opción. Necesito recuperar lo que es mío —le respondió. Luego se dirigió a los ancianos—: ¿En dónde se encuentra la entrada a lo más profundo del mar?

Los ancianos se miraron unos a otros durante algunos segundos y luego asintieron con la cabeza.

El anciano de la túnica morada se levantó de su asiento, y de su larga barba sacó un papel enrollado, y lo puso en las manos de Giovánnoli.

—Este es el único mapa que existe de la entrada a lo más profundo del mar. Sigue el camino que aquí aparece y llegarás —le dijo.

Giovánnoli desenrolló el papel y quedó sorprendido por lo que vio.

—¿Es esto algún tipo de broma? ¡Este papel está en blanco! ¿Qué significa esto? —preguntó muy molesto y confundido.

Los ancianos revisaron detenidamente el papel y quedaron sorprendidos de verlo en blanco.

—Este es el mapa, pero su contenido está oculto —dijo el anciano de la túnica azul.

—¿Quién lo ha hecho? —preguntó Giovánnoli.

—No lo sabemos Giovánnoli, lo lamento —dijo el anciano de la túnica roja.

—¿Qué haremos ahora? Sin ese mapa no podremos llegar, y yo necesito ir allá. ¿Tienen alguna idea, o conocen de alguna persona que me diga cómo llegar a lo más profundo del mar? —preguntó Giovánnoli ansioso.

—El Creador es el único que te puede decir cómo llegar al lugar que buscas —dijo el anciano de la túnica naranja.

—¿Cómo puedo encontrarlo? —preguntó Giovánnoli.

—Lo encontrarás en la cima de la montaña más alta del mundo de Pactron. Ahí es donde se reúne con el rey Hex y los guardianes para hablar sobre los planes que quieren realizar. Ahí estará esperándote. Él sabe que has regresado y quiere hablar contigo —dijo el anciano de la túnica roja.

—¿Dónde se encuentra esa montaña? —preguntó Alextro.

—En las alturas la verás luciendo como un gigante, vigilando desde lo alto. Solo deben seguir el camino del río que los llevará a la montaña; no hay forma de perderse —dijo el de la túnica verde.

El anciano de la túnica azul se levantó de su silla y se dirigió al río, se inclinó en la orilla buscando entre las algas por algunos segundos, tomó algo y caminó hasta donde Giovánnoli se encontraba y mirándolo fijamente a los ojos dijo:

—Esto que ahora te entrego es un regalo de parte de los ancianos del mundo de Pactron. Sabemos que será de mucha ayuda y compañía para ti —extendió su mano y le entregó un huevo de color negro. Los demás jóvenes observaban con mucha curiosidad y atención.

—¿Qué es esto? —preguntó Giovánnoli recibiendo el regalo.

—Ya lo verás, aprende a esperar paciente y cuídalo hasta que esté listo —dijo el anciano de la túnica azul mientras todos observaban el huevo.

—¿Qué hay dentro de ese gran huevo? —preguntó Patricia.

—Pronto lo sabremos —dijo Tristan.

—Bueno, ya es hora de que se vayan y sigan su camino, la noche caerá muy pronto. Deben aprovechar lo que queda del día y buscar dónde pasar la noche; y no olviden seguir el camino del río, que los llevará a la montaña más alta del mundo de Pactron —dijo el anciano de la túnica amarilla.

—Gracias por toda la información que nos han dado —dijo Sofiara.

—Ha sido un gran honor el conocerlos a todos —dijo Yashira sonriendo.

—Haber visto a Giovánnoli de regreso a su hogar y conocer personalmente a los escogidos ha sido para nosotros un honor —dijo el anciano de la túnica morada.

—Hasta pronto y mucha suerte —dijo el de la túnica amarilla. Todos los ancianos inclinaron la cabeza despidiéndose de los jóvenes, quienes correspondieron con una profunda reverencia. Enseguida salieron del hermoso jardín para continuar su camino.

# Capítulo 6
## Los dos grandes árboles

Al salir del jardín donde se reunieron con el Grupo de las Mentes Maestras, todos se dirigieron hacia el río.

—¿Qué haremos ahora? —preguntó Alextro.

—¡Allí está, la montaña, la puedo ver! No parece estar muy lejos —dijo Giovánnoli señalándola. Todos miraron hacia donde él les indicaba.

—Sí, parece estar cerca —dijo Tristan.

—Giovánnoli, ya está obscureciendo, creo que debemos buscar un lugar donde pasar la noche, y mañana iremos a la montaña —dijo Yashira.

—No, aún podemos lograrlo, debemos continuar hoy —ordenó Giovánnoli mientras comenzaba a caminar pero Sofiara se paró delante de él diciendo:

—Yashira tiene razón, ha sido un día muy largo y lleno de emociones; estamos exhaustos. Ya se está ocultando el sol y necesitamos descansar. Seguiremos mañana temprano.

—De acuerdo, busquemos un lugar para pasar la noche y mañana, a primera hora, continuaremos el camino —dijo Giovánnoli sin mucho ánimo.

—Estoy muy cansada, y tengo mucha hambre —dijo Patricia a su hermano.

—No te preocupes, pronto pararemos a descansar y buscaremos algo de comer —dijo Tristan mientras levantaba a su hermanita para llevarla sobre sus hombros.

Mientras caminaban por la orilla del río, contemplaban el maravilloso paisaje que tenían enfrente.

Podían oír el agua correr por aquel río, sentir el viento que golpeaba las ramas de los árboles desprendiendo sus hojas. Pero ocurría algo extraño: las hojas volaban por el aire, elevándose a lo alto del cielo, pero al caer no llegaban al suelo sino que se unían a sus ramas nuevamente: era un maravilloso espectáculo. A medida que avanzaban por el bosque, se iba haciendo cada vez más de noche.

—Giovánnoli, mira hacia allá —dijo Yashira. Es humo, parece una chimenea.

—Sí lo veo. Vamos hacia allá —dijo Giovánnoli.

Después de caminar unas cuantas millas, llegaron a una pequeña aldea. Las viviendas eran diferentes a las de la Tierra. En el mundo de Pactron se construían dentro de los árboles. Pero estos tampoco eran como los de la Tierra, eran tan gigantescos que podían ser usados para hacer cómodas habitaciones en su interior. Todo estaba muy calmado y silencioso; no se veía a nadie alrededor, ni había luces encendidas en ninguna parte. Anduvieron por un sendero de hierba verde en medio de la aldea. Los árboles eran muy altos, frondosos y cargados de frutas. La noche cayó completamente y la obscuridad invadió el mundo Pactron, lo que hizo difícil ver el camino por donde andaban.

—No veo nada —dijo Alextro.

—¡Ouch! —se quejo Yashira adolorida.

—¿Estás bien? —preguntó Tristan.

—Creo que mi pie golpeó algo, pero estoy bien —contestó.

—Giovánnoli ¿qué te está pasando? —preguntó Alextro.

—¿Por qué me preguntas eso? —le dijo Giovánnoli. Alextro señaló el pecho de Giovánnoli sin poder decir ni una sola palabra. Giovánnoli se miró sin entender lo que estaba ocurriendo, rápidamente se quitó la camisa, dejando su pecho y espalda al descubierto.

86

Su cuerpo estaba totalmente iluminado con una brillantísima luz sobre las marcas que tenía en su piel.

—¿Qué está pasando? —preguntó Giovánnoli confundido.

—Giovánnoli, estás brillando —dijo Sofiara emocionada mientras extendía su mano para tocarlo.

—¡Estás muy caliente!, ¿te duele? —preguntó Sofiara.

—No, solo siento mucha energía por todo mi cuerpo.

—¡Wow, alumbras todo! —dijo Patricia sorprendida.

—Después de tantos años detestando estas marcas, sin saber por qué yo había nacido así; ahora entiendo que son mucho más que simples marcas —dijo Giovánnoli tocándose el pecho.

Giovánnoli siguió adelante del grupo iluminando el camino con la luz de su cuerpo. A lo lejos alcanzaron a ver luces que se movían de un lado para otro. Después de caminar por algunos minutos, llegaron a donde se encontraba un grupo de árboles que tenían algo muy particular, eran grandes, fuertes y frondosos y gran parte de sus troncos estaban cubiertos de hermosas flores. Los árboles formaban un arco, vigilando la entrada al sitio donde habían visto las luces. Los jóvenes se detuvieron por unos segundos para admirar aquellos majestuosos árboles que se encontraban delante de ellos.

—Miren los troncos de esos árboles ¡Están llenos de flores! —dijo Patricia con asombro.

—¿Vieron eso? Parece que se mueven como si estuvieran vivos —dijo Alextro.

—¿De qué hablas? —preguntó Giovánnoli.

—Algo muy extraño está sucediendo, los árboles se están moviendo —dijo Alextro.

—Yo no les veo nada raro —dijo Giovánnoli. Cuando todos siguieron caminando ocurrió algo inesperado: los árboles que se encontraban delante de ellos descolgaron sus ramas encima de los jóvenes. Las ramas estaban llenas de hojas de colores muy inusuales. El árbol de la derecha de la entrada tenía sus hojas blancas y el árbol de la izquierda tenía sus hojas negras.

—¿Quiénes son ustedes y cómo llegaron hasta aquí? —preguntó el árbol de hojas negras. Los muchachos se miraron unos a otros paralizados de la sorpresa, ya que nunca habían visto nada parecido.

—¿Eres tú un guardián? —continuó, dirigiéndose a Giovánnoli.

—Eso es lo que parece, mi nombre es Giovánnoli —contestó él.

—¿Giovánnoli? ¿El príncipe Giovánnoli? —preguntó nuevamente el mismo árbol.

—Sí, eso creo —respondió Giovánnoli.

—Qué gran honor tienen mis ojos de verte —dijo el árbol.

—¿Tienen ojos? —preguntó Alextro. Al instante algunas hojas se desprendieron de sus ramas, volando en el aire, y formaron una cara con ojos y boca en el centro de cada árbol.

—¡Increíble! —exclamó Alextro al ver cómo las hojas formaron las caras de los dos árboles.

—El príncipe perdido; es un placer tenerte de nuevo en el mundo Pactron, ¿Qué los trae por aquí? —preguntó el árbol de hojas blancas.

—Estamos buscando un lugar para pasar la noche. Pasamos por la aldea pero no pudimos ver a nadie —dijo Sofiara.

—¿Están buscando a los guardianes? —preguntó el árbol de hojas blancas—. Ellos se reúnen todas las noches a orillas del Lago de las Sombras.

—¡El Lago de las Sombras! ¿Por qué se llama así? —preguntó Alextro con curiosidad.

—Muy pronto lo sabrán —contestó el árbol de las hojas blancas.

—¿Cómo es que pueden hablar? —preguntó Patricia a los árboles.

—En este mundo todo tiene vida: los árboles, las flores, las plantas, la hierba. Nos podemos mover de un lugar a otro, podemos ver, respirar, hablar. Si los guardianes nos necesitan, podemos pelear en las batallas junto a ellos —dijo el árbol de hojas negras.

—Este es el lugar más maravilloso que he visto —dijo Patricia con mucha emoción. En el lugar de donde nosotros venimos también hay árboles y flores, pero no pueden hablar o moverse como ustedes.

—¿Y de dónde vienen ustedes? —preguntó el árbol de hojas blancas.

—Del planeta Tierra —contestó ella.

—¡Oh, el planeta Tierra! —dijeron los dos árboles a la vez.

—¿Lo conocen? —preguntó Sofiara.

—Claro que sí; es un lugar muy hermoso, la más bella obra del Creador —dijo el árbol de hojas negras.

—¿Cómo lo sabes? ¿Han estado alguna vez allí? —preguntó Yashira.

—No, pero hemos escuchado historias maravillosas de su planeta —contestó el árbol de hojas negras.

—¿Quiénes les han contado esas historias?, ¿los guardianes? —preguntó Giovánnoli.

—No, el aire que viaja en el viento nos habla y nos deja saber las maravillas que hay en los planetas y en el universo —contestó el árbol de hojas blancas.

—¿El aire también habla? —preguntó Tristan.

—Toda la creación habla; simplemente tienes que abrir tus oídos y aprender a escuchar —dijo el árbol de hojas blancas.

—Creo que en nuestro planeta, aún no hemos desarrollado esa habilidad —dijo Sofiara.

—Te equivocas, cada uno de ustedes tiene esa habilidad, como tú le llamas. La razón por la cual no logran escuchar es porque en su planeta cada vez hay más ruido y distracción. Están muy enfocados en los adelantos tecnológicos y se han olvidado de la naturaleza, ya no se detienen a mirar a su alrededor o hacia lo alto del cielo: olvidaron cómo estar quietos o en silencio; cada vez viven más rápido sus vidas, y ya no le hacen caso a lo que dice su corazón, sino a lo que dicen las demás personas —dijo el árbol de hojas negras.

—Deben aprender a escuchar nuevamente la voz de su interior —dijo el árbol de hojas blancas.

—Si no saben dónde está el mapa del camino, nunca encontrarán el tesoro que anhelan —dijo el árbol de hojas blancas.

—¿Cuál es ese tesoro del que hablan? —preguntó Alextro.

—¡Felicidad verdadera! —dijo el árbol de hojas negras.

—¿Felicidad verdadera? ¿Es ese el secreto de la vida? —preguntó Sofiara.

—No jovencita, el secreto de la vida no es la felicidad pero, sin duda, necesitas descubrir primero cuál es el secreto de la vida, para entonces poder encontrar la verdadera felicidad. El secreto de la vida es el mapa que te llevará al tesoro de la felicidad. Los dos se llevan de la mano; sin uno de ellos no puedes alcanzar al otro —dijo el árbol de hojas blancas.

—¿Nos pueden decir cuál es el secreto de la vida? —preguntó Yashira. Los árboles se miraron uno al otro y luego respondieron:

—Lo sentimos, pero no podemos darles esa información. Ustedes están en el mundo para descubrirlo por ustedes mismos —dijo el árbol de hojas blancas.

—¿Cómo podemos conseguir esa información? —preguntó Tristan.

—Muchas personas pasan toda su vida tratando de saber cuál es el secreto de la vida. Algunas, solo algunas, llegan a conocer la respuesta y la utilizan para encontrar la felicidad. Otras descubren el secreto pero lo dejan guardado en la mente sin saber cuál es su propósito; los demás ni siquiera se enteran de que para alcanzar la verdadera felicidad es necesario descubrir el secreto de la vida –dijo el árbol de hojas negras.

–Ustedes los humanos nacen en su mundo con un propósito. Es muy importante que descubran ese propósito lo más rápido posible. Mientras más jóvenes lo descubran, mejor; porque ninguno de ustedes sabe cuán largos son sus años de vida. Mientras viven sin descubrir ese propósito, viven confusos, temerosos y con baja autoestima. La maldad que vive en su planeta se aprovecha de eso y hace todo lo posible para alejarlos cada vez más de su destino –dijo el árbol de hojas blancas.

–¿Cómo podemos descubrir nuestro destino? – preguntó Giovánnoli.

–Es muy fácil, solo aprende a escuchar la voz de tu interior, dentro de ti están todas las respuestas que buscas. En cada ser de la creación está toda la perfecta sabiduría del Creador. Busquen dentro de ustedes y no se equivocarán –dijo el árbol de hojas negras.

–¿Cómo podemos estar seguros de que la voz que escuchamos es la correcta, y no creada por nuestra imaginación? –preguntó Sofiara.

–Cuando escuches la voz correcta, tu corazón saltará de alegría y sentirás mucha paz dentro de ti. Pero cuando la voz no es la correcta, tu corazón lo sabrá porque te sentirás confundido, angustiado –dijo el árbol de hojas blancas.

–¿Estás diciendo que depende de cómo nuestro cuerpo reaccione, sabremos si la voz que estamos escuchando es la correcta? –preguntó Yashira.

—Sí, tu corazón sabrá reconocer la voz correcta —dijo el árbol de hojas blancas. Todos se miraron por unos segundos mientras analizaban la información.

—¿Cómo llegamos a ese lugar donde se encuentran los guardianes? —preguntó Giovánnoli.

—Están parados frente a la entrada del camino que los llevará hasta ellos. Solo sigan el camino cubierto de hojas blancas y negras —dijo el árbol de hojas blancas. Luego se dirigió a Giovánnoli diciendo—: Giovánnoli, tu propósito es más grande de lo que te puedes imaginar en estos momentos. No dejes que la duda apague la voz que guía tus pasos hacia el gran destino que te espera por delante. Todos esperamos grandes cosas de ti, pero no vale de nada si tú no crees en ti mismo, y en las grandes cosas que puedes lograr —dijo el árbol de hojas blancas.

—Has vivido toda tu vida preocupándote por lo que los demás piensan de ti, pero lo que realmente importa es lo que tú piensas de ti mismo. Tú no eres cualquier persona, tú eres especial, único, un príncipe. Tú eres nuestra esperanza para cambiar el destino de Pactron y de la Tierra —dijo el árbol de hojas negras.

—Muchas gracias —dijo Giovánnoli sonriendo.

Los jóvenes continuaron su camino por entre los grandes árboles de hojas blancas y negras luego de despedirse de ellos.

# Capítulo 7
## El lago de las sombras

Ya el sol se había ocultado por completo y la obscuridad llenaba todo rincón de aquel lugar. Gracias a la potente luz que salía del cuerpo de Giovánnoli, podían ver por dónde caminaban.

—¿Dónde está la luna? No la veo —dijo Patricia.

—No lo sé, yo tampoco la veo —contestó Tristan.

—Todo está muy obscuro; esto no me gusta, es tenebroso —dijo Sofiara llena de temor. Ninguno podía ver lo que tenía detrás o a los lados; solo distinguían la luz del cuerpo de Giovánnoli y varias luces que se movían de un lado a otro en la distancia.

—¿Ven esas luces allá al frente? —preguntó Alextro.

—Sí. Allá es a donde vamos. Esos deben ser los guardianes —dijo Giovánnoli.

De repente sucedió algo increíble y extraordinario. Todo lo que estaba alrededor comenzó a iluminarse con hermosas luces brillantes. Cada hoja de cada árbol resplandecía de acuerdo con el color que tenía en la luz del día. La grama del suelo brillaba con un verde intenso y cada flor que del suelo se levantaba, también. Algunas con pétalos rojos que brillaban con gran intensidad como si las hubiesen bañado en sangre. Otras de pétalos color naranja como si estuvieran encendidas en fuego. Vibrantes colores amarillos vestían muchas de aquellas flores dando la impresión de que el Sol brillaba a través de ellas. Los troncos de los árboles junto con las ramas y los frutos tenían un aspecto deslumbrante. Era algo maravilloso, algo que realmente tenían que ver para poder creerlo. Si en algún momento llegaron a pensar que aquel mundo era hermoso, lo que estaban contemplando en ese momento lo era aún más. Durante largo rato estuvieron admirando ese majestuoso espectáculo, más allá de la imaginación.

—¡Esto es hermoso! —dijo Yashira.

—¿Cómo puede ser posible todo esto? —preguntó Alextro.

—Si esto no es el cielo, debemos estar muy cerca de él —dijo Giovánnoli con admiración.

—Tienes razón en lo que dices, estamos cerca del cielo, más cerca de lo que crees —dijo una voz desconocida que llamó la atención de todo el grupo. Los muchachos miraron para todos lados tratando de descubrir de quién era aquella dulce voz que escuchaban por primera vez. Casi al instante apareció ante ellos una hermosa mujer.

—Hola, mi nombre es Estrella.

Estrella era realmente bella, alta y delgada pero de cuerpo fuerte y tonificado, largo cabello negro brillante, como un cielo lleno de estrellas. Sus ojos eran negros como la noche y su piel color arena de mar totalmente cubierta de marcas como los guardianes, pero las marcas de ella se extendían también a sus piernas. Llevaba puesto un largo traje blanco con un gran escote en la espalda que su largo cabello cubría por completo. El vestido pendía de su esbelto cuello dejando su espalda y brazos al descubierto. Era tan largo que casi llegaba hasta los pies, abierto a cada lado, dejando ver sus piernas cubiertas por las marcas.

—¡Hola! —respondieron sorprendidos los jóvenes.

—Nunca los había visto por aquí. ¿Quiénes son ustedes y de dónde vienen? —preguntó Estrella.

—Yo soy Giovánnoli, este es mi hermano Alextro, ellos son Tristan, Sofiara, Yashira y Patricia —dijo presentando a los del grupo. Venimos del planeta Tierra.

—¡Del planeta Tierra! —exclamó Estrella con asombro. ¿Cuál es la razón por la que están aquí?

—Hemos sido llamados por el rey Hex, creo que quiere hablar con nosotros —contestó Alextro.

—Espera un momento, ¿has dicho que tu nombre es Giovánnoli? —preguntó Estrella confundida, mirándolo fijamente.

—Sí, mi nombre es Giovánnoli.

Ella se quedó mirándolo por unos segundos. De repente sonrió emocionada y se lanzó hacia Giovánnoli, abrazándolo con alegría.

—¡Ha pasado tanto tiempo! —dijo ella saltando feliz mientras aún lo abrazaba.

Giovánnoli miraba desconcertado a sus amigos sin saber qué hacer; no recordaba ni sabía quién era ella. Después de unos segundos abrazándolo fuertemente, Estrella lo soltó dejándole espacio para respirar, luego dio un paso hacia atrás para verlo de frente y notó que la expresión de su rostro era seca y confusa. Ella miró al resto del grupo tratando de entender lo que pasaba; entonces supo que definitivamente algo andaba mal.

—Él no te puede recordar —le dijo Sofiara, notando su confusión.

—¿¡Qué!? —exclamó Estrella.

—Así es. Él fue llevado al planeta Tierra cuando era un niño. Y no solo eso: también le quitaron la memoria. Por eso no te recuerda —le respondió Sofiara.

—¿Quién pudo hacerle algo así al hijo del Rey? —preguntó Estrella.

—Uno de los guardianes nos dijo que Cusco quiso matar a Giovánnoli cuando era pequeño; el Creador lo salvó enviándolo a la Tierra; pero le quitó su memoria para protegerlo —dijo Sofiara.

—¿En realidad no recuerdas nada? —le preguntó Estrella muy triste, mirándolo fijamente a los ojos.

—No. No recuerdo nada —contestó Giovánnoli.

—Pero estamos buscando al Creador para que le diga cómo puede recuperar su memoria —dijo Yashira.

—Yo lo conozco —dijo Estrella. Ahora síganme, les quiero presentar a los guardianes —continuó ella emocionada. Estrella dio media vuelta y comenzó a abrirse paso entre el ramaje de un alto y frondoso arbusto, perdiéndose dentro de él. Giovánnoli y los jóvenes la siguieron hasta atravesar el gran arbusto donde encontraron otra maravilla que jamás habían visto. Era un enorme lago rodeado de un mágico paisaje. La luz de la luna convertía en un espejo sus aguas transparentes y tranquilas. Alrededor del lago había cientos de guardianes. Parecía que toda la aldea se había reunido en ese lugar.

—Hay mucha gente aquí —dijo Tristan.

—Sí, toda esta es mi familia, y los habitantes del mundo Pactron —dijo Estrella.

—No me imaginaba que fueran tantos —dijo Giovánnoli.

—Somos muchos más, pero en este momento no están todos aquí —dijo Estrella.

—¿Dónde están? —preguntó Alextro.

—Trabajando en misiones por todo el universo. Vengan, los quiero presentar a mi familia —dijo Estrella sonriendo.

El mundo de Pactron y sus habitantes no dejaban de sorprender a los jóvenes, y lo que pasaría a continuación no sería una excepción. Todas las marcas que cubrían el cuerpo de Estrella se recogieron en su espalda y luego se desplegaron formando dos alas. Toda su piel quedó completamente tersa y sin manchas. Enseguida abrió las grandes alas y se elevó por encima de los árboles. Los muchachos miraban paralizados de asombro sin poder creer lo que estaban viendo.

—¡Nooo, son alas! ¡Giovánnoli, son alas, tus marcas son alas! —dijo Alextro emocionado.

—No puede ser —dijo Giovánnoli mirando las marcas de su cuerpo.

—¿Tú también puedes volar? —preguntó Sofiara.

—No, no puedo; bueno... hasta ahora no he podido. Hasta ahora ni siquiera sabía lo que significaban las marcas en mi cuerpo —dijo Giovánnoli confundido.

Mientras los jóvenes no salían de su asombro. Estrella volaba por el cielo moviéndose con gracia, en honor a Giovánnoli y a sus nuevos amigos quienes contemplaban extasiados el increíble espectáculo. Al cabo de un rato, Estrella se dio cuenta de que ninguno de ellos podía volar; entonces descendió y se posó suavemente en el suelo. Ya de cerca, todos quedaron asombrados por la belleza y hermosura de sus largas alas que eran verdaderas obras de arte; estaban totalmente cubiertas de diseños y dibujos que resplandecían iluminados e iban a la par con su nombre; estrellas, constelaciones y planetas se destacaban claramente. Era como si estuvieras viendo un pedazo del universo grabado en ellas. Después de unos instantes las alas se plegaron nuevamente en su espalda y volvieron a fundirse en toda su piel.

—Lo lamento, es la costumbre —se disculpó Estrella.

—No te preocupes —dijo Sofiara sorprendida.

—¡Wow, puedes volar! ¡No puedo creerlo, eso es fantástico! —dijo Patricia muy emocionada.

—Las marcas que los guardianes tenemos en el cuerpo son alas escondidas, y solo aparecen cuando damos la orden. Ahora vengan conmigo, yo sé quién los puede ayudar y contestar todas sus preguntas —

dijo Estrella mientras empezaba a caminar por la orilla del lago; los muchachos la siguieron. Todos se fueron por la orilla del Lago de las Sombras pasando entre los guardianes quienes los miraban detenidamente.

Los guardianes estaban vestidos impecablemente. Sus vestiduras eran elaboradas con una fina y delicada tela hecha de hojas blancas y negras de los dos grandes árboles. Era una tela tan suave que dejaba ver el brillo de las marcas a través de sus trajes. Los hombres usaban camisa blanca y pantalón negro. Las mujeres vestían trajes blancos, como el que Estrella llevaba puesto. Los guardianes miraban en silencio a los visitantes caminando alrededor del lago.

—Creo que somos el centro de atención —dijo Alextro sintiéndose algo tímido.

—Tranquilo Alextro —dijo Giovánnoli. Todos sabían quién era aquel nuevo guardián que no habían visto antes.

—Estoy pensando muy seriamente en mudarme para este lugar —dijo Sofiara.

—¿Por qué? —preguntó Yashira.

—Porque estos guardianes están guapísimos —contestó Sofiara sonriéndole a uno de ellos.

Estrella llegó hasta un grupo de guardianes que estaban sentados en troncos de árboles alrededor de una fogata. Ella se dirigió a un hombre alto, del mismo estilo de los guardianes, pero su cabello era blanco.

—Papá, este es Giovánnoli... —dijo Estrella señalando al muchacho—...y estos son sus amigos.

Él se levantó mirando a Giovánnoli, y una gran sonrisa invadió su rostro. Ya todos sabían quién era aquel nuevo guardián que no habían visto antes.

—¡Bienvenido a casa Giovánnoli! Mi nombre es Artram, yo soy el comandante de este gran ejército de guardianes, y el padre de Estrella –le dijo mientras le daba un gran abrazo.

–Mucho gusto señor, él es mi hermano Alextro y sus amigos –dijo Giovánnoli.

–¿Así que ustedes son los llamados por el rey Hex? –dijo Artram.

–Sí, ¿cómo lo sabe? –preguntó Sofiara.

–Sabía que venían. Yo fui quien los mandó a buscar por orden del rey; los estábamos esperando –dijo Artram.

–Esta es mi familia: mi esposa Brena, mi hijo mayor Jesto, mi segundo hijo Males y mi hija Estrella, la cual ya conocen –dijo Artram. Toda la familia inclinó sus cabezas ante los jóvenes sonriendo en señal de saludo y respeto.

–Muchas gracias –dijo Giovánnoli correspondiendo con otra reverencia que fue imitada por todos sus amigos.

–Siéntense aquí con nosotros, por favor –les dijo Artram.

En el suelo había troncos de árboles que los muchachos ocuparon alrededor de una fogata. Enseguida aparecieron varias mujeres guardianes con canastas hechas de ramas y hojas, repletas de un sinfín de frutas que los jóvenes recibieron con mucho agrado, pues estaban muy hambrientos y cansados.

–Giovánnoli, ¿cómo se siente volver a tu hogar? –preguntó Artram.

–Papá, le quitaron su memoria y no puede recordar nada de lo que vivió antes –dijo Estrella a su padre.

–Lo sabía, pero pensé que al volver aquí, a lo mejor recordarías algo –dijo Artram.

–Esa es la razón por la que hemos venido. Necesito llegar a la montaña más alta de Pactron para hablar con el Creador y pedirle que me diga cómo recuperar mi memoria –dijo Giovánnoli.

99

—La montaña está muy cerca de aquí. Se encuentra a solo unas millas en esta dirección —dijo Artram señalando con la mano.

—Yo no veo nada —dijo Patricia mientras devoraba una banana.

—Cuando el Sol alumbre el mundo de Pactron, en la mañana, verán un paisaje completamente diferente del que ven ahora. Necesitarás usar tus alas para llegar hasta la cima, porque no hay manera de llegar caminando —dijo Artram.

—Pero yo nunca las he usado. Ni siquiera sabía que las tenía —dijo Giovánnoli.

—No te preocupes, pensaremos en algo —dijo Estrella con una sonrisa.

En el cielo se veían los guardianes volando muy alto, brillando con la luz de sus cuerpos, como estrellas en el firmamento. Patricia los observaba con admiración.

—Los guardianes parecen estrellas —dijo Patricia muy sorprendida.

—Los guardianes son estrellas. Vuelan muy alto y se quedan en las alturas, velando a los planetas y al universo —dijo Artram mirando hacia el cielo.

—Mira una estrella fugaz. ¿La vieron? dijo Patricia emocionada.

—¿Fue eso un guardián también? —preguntó Yashira.

—Sí. Los guardianes son las estrellas fugaces que se ven en el cielo. Ellos utilizan túneles cósmicos para viajar de una galaxia a otra. Viajan a gran velocidad y la luz de sus cuerpos crean lo que ustedes llaman estrellas fugaces —dijo Artram.

—¡Fabuloso! —exclamó Tristan.

—Solamente así podemos viajar por todo el universo y regresar a nuestro hogar en solo minutos —dijo Artram.

—¡Fantástico! —comentó Alextro.

—Pero la maldad que vive y se esconde en todo el universo también viaja de la misma manera y llega rápidamente a cualquiera de los planetas, sin ningún tipo de aviso. Por esa razón los guardianes tenemos que estar todo el tiempo preparados y vigilando todo a nuestro alrededor —dijo Artram.

El calzado que usaban los guardianes estaba hecho de ramas y de hojas que cubrían solamente las plantas de los pies, y se sostenía entre los dedos y el tobillo, dejando al descubierto el empeine y los dedos. Sofiara miraba fijamente los pies de Artram con mucha curiosidad. Él tenía las piernas y los pies llenas de nombres grabados en su piel. Después de unos segundos, Artram se dio cuenta de que las inscripciones de sus pies habían llamado la atención de la chica.

—Puedo notar que estás algo distraída —le dijo Artram. Pero ella estaba tan concentrada en descifrar los grabados en los pies de Artram, que no se dio cuenta de que él le hablaba. Alextro advirtió lo que estaba sucediendo, y como estaba sentado al lado de Sofiara le dio un suave golpe para llamar su atención. Ella se quejó mirando a Alextro con enojo. Él le hizo una señal con los ojos, y ella se dio cuenta de lo que pasaba.

—¡Oh, lo siento, no quería incomodarlo al mirarlo así! —se disculpó.

—No te preocupes, no me incomodas —dijo Artram.

—¿Qué son todos esos nombres escritos en sus pies? —preguntó Sofiara.

—Son los nombres de todos los que pertenecen al ejército de los guardianes —contestó Artram mientras se remangaba un poco los pantalones.

—No entiendo, ¿quieres decir que algunos de ustedes no pertenecen al ejército de los guardianes? —preguntó Tristan.

—Así es, hay muchos de nosotros que no son aceptados en nuestro ejército —contestó Artram.

—¿Por qué pasa eso? —preguntó Alextro muy sorprendido.

—Porque sus corazones están llenos de odio, de rencor, de resentimiento y falta de perdón —respondió Estrella.

—¡Falta de perdón! ¿Y a quién no han perdonado? —preguntó Giovánnoli confundido.

—Todos nosotros íbamos a ser humanos en el planeta Tierra; como ustedes. Pero no pudimos —dijo Estrella.

—¿Por qué no? —preguntó Tristan.

—Todos fuimos devueltos al cielo antes de nacer —dijo Estrella.

—¡Oh no, ustedes son esos niños! —exclamó Yashira con dolor.

—Todo ser humano tiene un propósito en la vida. Los niños que no pueden nacer, como estaba planificado, no pueden cumplir ese propósito. Por eso el Creador nos dio una segunda oportunidad al permitirnos ser parte del ejército de guardianes para poder cumplir con nuestro destino. Seguimos siendo parte de ustedes y de su planeta, pero de una manera diferente —dijo Artram.

—¿Y qué pasa con aquellos que no pueden ser guardianes? —preguntó Tristan.

—El propósito de los guardianes es cuidar y proteger al planeta Tierra y a toda la humanidad. Para poder cumplir esa misión, nuestro corazón debe estar limpio, lleno de amor, perdón y paz. Los que no pertenecen al ejército son los que guardan odio y rencor en sus corazones, ya que no han podido perdonar el rechazo que recibieron de los humanos. Culpan a toda la humanidad y por eso su propósito es totalmente opuesto al de nosotros. Su mayor deseo es destruir al planeta Tierra y todo lo que vive en él – dijo Artram.

–Entonces, ¿dónde están todos ellos? –preguntó Alextro.

–Andan por todo el universo. Son nuestros mayores enemigos y los de ustedes también. Ellos forman el Ejército de Venganza y su fin es destruir la Tierra y la humanidad –dijo Estrella.

–No lo puedo creer –dijo Sofiara.

–No entiendo, ¿qué les pasó a esos niños? –preguntó Patricia, sin comprender de qué estaban hablando.

–Lo que nos ocurrió en el pasado ya no tiene importancia para nosotros. Lo que somos ahora es mucho más grande y maravilloso de lo que pudimos haber imaginado. Todos nosotros hemos recibido una gran recompensa por haber perdonado –le dijo Estrella a la niña sonriendo, haciéndola sonreír también.

–Giovánnoli inclinó la cabeza y dejó su mirada perdida en el suelo. Por un momento se volvió a sentir solo y confundido al comprender por qué él era parte de ese mundo. Hubo un gran silencio que pareció eterno mientras Alextro y los demás jóvenes lo observaban con tristeza sin saber qué decir; todos supieron que Giovánnoli era uno de esos niños.

–Giovánnoli, tus padres se arrepintieron mucho de lo que hicieron, pero no podían hacer nada para cambiar lo que ya estaba hecho. Ellos quisieron corregir su error pero no sabían cómo. Entonces decidieron que ayudarían a algún niño que los necesitara y te adoptaron a ti, sin saber que tú eras su verdadero hijo –dijo Artram poniéndole la mano en el hombro.

–¿Qué estás diciendo? –preguntó Giovánnoli mirando a Artram a los ojos.

–Sí Giovánnoli, el matrimonio que te adoptó en la Tierra eran tus verdaderos padres. Ellos tuvieron la fortuna de cuidar a su verdadero hijo, aunque nunca lo supieron; pero tú lo sabes ahora –dijo Artram.

–¿Por qué el Creador permitió eso, después de lo que hicieron? –preguntó Giovánnoli enojado.

–El Creador conoce el corazón de todos y sabía que el arrepentimiento de tus padres era sincero. Él sabía que nadie te podría amar y cuidar tanto como ellos. El Creador es sabio, y tenía la certeza de que nuestro enemigo nunca te encontraría en esa casa; y tuvo razón. Cusco nunca te buscó allí, y estuviste a salvo todo el tiempo –le dijo Artram.

–¡Entonces eres mi hermano de verdad! –exclamó Alextro muy emocionado mirando a Giovánnoli. Él le devolvió la mirada con una sonrisa.

–Bueno Giovánnoli, debemos celebrar por tu regreso –dijo Artram levantándose de su asiento y cambiando el tema, porque sentía que los corazones de los jóvenes se llenaban de tristeza al enterarse de quiénes eran los guardianes en realidad.

–¿Qué es lo que ellos están haciendo? ¿Por qué vuelan desde el cielo hasta el lago y se sumergen en él? –preguntó Yashira con curiosidad al ver que los guardianes entraban al agua.

–Este es el Lago de las Sombras, y nosotros lo utilizamos para transportarnos a la Tierra –contestó Artram.

–¿Por qué no usan los arcoíris? –preguntó Patricia.

–Paty, ¿cuándo has visto un arcoíris en la noche? –le preguntó Tristan.

–¡Ahhh, es cierto, los arcoíris no aparecen en la noche –dijo Patricia un poco avergonzada.

–Exacto, como en la noche no hay arcoíris, tenemos que usar otra forma de llegar a la Tierra; así que usamos el Lago de las Sombras –dijo Estrella.

—¿Por qué se llama el Lago de las Sombras? —preguntó Alextro.

—Síganme y les mostraré —dijo Artram y se acercó a la orilla del lago. Estrella lo siguió y también los muchachos, ansiosos de descubrir el gran misterio del Lago de las Sombras.

La luna brillaba intensamente en el cielo, derramando su luz justo encima del lago y haciendo que las sombras de todos se reflejaran en el agua. Desde la orilla veían entrar y salir del lago a los guardianes pero no podían ver nada bajo la superficie, solamente sus reflejos en el agua, como en un espejo.

—No entiendo, yo no veo nada en el agua; solo mi reflejo —dijo Sofiara.

—Para poder penetrar en el lago debes encontrar una sombra que te permita viajar a tu mundo —dijo Estrella.

—¿Qué? ¿Buscar una sombra dentro del lago? —preguntó Tristan.

—¿Qué tipo de sombra? —preguntó Alextro.

—Cualquier sombra. Sombras de personas, de árboles, de animales o también sombras de objetos de nuestro mismo tamaño; con ellas entramos a su mundo y pasamos desapercibidos —dijo Artram.

—¿Cómo logran meterse dentro de las sombras? —preguntó Patricia.

—Nosotros no nos metemos dentro de las sombras, sino que nuestras sombras se unen a las sombras de la Tierra; y por medio de la gravedad de la Tierra nuestra sombra es atraída por la otra. Para regresar se da el proceso contrario; aprovechamos la gravedad de Pactron. De esta manera nos transportamos de un lugar al otro —dijo Estrella.

—Parece algo difícil —dijo Patricia.

—No, no es difícil, es muy fácil. Primero esperamos a que aparezca una sombra en el lugar a donde queremos ser llevados y luego unimos nuestra sombra a esa –dijo Artram.

–¡Ustedes son fantásticos! –dijo Patricia admirada.

–¿Cómo pueden estar seguros de que nadie se da cuenta de lo que hacen? –preguntó Yashira.

–Nadie le presta atención a las sombras en su mundo. No tienen ningún valor para ustedes, es como si no existieran; pero para nosotros son muy importantes, sin ellas no podríamos entrar a su planeta en la noche –dijo Artram.

–Es cierto, nunca antes me había interesado en mi sombra, hasta ahora –dijo Sofiara.

–¿Quieren intentarlo? –preguntó Artram. Todos miraron a Estrella, buscando una respuesta. Ella asintió moviendo la cabeza.

–Yo quiero intentarlo –dijo Giovánnoli emocionado.

–Espera, espera ¿qué tan fría es esta agua? –preguntó Alextro. Giovánnoli lo miró frunciendo la frente.

–¡Qué! –exclamó Alextro–. No me gusta el agua fría.

Sin perder más tiempo Giovánnoli entró al agua y los demás jóvenes le siguieron los pasos.

Al entrar en el lago sintieron que una gran energía les corría por todo el cuerpo; también notaron que el agua era cálida y acogedora.

–¿Qué hacemos ahora? –preguntó Giovánnoli.

–Piensa en un lugar donde quieras estar, pero debe ser un sitio donde haya mucha gente para que todos entren juntos. Es necesario que lo tengas en tu mente como si lo estuvieras viendo en realidad –respondió Artram.

Giovánnoli sabía perfectamente cuál era ese lugar. Era su lugar preferido a donde solía ir para aclarar su mente y llenarse de calma y tranquilidad cuando se sentía perdido y sin respuesta. Cerró los ojos y trasladó todo el sitio a su mente; pudo visualizarse estando allí, y sintió lo que usualmente sentía siempre que visitaba aquel lugar. Vio a las personas caminar por los pasillos y escuchó sus voces y sus risas; sintió el olor de la pintura en las paredes y el aroma de los perfumes de las mujeres, y se refrescó con el aire que inundaba todo el edificio. Al abrir los ojos se dio cuenta de que ya no lo estaba imaginando. Había llegado de una manera misteriosa al lugar que tenía en su mente. Sorprendido Giovánnoli miró a su alrededor y vio que sus compañeros se encontraban con él.

—¿Qué es este lugar al que nos has traído? —preguntó Alextro.

—Es donde vengo cuando me siento solo y triste. Aquí encuentro la calma y la paz que me ayuda a pensar claramente —dijo Giovánnoli.

—¡Ahhh! ¿Así que aquí es a donde vienes cada vez que desapareces de la casa? —preguntó Alextro.

—Sí. A este lugar —afirmó Giovánnoli.

Se encontraban en pleno escenario de un teatro para música clásica e instrumental donde, en ese momento, una de las muchas orquestas que allí se presentaban ensayaba un concierto. Al frente de ellos, acomodados en un semicírculo había un sinnúmero de instrumentos musicales. Eran alrededor de sesenta músicos empeñados en sacar adelante la interpretación de una partitura de Mozart. Sobresalían las notas del piano entre todos los demás acordes.

—¡Me fascina este lugar! —dijo Sofiara mientras se deleitaba con la melodía. Este es mi sueño, ser parte de una orquesta como esta y dar conciertos por todo el mundo.

—Este lugar es hermoso y gigantesco, un poco intimidante —dijo Yashira.

Giovánnoli se sentía algo extraño, la melodía que estaba escuchando era conocida para él. No sabía en dónde ni cuándo, pero la había escuchado anteriormente; a lo mejor en una de las veces que estuvo allí, pero no entendía por qué se sentía de esa manera. Giovánnoli se dejó llevar por la música, como si estuviera dentro de las notas musicales; se acordó de que cada vez que se sentía triste, él podía escuchar el viento susurrar esa misma melodía, trayendo sosiego a su alma. Se sintió feliz y lleno de paz en ese lugar. De repente los latidos de su corazón se aceleraron y sintió una extraña ansiedad que estremeció todo su cuerpo. La imagen de una hermosa mujer invadió su mente; él sabía que la conocía porque su corazón saltaba de alegría al recordarla.

«¿Quién es ella?», se preguntaba Giovánnoli. No recordaba haberla conocido. Su memoria no podía recordarla pero su alma sí. Era el rostro más hermoso que había visto en su vida. Sus ojos le iluminaban el rostro y su cabello estaba adornado con mariposas que levantaban parte de el; su piel era tersa y dorada; su sonrisa era impactante y tenía un pequeño lunar al lado de la boca. "Eclipse," susurró Giovánnoli, conociendo el nombre de aquella mujer que aparecía en su mente, robándole la calma y que lo hacía sentir nervioso y tranquilo al mismo tiempo. Él sabía que ella debía ser un guardián también y que vivía en ese mundo. Ya no la veía como una niña, como la vio en su mente por primera vez. Ahora era una mujer, pero él estaba seguro de que eran la misma persona.

«¿Dónde estás?», se preguntó Giovánnoli.

–¿Estás bien Giovánnoli? –preguntó Alextro tocándole el hombro de su hermano, haciéndolo regresar al teatro.

–Sí, sí estoy bien –contestó Giovánnoli un poco confundido.

De pronto la música se detuvo y el teatro quedó en silencio. Las luces se encendieron iluminando todo el escenario. Inmediatamente las miradas se posaron en los intrusos que habían aparecido misteriosamente en la tarima del teatro. Los jóvenes se miraron desconcertados sin saber qué sucedía y por qué la música se había detenido.

—¡Seguridad! —se escuchó una voz que gritaba a lo lejos.

—Muchachos, ¿qué hacen aquí? —preguntó el pianista que era el que estaba más cerca de ellos. Todos se llenaron de pánico sin saber qué hacer.

—¿Giovánnoli, nos trajiste al centro de la tarima? —le dijo Alextro.

—Lo siento. Es mi primera vez que uso las sombras —dijo disculpándose.

—¿Qué hacemos ahora? —preguntó Sofiara desesperada, viendo que varios policías subían a la tarima para detenerlos.

—¡Creo que estamos en problemas! —dijo Yashira.

—¡Vámonos de aquí! —gritó Tristan. Todos corrieron a esconderse detrás de los instrumentos.

—¡Giovánnoli, las sombras! ¡Usa las sombras! —gritó Alextro. Pero Giovánnoli no sabía qué hacer. Tenía la mente bloqueada. Tristan y Alextro arrojaban instrumentos al suelo para estorbar la persecución. Sofiara y Yashira arrojaban flautas y trompetas a los guardias que las perseguían. Los muchachos estaban cada vez más rodeados. No tenían escapatoria.

—¡Qué esperas Giovánnoli, sácanos de aquí! —gritó Alextro. Giovánnoli corrió hacia el centro de la tarima y se arrojó al suelo dentro de la sombra que proyectaba el piano. Rápidamente los demás lo siguieron, saltando sobre sillas e instrumentos hasta lograr unir sus sombras con la sombra del piano. Todo sucedió tan rápido, que al abrir los ojos descubrieron con sorpresa que se hallaban nuevamente en el lago.

109

—¡Wow, estuvo cerca! —dijo Yashira respirando aceleradamente.

—¡Casi me da un ataque al corazón! —dijo Sofiara agarrándose el pecho.

—No quiero hacer eso nunca más —dijo Patricia asustada.

—Creo que no les fue muy bien —le dijo Artram a Estrella, viendo a los jóvenes tratando de recuperar el aliento.

—Esto es peligroso —le dijo Giovánnoli a Artram. Este lo miró frunciendo la frente, sin entender lo que había sucedido.

# Capítulo 8
## El ataque inesperado

Estando aún en el lago, se escuchó un gran alboroto en lo alto del cielo. Se oían golpes arriba, en lo alto, más allá de lo que se alcanzaba a ver. Los jóvenes se llenaron de temor porque no sabían lo que estaba sucediendo. Uno de los guardianes que vigilaban las alturas, descendió para avisar a Artram:

—¡Señor, nos atacan!, es el Ejército de Venganza, y vienen hacia acá.

—¡Rápido, salgan de aquí inmediatamente! —les ordenó Artram a los muchachos. Todos salieron corriendo del lago, junto a Artram.

—¿Por qué nos atacan? —preguntó Alextro.

—Están buscando a Giovánnoli. Ya saben que está aquí. Estrella, llévalos a la aldea y quédate con ellos. Allá estarán seguros hasta que regresemos —ordenó Artram acomodándose en la espalda el arco con su aljaba llena de flechas.

—Así lo haré. No te preocupes, yo cuidaré de ellos —le contestó Estrella.

—¿En qué podemos ayudar? —preguntó Giovánnoli.

—Aún no pueden ayudarnos; no hasta que estén listos —dijo Artram desplegando sus grandes alas, que parecían las de un águila, y elevándose al cielo.

Giovánnoli se quedó pensando en que debía ayudar de alguna manera, pero una bola de fuego que cayó a su lado le hizo saber que el peligro había llegado.

–¡Corran! –gritó Estrella desesperada. Todos la siguieron, tratando de alejarse de aquel lugar, pero ya era tarde, el enemigo había invadido a Pactron.

Estrella, Giovánnoli y sus amigos se refugiaron en los dos grandes árboles que estaban a la entrada del lugar. De inmediato estos bajaron sus frondosas ramas formando un escudo para proteger y ocultar a los jóvenes. Desde allí pudieron darse cuenta de la gravedad de la situación. Cientos de enemigos, en enormes dragones negros, volaban por el cielo de Pactron escupiendo bolas de fuego y provocando incendios. Los invasores se lanzaban desde los dragones causando fuertes temblores cuando caían al suelo. Luego los dragones volaban al cielo velozmente, perdiéndose en su inmensidad. Eran el Ejército de Venganza cuyo único objetivo y obsesión era acabar con la especie humana y su planeta Tierra. Tenían el corazón y el alma envenenados de odio y rencor. Su falta de perdón los convirtió en esclavos de ese tenebroso y malvado ejército. Todos estaban llenos de horribles cicatrices de diversos colores según la gravedad de las heridas: las leves eran rojas; las más severas, marrón; y las más graves, negras. Como sus cabezas estaban desprovistas de cabello se apreciaban con facilidad; eran marcas de sus grandes y pequeñas batallas. Ellos solo seguían órdenes y vagaban por el universo derramando maldad y dolor. El Ejército de Venganza vestía largas camisas de color negro, las cuales llegaban hasta sus rodillas y tenían una abertura a cada lado; también utilizaban largos pantalones del mismo color. Ellos tenían armas muy poderosas, pero no eran armas convencionales, no se veían porque las llevaban en sus cuerpos. De sus manos salían tornados que arrasaban con todo lo que encontraban a su paso; eran capaces de dar descomunales saltos que al caer hacían profundos agujeros y agrietaban el suelo provocando fuertes terremotos; con sus bocas soplaban poderosas ráfagas de tormenta, tan feroces como un huracán, que hacían volar todo descontroladamente por el aire; en presencia de mares o de lagos producían gigantescas olas con tan solo palmear a manera de aplausos. Parecían un ejército invencible, de gran fuerza y poder, contra el cual los guardianes combatían ferozmente protegiéndose con sus grandes escudos y usando sus largas espadas y certeras flechas. Estas tenían poderes especiales de acuerdo con su color; las rojas salían como ráfagas de fuego y lava que derretían todo lo que tocaban; las azules contenían un poderoso narcótico que, al hacer contacto, paralizaba instantáneamente; las amarillas salían en forma de ondas de sonido que aturdían y descontrolaban totalmente al enemigo; y las flechas blancas producían fuertes ráfagas de viento capaces de derribar todo lo que encontraban a su paso.

Una brigada de guardianes disparaba flechas con ráfagas de fuego y lava; pero los invasores contraatacaban palmeando fuertemente sobre el Lago de las Sombras haciendo que gigantescas olas apagaran el fuego y arrastraran a los guardianes hasta el agua. Otros daban grandes saltos y al caer con fuerza en el suelo producían poderosos terremotos que obligaban a los guardianes a levantar el vuelo, lo cual aprovechaban los del maligno ejército para atacar con tornados que, a su vez, eran contrarrestados por otra brigada de guardianes con sus flechas blancas. Artram lanzaba flechas amarillas que aturdían a los invasores dejándolos vulnerables a cualquier ataque; cuando caían al suelo tapándose los oídos, los guardianes los remataban con sus espadas. Jesto, el hijo de Artram, utilizando largas raíces de árboles lanzaba mortales latigazos a los invasores, mientras su hermano Males los golpeaba con su escudo, arrojándolos por el aire. Era una batalla sin cuartel, pero parecía que mientras más luchaban, más enemigos se unían al combate.

—¡Tienen armas muy poderosas! —exclamó Sofiara.

—Estrella, son demasiados, no los van a poder vencer —dijo Alextro preocupado.

—Tengo que llevarlos a la aldea de alguna manera; debo pensar en algo rápido —dijo Estrella cerrando sus ojos. Después de unos segundos abrió sus ojos y levantó vuelo hacia la cima de los árboles más cercanos para darles órdenes.

—¿Qué podemos hacer? —preguntó Alextro a Giovánnoli.

—No sé cómo podríamos ayudar. Aún no estamos preparados para enfrentarnos a un ejército como ese —dijo Giovánnoli.

—Creo que Estrella tiene una idea —dijo Yashira.

—Espero que sea buena porque se necesita una enorme ayuda —dijo Tristan.

Después de hablar con los árboles, Estrella descendió a donde se encontraban los muchachos.

—¿Qué les dijiste? —preguntó Tristan.

—Ya lo verán —contestó Estrella sonriendo.

—Tengo miedo Tristan —dijo Patricia abrazando a su hermano.

—No te preocupes, los árboles nos protegen y no permitirán que nos hagan daño —le respondió él tratando de calmarla.

De repente, todos los árboles del lugar sacaron sus raíces del suelo y avanzaron hacia el campo de batalla.

—¡No puede ser! ¡Los árboles también pelean! —exclamó Yashira.

—Los árboles son nuestros grandes amigos —dijo Estrella—. No es la primera vez que nos ayudan en batalla.

Aquellos gigantescos árboles tenían una fuerza colosal. Lanzaban frutos a los enemigos, los atrapaban con las ramas, los azotaban con sus poderosas raíces para luego estrellarlos contra el suelo y sepultarlos deshaciéndose de ellos. Su participación fue decisiva para que la balanza se inclinara a favor del mundo de Pactron. Artram con sus dos hijos lanzaban unas pequeñas bolas negras hacia aquellos seres malignos, las cuales provocaban una gran detonación. Pequeños hoyos negros se habrían por unos segundos a causa de la explosión a los enemigos y desapareciéndolos dentro de ellos. Guardianes y árboles derrotaron al Ejército de Venganza provocando que el resto huyera de allí. Los dragones negros regresaron en busca de los invasores para devolverlos a su guarida. El peligro había pasado y los guardianes habían triunfado.

Artram descendió y observó todo el daño ocasionado, luego se dirigió a los árboles para darles las gracias por su ayuda.

—Una vez más, les doy las gracias por su gran ayuda, mis fieles amigos —les dijo. Ellos levantaron sus ramas al cielo y las sacudieron fuertemente provocando una lluvia de hojas encima de todos; luego volvieron a sus respectivos lugares en el bosque escondiendo sus raíces en el suelo de Pactron. Pasado el peligro, Estrella corrió al encuentro de su padre saltando a sus brazos.

—Papá, ¿estás bien?

—Sí, estoy bien; ¿y ustedes están bien?

—Sí, todos estamos bien; intentamos ir a la aldea, como me dijiste, pero esos demonios estaban por todos lados y tuvimos que refugiarnos en los árboles.

—Bien hecho Estrella, lo hiciste bien y los protegiste —le dijo Artram con una sonrisa. Los muchachos, sorprendidos por todo el daño causado, llegaron a reunirse con los demás.

115

—¿Están todos bien? —les preguntó Artram.

—Sí, estamos bien —contestaron todos al mismo tiempo.

—Debemos llevarlos a la aldea ahora mismo —dijo Artram.

—¿Qué pasará con los guardianes heridos y con este lugar? —preguntó Giovánnoli preocupado.

—El grupo de rescate llegará en cualquier momento. Ellos se encargarán —contestó Artram calmando a Giovánnoli.

—Síganme, los llevaré a mi casa. Allí podrán pasar la noche a salvo —dijo Artram penetrando en el bosque. Estrella y los jóvenes lo siguieron.

—Miren eso —gritó Patricia emocionada señalando al cielo—. ¿Son esos dragones?

—¡Wow, son enormes! —exclamó Sofiara.

En el cielo volaban enormes dragones que no habían visto antes. Eran el doble del tamaño normal, tenían la piel blanca y el pelaje rojo; volaban más lento pero podían cargar el triple de su peso; a pesar de su gran tamaño no eran agresivos y por tal razón no participaban en las batallas.

—Ese es el grupo de rescate de nuestro ejército. Ellos llevan guardianes y equipos médicos; se encargan de los heridos y de dejar en perfecto estado todo el lugar —explicó Estrella.

Después de caminar durante algunos minutos, Artram, Estrella y los muchachos llegaron a la aldea que estaba bastante cerca del lago, donde descansarían aquella noche. Todas las viviendas eran iguales, incluyendo la de Artram, y tenían luces encendidas en su interior. En la vivienda de Artram los esperaba Brena.

—¡Qué bueno que todos están bien, me da mucho gusto verlos aquí! Estaba muy preocupada, ¿qué pasó?, ¿por qué tardaron tanto? —preguntó Brena.

—Lo siento, hubo un ataque del Ejército de Venganza —dijo Artram.

—Eran demasiados y tuvimos que escondernos hasta que pasó el peligro —dijo Estrella.

—Por favor siéntense, pónganse cómodos; esta es su casa ahora —dijo Brena a los jóvenes. Todos se sentaron en las ramas y raíces del árbol que estaban en el suelo.

—Cada vez son más los enemigos que nos atacan —dijo Estrella.

—Cusco ya sabe que Giovánnoli esta aquí, y mandó un gran ejercito a buscarlo —dijo Artram.

—Si no es por lo que hizo Estrella, hubiera sido peor el desastre —comentó Giovánnoli.

—¿Qué quieres decir? —preguntó Artram mirando fijamente a Giovánnoli.

—Estrella fue quien ordenó a los árboles que ayudaran —respondió Giovánnoli. Artram se levantó y abrazó a Estrella, la besó y le dijo:

—Estoy muy orgulloso de ti hija, hiciste un gran trabajo.

Brena miró a Estrella con una gran sonrisa de orgullo y también observó que Patricia bostezaba.

—Bueno, veo que están cansados; sé que ha sido un día largo y duro para todos, ya les preparé un lugar para dormir. Síganme —dijo Brena. Los jóvenes fueron tras de ella.

—Giovánnoli, quédate por favor, necesito hablar contigo —dijo Artram.

—Está bien —dijo Giovánnoli sentándose otra vez. Los demás subieron al nivel superior donde estaban los dormitorios.

En la vivienda no habían muchas cosas. Casi todo era parte del árbol. Las mesas estaban hechas de raíces; las sillas, de ramas; las camas, de hojas; y la escalera era tallada en el mismo tronco. También los alimentos y el agua los producía el árbol. Artram

117

llevó a Giovánnoli hasta el fondo de la habitación donde había una puerta camuflada que solo se usaba en casos de urgencia. Al salir, Giovánnoli se sintió acariciado por la suave brisa de la noche y deslumbrado por el cielo lleno de estrellas y planetas que parecía un mar de luces moviéndose velozmente como estrellas fugaces.

Artram se dirigió a Giovánnoli poniéndole su mano en el pecho, justo en el corazón:

—Puedo ver dentro de ti; sé que estos años que viviste en el planeta Tierra no envenenaron tu corazón con maldad. Realmente eres el gran guardián que todos confiábamos que serías.

—¿Cómo puedes decir eso si acabas de conocerme? ¿Cómo puedes estar tan seguro de que no los defraudaré?

—Tú no nos defraudarás, y tú lo sabes. Tu mente aún no lo sabe, pero tu corazón conoce muy bien quién eres en verdad. No es fácil mantenerse enfocado en el buen camino, viviendo en un mundo tan complicado como ese. Nosotros podemos ver la guerra interior que tienen cada uno de ustedes día a día para no desviarse del camino correcto —dijo Artram asintiendo con la cabeza.

—¡Sí, es cierto! Es una batalla constante dentro de la mente. Es... es... —tartamudeó Giovánnoli buscando la palabra adecuada para expresar lo que sentía.

—Es como un campo de batalla en el que luchan cada día, y muchas veces sin armas para defenderse. ¿Verdad? —dijo Artram.

—¡Correcto! Esas son las palabras para describirlo —dijo Giovánnoli mirando hacia el cielo, permaneciendo pensativo por algunos segundos—. ¿Sabes?, muchas veces estuve a punto de rendirme; sentía que caminaba solo, que nadie entendía por lo que yo estaba pasando. Era difícil despertar cada día y sentirme diferente, sin encajar en ningún sitio. Soportar el rechazo y las burlas de los demás es duro.

—Nosotros los guardianes podemos ver su diario sufrimiento, pero ustedes se equivocan en algo —dijo Artram.

—¿En qué? —preguntó Giovánnoli.

—Ustedes no están solos. Nunca han estado solos..

—¿Qué quieres decir?

—Cuando miras al suelo, o a una pared, ¿qué ves? —preguntó Artram.

Giovánnoli frunció la frente mientras pensaba.

—No entiendo —dijo confundido.

—Tu sombra —dijo Artram.

—¿Mi sombra?

—Sí. Tu sombra siempre está contigo, de día y de noche. No está ahí por equivocación. Las sombras tienen una función muy importante: están para recordarle a cada persona que nunca estará sola, que siempre hay alguien a su lado. Cuando caminas, tu sombra va contigo; y si te detienes, se queda junto a ti. Las sombras son un regalo del Creador para recordarles que no los abandona, aunque no lo puedan ver ni tocar —dijo Artram.

—Pero las sombras sí se pueden ver —replicó Giovánnoli.

—Correcto, pero es algo tan común, algo que ves todos los días, que se te olvida que está ahí. Así mismo sucede con su presencia; se les olvida que está con ustedes y ese es el momento en que comienzan a sentirse solos —dijo Artram.

Giovánnoli sonrió y miró el suelo para ver su sombra.

—¿Por eso utilizan el Lago de las Sombras? —preguntó Giovánnoli.

—Correcto; sin las sombras, los guardianes no podríamos viajar a su planeta por la noche —dijo Artram.

—¡Es increíble! De ahora en adelante, cada vez que mire una sombra me acordaré de lo que me acabas de decir —dijo Giovánnoli sonriendo.

—Eso espero. Espero que no olvides las sombras —dijo Artram.

Caminaron en silencio por algunos segundos mirando hacia el cielo. De pronto Giovánnoli le preguntó a Artram:

—¿Por qué fui yo el escogido entre tantas personas? ¿Por qué yo?

—Para vencer a Cusco y a su ejército se necesita alguien que sepa cómo es vivir en el planeta Tierra. Solamente los que viven allá saben cómo trabaja el enemigo, sus trampas y sus engaños. Tú, Giovánnoli, conoces lo que nadie en el mundo de Pactron conoce. Eres el único que lo puede vencer.

—Entonces, ¿qué tengo que hacer? —preguntó Giovánnoli.

—Debes ir a la montaña más alta y hablar con el Creador para que te diga cómo recuperar tu memoria —dijo Artram.

—¿Cómo llegaré hasta la montaña?

—Aún no lo sé, pero pensaré en algo —dijo Artram.

—Aunque me tome la noche entera llegaré a la montaña. Lo prometo; no los defraudaré —dijo Giovánnoli.

—Sé que lo harás. No tengo duda de eso —dijo Artram sonriendo.

En ese momento Giovánnoli sintió que algo se movía en su bolsillo; metió la mano y salió un pequeño pájaro que aún tenía pedazos de cascarón adheridos a su piel desplumada.

—¿Qué es esto? —dijo Giovánnoli sorprendido.

—¿Quién te dio eso? —preguntó Artram.

—Los ancianos del Grupo de las Mentes Maestras me lo dieron como regalo —dijo Giovánnoli confundido.

—¡Ya tenemos la solución! —dijo Artram riendo de felicidad.

—No entiendo. ¿Cómo puede ser un pequeño pájaro la solución?

—El regalo que te dieron los ancianos es un dráguila —dijo Artram.

—¿Y qué es un dráguila?

—Es una especie de águila y dragón; el ave más poderosa que existe. Llega a crecer del tamaño de un dragón, puede volar a cualquier distancia y a gran velocidad. La fuerza que tiene en su pico es increíble, y su lealtad hacia ti será eterna —dijo Artram terminando de quitarle los pedazos del cascarón. Será tus alas por ahora y te llevará a la montaña.

—¿Cómo podrá ayudarme? Acaba de nacer; es como un bebé —dijo Giovánnoli.

—Eso es lo más maravilloso del dráguila; en el mismo momento de nacer puede desarrollarse por completo, llegando a la adultez con toda su fuerza —respondió Artram.

—¿En serio? —preguntó Giovánnoli, mirando al indefenso pájaro en sus manos, con duda.

—Solo necesita algo de comida, y ya verás —dijo Artram acercándose a un arbusto lleno de frutas pequeñas y redondas de color azul; arrancó varias y las puso en el suelo, cerca de Giovánnoli.

—¿Qué hago ahora? —preguntó Giovánnoli.

—Deja el dráguila en el suelo y verás algo que nunca antes has visto.

Giovánnoli obedeció poniendo al pájaro en el suelo. Con mucha dificultad, el pequeño animal se arrastró hasta las frutas, las olió por unos segundos y comenzó a comerlas rápidamente. Artram y Giovánnoli se miraron sonriendo y esperaban impacientes a que algo extraordinario sucediera. Cuando terminó de comer todas las frutas, el pájaro se quedó quieto en el suelo. Pasaron unos cuantos minutos y nada sucedía.

—¿Estás seguro de que esa era la fruta correcta? —preguntó Giovánnoli en tono burlón.

—La paciencia es una de las virtudes más importantes en la vida. Espera un poco más y lo verás —dijo Artram mirando al pájaro.

Transcurrieron unos minutos más, entonces algo comenzó a suceder. El pequeño dráguila empezó a toser sin parar, como si tuviera algo atorado en la garganta. Giovánnoli trató de ayudarlo pero Artram lo detuvo tomándolo del brazo y haciendo un movimiento de negación con la cabeza para indicarle que no debía intervenir.

—¿Estás seguro de que eso es normal? ¡Porque él es mi única oportunidad de llegar a la montaña! —dijo Giovánnoli preocupado.

—Eso es parte de su transformación —afirmó Artram.

A medida que el ave tosía, iba creciendo rápidamente. Primero las patas, después la cabeza y todo su cuerpo crecieron tanto, que Giovánnoli y Artram tuvieron que moverse hacia atrás para dejarle espacio. Finalmente, las gigantes alas completaron la transformación de aquella gran ave que alcanzó el tamaño de un enorme dragón.

—¡Wow, esto es increíble! —exclamó Giovánnoli fascinado. Luego se acercó pero sin atreverse a tocarlo.

—Verdad que es algo maravilloso. Cada vez que veo su transformación, me sorprendo de cómo algo que nace tan pequeño e indefenso, pueda crecer tan grande y fuerte de esa forma tan rápida. Ven, acércate, él es tu dráguila; él te obedecerá cualquier orden que le des —dijo Artram mientras se acercaba al dráguila y lo acariciaba. El dráguila miró a Giovánnoli fijamente a los ojos y bajó su cabeza emitiendo un sonido muy agudo. Giovánnoli se acercó con un poco de duda y acarició la frente de la gran ave, sonriendo emocionado.

—¿Existen muchas de estas aves aquí? —preguntó Giovánnoli.

—No, solo existen dos que están en el bosque del castillo; una hembra y un macho. Me imagino que uno de sus huevos estaba guardado especialmente para ti —dijo Artram.

El dráguila se acostó en el suelo mientras hacía un sonido muy agudo.

—Creo que está tratando de decirnos algo —dijo Giovánnoli.

—Cuando hayas hecho conexión mental y espiritual con el dráguila, tú lo entenderás y él a ti —dijo Artram.

—¿En serio? ¿Es eso posible? —preguntó Giovánnoli.

—En este lugar verás cosas que creías imposibles. Eso es lo mágico de aquí. Pero bueno, debes irte ya. Pronto amanecerá y tienes que estar en la cima de la montaña para el amanecer —dijo Artram.

—De acuerdo. Ya es hora. Hasta pronto y gracias por todo —dijo Giovánnoli y sin perder más tiempo se trepó en el dráguila sosteniéndose del plumaje de la gigantesca ave.

—Gracias a ti, príncipe —dijo Artram haciendo una reverencia.

Enseguida, el dráguila se irguió majestuosamente, levantando el vuelo hacia la montaña más alta. Artram los despidió agitando los brazos hasta que se perdieron en la obscuridad de la noche.

A pocos pasos de allí, en el hogar de Artram, los jóvenes se preparaban para pasar la noche. Estrella les mostraba la habitación y las camas. Allí no había lujos, pero la limpieza y el orden eran impecables.

—Hemos preparado para ustedes esta habitación. Las camas están hechas de nuestros árboles más finos. Las ramas son suaves como la seda y sus hojas como esponjado algodón; espero que sean de su agrado —dijo Estrella.

—De verdad que está bien cómodo —dijo Sofiara sentándose en una.

—Mejor que cualquier cama en donde me he acostado antes —dijo Alextro acomodándose en la suya.

—Wow, qué suave, no puedo creer que sean ramas y hojas de un árbol —comentó Yashira.

—¿Estás cómoda Patricia? —preguntó Tristan a su hermanita. No hubo respuesta, Patricia ya dormía plácidamente.

—En realidad ella ya estaba muy cansada —comentó Estrella.

—Sí. Ha sido un día muy duro para ella —dijo Tristan.

—Hasta mañana, que descansen—se despidió Brena.

—Hasta mañana —respondieron todos.

Antes de salir, Estrella se acercó a Sofiara, en voz baja para no perturbar el descanso de los demás le dijo:

—Te gusta la música, ¿verdad? Pude observar tu emoción al escuchar la música del concierto, cuando viajaron a través del Lago de las Sombras.

—Sí, mi pasión es la música; y tocar mi instrumento es lo que más me gusta hacer, me llena de felicidad —respondió Sofiara sacando de la mochila su violín.

—¿Sabes tocar el violín? —preguntó Estrella emocionada.

—Sí, lo toco desde muy pequeña, y me fascina —dijo Sofiara.

—¿Sabes? La música y las voces más hermosas que yo he oído, las he escuchado en tu planeta. Cuando cantan y tocan sus instrumentos, lo hacen con tanta inspiración que provocan una fuerte vibración de energía; es algo tan maravilloso que captura la atención de todos nosotros y del mismo Creador. Acá arriba los escuchamos siempre.

—¿En serio? ¡No lo puedo creer! Si la gente supiera lo que me estás diciendo, tendría más cuidado con las cosas que cantan —dijo Sofiara.

—Es tan poderoso lo que ustedes logran crear con la música, que hasta la maldad se conmueve y presta atención —dijo Estrella.

—¡Nooo! —dijo Sofiara sorprendida.

—Es verdad, así que cada vez que toques tu violín, hazlo sabiendo que en las alturas te escuchan —dijo Estrella.

—Así lo haré, te lo prometo —dijo Sofiara con una gran sonrisa.

—Buenas noches —dijo Estrella.

—Buenas noches —respondió Sofiara y se quedó profundamente dormida.

125

# Capítulo 9
## La montaña más alta

Giovánnoli viajaba agarrado del suave plumaje del dráguila que volaba velozmente hacia la montaña, sin detenerse en ningún lugar. Giovánnoli se sentía libre y feliz, observando el hermoso paisaje que tenía debajo de él; un bosque majestuoso lleno de luz y color se podía apreciar desde lo alto. Giovánnoli comenzó a oír que caía agua como de cascada. El sonido era muy fuerte y algunas gotas salpicaron su rostro, dejándole saber que estaba muy cerca de ella, aun cuando no la podía ver. El dráguila continuó subiendo cada vez más alto, dio una vuelta alrededor de la montaña y, por fin, se posó suavemente en su cima. En seguida se acostó en el suelo para descansar y permitir que Giovánnoli se bajara.

—Buen trabajo. Así que esta es la montaña. ¿Dónde está el Creador? —se preguntó en voz alta—. Artram me dijo que lo encontraría aquí, pero no veo a nadie. Puede ser que no ha llegado aún o, a lo mejor ya vino, pero como no vio a nadie, se fue nuevamente. ¡Oh, todo esto es tan confuso! No entiendo nada de lo que está sucediendo. Esto debe ser uno de esos sueños extraños de los que, por más que lo intentas, no logras despertar —dijo Giovánnoli al dráguila, tratando de hablarle. El dráguila repitió el mismo sonido agudo que había hecho ya en varias ocasiones como si hablara con él también.

—Estar confundido no es malo... siempre y cuando no te quedes así. Lo importante es hacer todo lo posible por buscar la respuesta correcta para conocer la verdad –dijo una extraña voz que llamó su atención.

Giovánnoli sabía que esa voz no era del dráguila y que debía ser de una persona. Rápidamente buscó a su alrededor para saber de dónde provenía.

Lo que vio lo dejó más confundido y casi sin aliento: el suelo que antes era solo de tierra estaba ahora cubierto de grama, pero no de cualquier grama, ¡era grama de oro! Toda la cima de aquella gran montaña brillaba como solo el oro genuino puede hacerlo. El resplandor era tanto que cegó a Giovánnoli por unos segundos.

–¿Quién eres? ¿Eres tú el Creador? –preguntó Giovánnoli tratando de visualizar a quien le hablaba.

–Sí, yo soy el Creador –dijo la voz. Giovánnoli sentía temor por lo que estaba sucediendo, pero la voz que le habló lo llenó de calma, aún sin ver quién era. Al recobrar la vista quedó impactado ante lo que vio: sentado en un majestuoso trono de oro, vestido con una túnica de color blanco inmaculado, apareció la figura de un hombre de aspecto imponente que impresionaba y conmovía con su sola presencia. Al instante, todo el ambiente se llenó de una paz inefable; una sensación indescriptible que Giovánnoli nunca antes había experimentado.

–Estoy muy feliz de que hayas venido. He deseado hablar contigo desde hace mucho tiempo. Lo que ves con tu corazón es más importante que lo que ven tus ojos. El cuerpo y la apariencia física son solo un medio que utiliza el alma para moverse. El alma es nuestra verdadera esencia y es la que debes aprender a ver. Lo que realmente importa es quién soy yo en realidad –dijo el Creador.

–Entonces, ¿es cierto que tú vienes a esta montaña cada mañana? –preguntó Giovánnoli.

–Así es; mira a tu alrededor –dijo el Creador. Giovánnoli miró el horizonte que lentamente comenzaba a iluminarse con el amanecer de un nuevo día. Árboles, flores, ríos, animales y todo lo que ahí vivía empezó a verse claramente gracias a la luz del Sol. Desde aquella altura se podía ver el mundo de Pactron casi completo; lleno de fantásticos jardines de toda clase de flores. Los altos árboles se paseaban por todas partes formando combinaciones de colores en todo el lugar. Sus hojas volaban por el aire, agitadas por el viento que las lanzaba a gran altura para luego regresar a sus ramas.

Giovánnoli y el dráguila admiraban la hermosura de aquel lugar que desde lo alto de la montaña se veía más espectacular aún. Lo único que no era visible desde allí, era el castillo del rey Hex. En la mitad de la gran montaña había una enorme cueva, de la cual salía una gran cascada. Al final de esta y luego de una larga caída, se formaba el caudaloso río que atravesaba todo el mundo de Pactron.

—¡Wow, ya entiendo por qué vienes al amanecer de cada día a este lugar; esto es hermoso! —dijo Giovánnoli emocionado.

—Esa no es la razón por la que vengo aquí cada día —dijo el Creador.

—¿Cuál es la razón? —preguntó Giovánnoli.

—Vengo a hablar con ustedes los guardianes. Cuando necesitan hablar conmigo saben dónde buscarme, y siempre me encuentran, así como tú lo has hecho. Mi mayor deseo es hablar con ustedes, escucharlos y aconsejarlos —dijo el Creador.

—Sé que tu alma está atribulada y que tienes muchas preguntas de tu pasado —dijo el Creador.

—Es cierto; yo tengo muchas preguntas como esta: ¿por qué permites que suceda lo que me hicieron a mí y a todos los guardianes? —preguntó Giovánnoli.

—Créeme, yo trato de que no sucedan cosas así —dijo el Creador.

—En el universo vive una fuerza poderosa que está celosa de la humanidad y la quiere destruir. La maldad desea poseer todo lo que a ustedes les pertenece y usa muchos trucos para lograr su plan. Todos ustedes tienen libre albedrío, lo que significa que cada uno puede tomar sus propias decisiones. El mal se aprovecha de eso para confundirlos, y hacerlos tomar malas decisiones que provocan resultados como esos —dijo el Creador.

—¿Por qué podemos tomar malas decisiones sin que tú intervengas? ¿No puedes cambiar nuestras decisiones incorrectas por correctas? —preguntó Giovánnoli.

—Yo puedo tratar de persuadirlos de cambiar esas malas decisiones, pero cuando el mal les tapa los ojos y los oídos para que no vean la verdad ni escuchen mi voz, no hay mucho que yo pueda hacer —contestó el Creador.

—Si tú puedes destruir toda esa maldad, ¿por qué no lo haces? —preguntó Giovánnoli.

—Para eso he formado a mi gran ejército de guardianes, para que luchen contra esas criaturas y protejan a mi creación de toda la maldad del universo —dijo el Creador.

—¿Por qué nos escogiste a nosotros, si ni siquiera en la Tierra nos quisieron? —preguntó Giovánnoli con tristeza.

—Porque ustedes así lo pidieron —dijo el Creador.

—¿¡Qué!? —exclamó Giovánnoli.

—Ustedes tenían un deseo muy fuerte de ser parte de ese planeta y de la humanidad, pero después de que van una vez ya no pueden volver; así que tuve que pensar en otra manera de que pudieran volver y ser parte de los guardianes —dijo El Creador mirando hacia el horizonte.

—Yo necesitaba un ejército de fuertes y valientes guerreros, y ustedes querían ser de ese ejército. De esa manera pueden completar su misión, aunque de una forma diferente —dijo el Creador volviendo la mirada a Giovánnoli.

—De tantas opciones que pudiste haber escogido para formar ese ejército, ¿por qué nosotros? ¿Qué tenemos de especial? —preguntó Giovánnoli.

—Los guardianes son muy especiales para mí porque mi huella está marcada en cada uno de ellos. Aún no se habían desprendido completamente del cielo, cuando regresaron a él —dijo el Creador.

—¿Por qué me escogiste a mí, entre tantos guardianes, para ser príncipe de Pactron? —preguntó Giovánnoli.

—Yo no te escogí —dijo el Creador.

—Entonces, ¿yo no soy un guardián? —preguntó Giovánnoli.

—Aquel día tú estabas destinado a morir y te hubieras convertido en un guardián de todos modos —dijo el Creador.

—Si comoquiera me iba a convertir en guardián, ¿por qué salvaron mi vida? —replicó Giovánnoli confundido.

—Correcto. Te hubieras convertido en guardián, pero no en príncipe. El rey Hex te escogió a ti para que fueras su hijo, y eso te convirtió en príncipe y futuro rey de Pactron —dijo el Creador.

—¡Qué! No entiendo —dijo Giovánnoli sentándose en una enorme piedra que había cerca de él.

—El rey Hex fue enviado por mí al planeta Tierra para una importante misión dentro de la clínica donde tú naciste aquel día. Hex y un grupo de guardianes debían pelear contra el Ejército de Venganza y su malvado líder que habían atacado ese lugar. La misión fue un gran éxito, y el rey y los guardianes vencieron ese día. Pero antes de regresar, algo maravilloso sucedió que cambió la vida del rey y el destino de este mundo —dijo el Creador caminando hasta el borde de la gran montaña.

—¿Qué sucedió? —interrumpió Giovánnoli lleno de curiosidad.

—En medio de aquel caos, el rey te vio abandonado en una camilla, casi sin vida. Su corazón se conmovió como nunca antes lo había hecho y, sin dudarlo, te envolvió en la sábana y te trajo a Pactron. Él te amó y te crió como a un verdadero hijo —dijo el Creador mirando el horizonte.

—¡No puedo creerlo, él salvo mi vida! —dijo Giovánnoli caminando hasta el borde de la montaña, donde se encontraba el Creador.

—Pero algo más sucedió ese mismo día, en el mismo lugar —continuó el Creador.

—¿Hay más? —exclamó Giovánnoli sorprendido.

—Sí, hay algo más que nadie sabe, solamente yo —dijo el Creador.

—¿Ni siquiera el rey Hex? —preguntó Giovánnoli lleno de curiosidad.

—Ni siquiera el rey —contestó el Creador.

—¿Qué es? —preguntó Giovánnoli impaciente.

El corazón del muchacho latía fuerte y rápidamente, tratando de imaginar cuál podía ser ese secreto que nadie más sabía.

—No muy lejos de allí, Cusco observaba creando un malvado plan para destruir a la humanidad. Cusco vio a Hex sacarte de allí, pero él vio algo más: otro niño estaba en el suelo de la habitación envuelto en sábanas, y muy débil para emitir algún sonido. Por la llegada repentina del Ejército de Venganza, el doctor que atendía a tu madre no tubo tiempo de poner al niño sobre la camilla, dejándolo abandonado en el suelo. Así que Cusco se aprovechó de la situación y tampoco salió con las manos vacías —continuó el Creador.

—¿Qué quieres decir? —preguntó Giovánnoli.

—Cusco también se llevó a un niño, salvándole la vida y adoptándolo como su hijo. El niño que Cusco se llevó hace dieciocho años del planeta Tierra no fue cualquier niño, fue tu hermano; tu hermano gemelo —dijo el Creador. Giovánnoli no podía creer lo que estaba escuchando, bajó la mirada al suelo sin decir una sola palabra mientras procesaba toda esa impactante información.

—Yo tengo un hermano gemelo y está vivo. Pero si Cusco lo tiene, quiere decir que es también mi enemigo —afirmó Giovánnoli después de unos segundos.

—Sí, él es tu mayor enemigo y quiere destruirte —dijo el Creador mirando al muchacho.

—¿Él sabe que somos hermanos? —preguntó Giovánnoli.

—No, él no lo sabe y estoy seguro de que Cusco nunca se lo dirá —respondió el Creador.

—¡Ajá, esa es la solución! Lo que debo hacer es buscarlo para decirle toda la verdad, y ya no estará contra nosotros —dijo Giovánnoli esperanzado.

—Esa es buena idea, pero no será nada fácil. Cusco ha envenenado su mente y su alma durante todos estos años, llenando su corazón de maldad y odio hacia ti y hacia todos nosotros. Desde muy pequeño lo ha preparado bien, remplazando todo rastro de misericordia y compasión, por venganza y resentimiento —dijo el Creador.

—No puede ser —dijo Giovánnoli dándole la espalda y mirando hacia el cielo.

—Pero hay esperanza —dijo el Creador.

—¿La hay? —preguntó Giovánnoli volteando otra vez hacia él.

—Tú eres nuestra esperanza —respondió el Creador mirándolo fijamente.

—¿Cómo es posible que pueda ser guardián y humano al mismo tiempo? —preguntó Giovánnoli.

—Cuando te trajeron aquí estabas apunto de morir. Así que el rey Hex hizo lo único que podía hacer para salvar tu vida en aquel momento. Él te dio de su sangre para que pudieras vivir. Gracias a eso tú estás aquí con vida y con una gran misión —dijo el Creador.

—¡Así que yo tengo sangre humana y sangre de guardián! —dijo Giovánnoli con sorpresa y con felicidad. Por favor, necesito que me digas cómo recuperar mi memoria.

El creador caminó hacia su trono y se sentó en él.

—Recuperar tu memoria no será fácil, pero estoy seguro de que lo lograrás —dijo el Creador.

—¿Qué debo hacer? —preguntó Giovánnoli.

—Tu memoria fue arrojada por mí a lo más profundo del mar —dijo el Creador.

—¿Dónde está ese lugar? —preguntó Giovánnoli.

—Hace miles de años existía un maravilloso paraíso para el disfrute de toda mi creación. Era un sitio muy especial para mí y para ellos. Un lugar fantástico cubierto de una cantidad infinita de diamantes y piedras preciosas de toda clase y tamaño, como nunca se ha visto —dijo el Creador.

—¿Qué pasó? —preguntó Giovánnoli.

—Ellos me desobedecieron por primera vez, dejando entrar la maldad a ese paraíso; me enojé tanto que culpé a ese lugar y lo arrojé a lo más profundo del mar junto con todas las riquezas que poseía —dijo el Creador.

—¿Alguna vez alguien ha tratado de encontrar ese lugar? —preguntó Giovánnoli.

—Sí, muchos lo han buscado y algunos lo han encontrado —dijo el Creador.

—¿Y han logrado salir con vida? —preguntó Giovánnoli curiosamente.

—Los que lo encuentran no salen con vida —dijo el Creador.

—¡Qué! —exclamó Giovánnoli lleno de temor.

—En lo más profundo del mar vive una gran bestia que lo vigila día y noche. Yo le he dado autoridad de reinar en las profundidades —dijo el Creador.

—¿Una bestia? ¿Cómo podré ir a recuperar mi memoria sin que esa bestia me devore? —preguntó Giovánnoli.

—Allá encontrarás una gran cantidad de afiladas espadas. Deberás matarla con una de esas —continuó el Creador.

—¿Qué pasa si no la mato? ¿Podré salir con vida de ahí? —preguntó Giovánnoli.

—Si no la destruyes, la bestia te seguirá adondequiera que vayas y no descansará hasta encontrarte. Podrías poner en peligro a los demás guardianes —dijo el Creador.

—De acuerdo, debo matar a la bestia con una de las espadas que encuentre allá, ¿correcto? —preguntó Giovánnoli para estar seguro.

—Correcto, pero debes escoger la adecuada. Solamente hay una espada con la que se puede derrotar a tan feroz bestia —dijo el Creador.

—¿Cómo sabré cuál es la adecuada? —preguntó Giovánnoli.

—No te preocupes que cuando la encuentres lo sabrás —dijo el Creador.

—¿Estás seguro? Yo nunca he logrado nada extraordinario en mi vida. ¿Cómo lograré esta misión que parece tan imposible? —preguntó Giovánnoli lleno de duda.

—Sígueme. Quiero mostrarte algo —dijo el Creador levantándose de su trono. Él caminó hacia uno de los bordes de la montaña y comenzó a descender por una larga escalera de piedras. Giovánnoli impaciente se apresuró a seguirlo. De cada lado de la escalera bajaban corrientes de agua cristalina.

La escalera terminaba en la mitad de la montaña donde había una cueva escondida. De la parte superior caían muchas ramas, llenas de hermosas flores azules que cubrían la entrada. Para entrar era necesario abrirse paso entre las largas ramas de flores. Dentro de la cueva se escondía un paraíso majestuoso que dejó a Giovánnoli sin aliento.

—¡Wow! ¿Quiénes son ellos y qué es este lugar? –preguntó Giovánnoli sorprendido.

—Este es el jardín escondido y ellos son la liga de la increíble creación –dijo el Creador.

El jardín estaba lleno de mucha vegetación, flores y árboles de distintos clases y tamaños. Montañas altas y bajas se levantaban alrededor de donde caían cascadas que formaban lagos de agua clara.

En la hierba del suelo se encontraba una mujer que vestía todo su cuerpo con grama. La hierba era de distintos tonos de verde, larga y delicada como la suave seda. Ella la acariciaba y le cantaba con un suave tono; hacia donde la mujer caminaba la hierba se inclinaba hacia ella.

De repente se levantó otra mujer que tenía la cabeza cubierta de rosas de diferentes colores, mientras otros estilos de hermosas flores cubrían su cuerpo.

—¿Por qué se llaman así? –pregunto Giovánnoli.

—Ellos son muy especiales para mí y para la historia del mundo. Pero no siempre fueron de esta manera –dijo el Creador.

—¿Qué quieres decir? –pregunto Giovánnoli.

—Ellos eran humanos llenos de temor, dudas, problemas y frustraciones. Tuvieron que enfrentarse a la vida como ahora tú lo haces –dijo el Creador.

A lo lejos se veían hombres de gran altura con ramas de árboles por todo su cuerpo. Sus piernas eran troncos que arrastraban largas raíces que penetraban en la tierra con cada paso.

—La liga de la increíble creación son todos aquellos que han logrado sus sueños, sus metas y han completado su misión en la vida. No se dieron por vencidos y lucharon hasta el final para conseguirlo — dijo el Creador mientras caminaban por el lugar.

En el horizonte se podía apreciar otro grupo de hombres grandes y fuertes. Estos tenían las piernas cubiertas de rocas hasta la cintura. De su espalda y hombros sobresalían pedazos de montañas, algunas puntiagudas y otras de acabados redondos.

—Toda la creación tiene mi Espíritu, por lo tanto dentro de ustedes hay un increíble poder que los fortalece y guía a su destino —dijo el Creador.

—Nunca antes habían tenido fe en mí —dijo Giovánnoli.

—Lo que los demás piensen de ti no tiene que convertirse en tu realidad. El sueño que hay en tu corazón te fue entregado a ti y por eso es que los demás no lo pueden entender —dijo el Creador.

En ese momento pasó un hombre volando en el cielo con grandes alas en su espalda, provocando una ráfaga de viento a su paso. Luego se detuvo en el tope de una colina donde lo esperaba otro grupo con su mismo aspecto.

—Tu eres capaz de alcanzar lo inalcanzable y de llegar a donde nadie antes ha llegado. Yo tengo fe en ti y eso es todo lo que necesitas —dijo el Creador.

Giovánnoli sonrió lleno de confianza en sí mismo creyendo por primera vez que era capaz de ser increíble también.

—¿Dónde se encuentra lo más profundo del mar? —preguntó Giovánnoli.

—La única entrada es por el arcoíris de colores obscuros; y este solo aparece al amanecer de cada día. No tienes mucho tiempo porque se desvanece cuando el sol está en lo más alto del cielo, así que deberás ir y regresar antes de que desaparezca —dijo el Creador.

—¿Cómo llegaré hasta allí? —preguntó Giovánnoli muy preocupado.

—Al sur de lo alto del cielo, detrás de las nubes grises y de las grandes tormentas lo encontrarás. El dráguila te llevará.

De regreso pasaron una montaña donde se encontraba un grupo de mujeres que estaban formadas de agua. Gotas rodaban por sus cabellos, brazos y piernas; y caían desde la cima como lluvia al suelo acumulándose en una laguna.

—¿Estás listo? —preguntó el Creador antes de regresar a la montaña.

—Estoy listo —contestó Giovánnoli dándose cuenta de que estaba solo al salir del jardín. Dentro de él habían quedado grabadas las palabras del Creador cambiando su vida para siempre. Entonces volvió a la cima de la montaña donde lo esperaba el dráguila. Miró al gigante Sol que poco a poco subía en el centro del cielo, y no le quedaba mucho tiempo. El dráguila emitió un sonido agudo indicándole a Giovánnoli que era hora de emprender el viaje. El muchacho se llenó de valor y saltó sobre la poderosa bestia que desplegó sus gigantescas alas para volar lo más rápido que pudo, hacia el arcoíris de colores obscuros donde estaba la entrada a lo más profundo del mar.

# Capítulo 10
## La isla de los fenómenos atmosféricos

El rugido de un dragón se escuchó fuertemente en la aldea, despertando a los jóvenes que aún dormían sin darse cuenta de que ya había amanecido.

—¿Qué fue eso? —preguntó Yashira saltando de la cama.

—No lo sé —dijo Tristan. Otro rugido se escuchó aún más fuerte y más cerca de donde ellos se encontraban. Patricia corrió a refugiarse entre los brazos de su hermano sin saber lo que estaba ocurriendo.

—¡Dragones! ¡Son dragones! —dijo Sofiara asomándose a la ventana.

—¿Dijiste dragones? —preguntó Alextro acercándose de prisa para mirar. Yashira, Patricia y Tristan se unieron a ellos y observaron a los dragones que se aproximaban a la aldea. Cinco hermosos dragones descendieron frente a la vivienda, de los cuales se apearon Artram y su familia. Inmediatamente los hermanos de Estrella se encargaron de darles agua y comida para tenerlos hidratados y fuertes.

—Yo creo que debes decirles —dijo Brena a Estrella.

—¿Estás segura?, pienso que no es el momento adecuado —contestó Estrella.

—Pero ellos son los escogidos y deben saber lo que está ocurriendo, para que estén preparados —replicó Artram.

—¿Preparados para qué? —gritó Alextro que los había escuchado desde la ventana.

—Buenos días —saludó Brena.

—Acompáñennos por favor, tenemos algo para ustedes —invitó Artram. Los jóvenes dieron la espalda a la ventana, mirándose unos a otros.

—Algo no está bien —dijo Sofiara.

—¿Dónde está Giovánnoli? —preguntó Alextro.

—Él no durmió aquí con nosotros —dijo Yashira.

—La última vez que lo vi fue anoche. Estaba hablando con Artram, y después no lo vi más —dijo Tristan.

—Tengo un mal presentimiento —dijo Alextro.

—¿Creen que esté en peligro? —preguntó Patricia.

—No se sabe Paty, pero vamos a averiguarlo —dijo Alextro saliendo velozmente hacia el primer nivel de la casa. Los demás lo siguieron presurosos.

Artram, Brena y Estrella los esperaban al lado de una mesa llena de una increíble variedad de frutas.

—Todo esto es para ustedes, por favor sírvanse —dijo Estrella.

—Se ven deliciosas, me muero de hambre —dijo Patricia.

—¿Cómo durmieron? —preguntó Brena.

—Todos dormimos muy bien. Ha sido la cama más cómoda en que he dormido. Gracias —dijo Sofiara.

—¿Dónde está Giovánnoli? —preguntó Alextro muy preocupado. Estrella los miró por unos segundos sin decir nada.

—Él está de camino para lo más profundo del mar —dijo Artram.

—¿Qué? ¿Cómo sucedió eso? —preguntó Alextro preocupado.

—¿Fue solo? —preguntó Sofiara.

—Sí. Giovánnoli se fue solo —contestó Estrella.

—¿Pero por qué? —preguntó Alextro.

—Al amanecer Giovánnoli tuvo un encuentro con el Creador para preguntarle cómo recuperar su memoria —dijo Artram.

—¿Y qué pasó?—inquirió Tristan.

—El Creador le dijo todo lo que necesitaba saber y ahora se dirige hacia lo más profundo del mar —contestó Artram.

—¿Cómo sabes todo esto? —preguntó Yashira.

—Venimos de hablar con el Creador —dijo Estrella.

—Tenemos que ir a buscarlo, puede estar en peligro —dijo Alextro.

—Esa fue su decisión; nosotros no podemos hacer nada ni ustedes tampoco —dijo Artram.

—¡Sí podemos! Debemos ir para ayudarlo —dijo Alextro.

—El sitio a donde quieres ir es muy peligroso —dijo Estrella.

—Con más razón debemos ir y sacar a mi hermano de allí —insistió Alextro.

—No creo que seamos los más adecuados para ir a ese lugar —dijo Tristan.

—Tristan tiene razón, nosotros somos simplemente humanos, no guardianes con poderes —dijo Yashira.

—¿Cómo podríamos ayudar? —preguntó Sofiara.

—¡Con esto! —dijo Alextro desenvainando su espada y levantándola en el aire. Usaremos las armas que nos regaló el rey.

—Espera Alextro, nosotros no tenemos ninguna experiencia usando armas y mucho menos combatiendo —dijo Sofiara.

—¿No creen que por alguna razón nos dieron estas armas? El rey sabía que las íbamos a necesitar. Vamos, esa fue la razón por la que vinimos a este mundo; porque necesitan nuestra ayuda. Ellos confían en nosotros —les dijo Alextro mirándolos con desesperación.

—Un momento —dijo Artram—. Ustedes no pueden combatir ni usar esas armas sin haber tenido un entrenamiento. Ya habíamos decidido llevarlos a un sitio donde los convertirán en verdaderos guerreros, ¿qué dicen?, ¿están listos?

Hubo un silencio prolongado mientras los jóvenes se miraban unos a otros.

—De acuerdo, cuenta conmigo —dijo Tristan.

—Cuenta conmigo también —dijo Yashira.

Todos miraron a Sofiara pendientes de su decisión.

—¿Qué dices Sofiara? ¿Estás con nosotros? —preguntó Alextro.

—¡Ahhh, está bien!, pero si muero tú tendrás la culpa —dijo Sofiara.

—¡Esa es mi Sofi! —celebró Alextro mientras la abrazaba y le daba un beso en la mejilla—. No te preocupes que yo te protegeré —le dijo al oído mientras la abrazaba. Ella lo miró sonriendo al verlo tan feliz.

—Bien no perdamos más tiempo y vámonos ya —dijo Estrella.

—¿A dónde vamos? —preguntó Patricia.

—Al área de juego de los guardianes —dijo Estrella.

—¿Un área de juego?, pensé que iríamos a entrenar —dijo Alextro confundido.

—Ya lo verás —dijo Estrella sonriendo.

Después de haber comido apresuradamente, se dispusieron a viajar al área de juego de los guardianes. Salieron del árbol hacia donde estaban los dragones. Allí, los hijos de Artram, Jesto y Males, ya tenían todo listo para el viaje.

—Bueno, vamos —ordenó Artram montándose en su dragón. Los muchachos vacilaron por algunos segundos mirando a los dragones.

—¿No podemos ir caminando? —preguntó Sofiara temerosa.

—No hay manera de llegar a pie; el área de juego está oculta entre las nubes para que el enemigo no la encuentre.

—¿Cómo? ¿En las nubes? —dijo Sofiara preocupada.

—No es la primera vez que viajamos en ellos —dijo Yashira.

—Por eso mismo es que no quiero viajar en los dragones; vuelan como locos —dijo Sofiara seriamente.

—¡Oh vamos!, no fue tan malo —le dijo Alextro dándole una palmadita en la espalda. Ella lo miró enojada y, a regañadientes se dispuso a montar en el dragón, ayudada por Jesto.

Tristan subió a su hermana en otro dragón y se acomodó a sus espaldas. Males ayudó a Yashira, y Estrella después de despedirse de su madre y hermanos saltó ágilmente sobre su dragón. Alextro fue el último en montar; de un brinco cayó sobre el dragón donde estaba Sofiara y quedó a sus espaldas. Ella volteó la cabeza para mirarlo. Él le sonrió.

—¿Por qué subiste aquí? —le dijo en tono de reproche.

—No tenía más opción, ya estaban todos ocupados —dijo Alextro encogiéndose de hombros mientras sonreía.

—Ónice, Zafiro, Berilo, Rubí, Topacio; vámonos —gritó Artram. Y dando una palmada a su dragón dio orden de partir.

Al instante, los cinco dragones desplegaron sus poderosas alas elevándose hacia el cielo de Pactron, hasta perderse entre las nubes.

Los dragones llevaban los nombres de las piedras preciosas de las cuales habían sido formados.

Ónice era uno de los más fuertes y feroces, la franja ancha de pelo que corría desde la cabeza hasta la cola, característica de todos los dragones, era de color marrón claro que combinaba con el marrón obscuro de su cuerpo; tenía las patas plateadas, la barriga y las alas; su cola, totalmente recubierta de afiladas espinas, era un arma letal en las batallas; tenía dientes como lanzas y, cuando estaba furioso, escupía una saliva venenosa que paralizaba al solo contacto; sus potentes garras estaban dotadas de afiladas uñas con las que destrozaba al enemigo. Era fiel amigo de Artram y siempre lo acompañaba en las batallas.

Zafiro era un dragón más pequeño y liviano. Su cuerpo era azul y la franja era blanca, igual que sus patas y sus alas. Su cola larga y fina era como un látigo en los combates. Su boca, más pequeña que la de los demás disparaba un poderoso chorro de agua, supremamente útil durante la lucha. Ese era el dragón de Estrella y la seguía a todas partes.

Berilo era grande y robusto, de color verde, con la franja gris igual que la barriga y las alas; boca ancha y dientes poco afilados. En las batallas succionaba fuertemente tragando enemigos y llevándolos prisioneros en su estómago. De cola muy ancha que se dividía en la punta y con la cual ataba al enemigo. En él iban Alextro y Sofiara.

Rubí era muy hermoso, de largo cuello y pelo abundante de color dorado, con la franja roja lo mismo que las alas. Su cola, también cubierta de pelo, se encendía en fuego en el momento de atacar. Era sumamente veloz y podía frenar repentinamente en el aire. En combate vomitaba fuego quemando todo lo que estaba al alcance de su aliento. Yashira viajaba en él y podía sentir el calor de su cuerpo debido a que la sangre que corría por sus venas era como un río de lava ardiente.

Topacio era el último dragón de este grupo y el más raro de todos. Tenía dos cabezas con diferentes poderes; una emitía un ensordecedor ruido, muy parecido a un trueno, que dejaba totalmente aturdidos a los enemigos; la otra podía aprisionar a varios guerreros a la vez con su larga y pegajosa lengua.

Además, su ancha cola remataba en una dura bola, un verdadero ariete con el cual golpeaba mortalmente. En él iban Tristan y Patricia quien lo miraba fascinada.

Solo tardaron unos cuantos minutos en alcanzar las nubes. Tan pronto llegaron dejaron de subir pero siguieron volando entre ellas. Pasaron tan cerca de una nube gris, que pudieron ver el agua acumulada en su interior. Tristan no resistió la tentación de tocarla y la sintió suave y esponjosa, pero al meter su mano movió la nube e hizo que se chocara contra otra, lo cual produjo un trueno aturdidor que repercutió en todo el cielo. Patricia gritó muy asustada agarrándose el pecho para que no se le saliera el corazón:

—¡No vuelvas a hacer eso Tristan!

—Lo siento, no sabía que eso sucedería —dijo Tristan.

Más adelante encontraron un grupo de nubes negras dentro de las cuales se encendían brillantes luces que se movían por todas partes, como peces en una red intentando liberarse; eran rayos dorados.

—Por favor Tristan, no las toques —dijo Yashira preocupada.

—No, no lo haré —dijo Tristan.

Pero uno de los dragones golpeó una nube con sus largas alas, haciéndole una abertura por donde comenzaron a escaparse rayos que rompían otras nubes, desencadenando una terrible tormenta eléctrica que parecía que habían entrado a un campo de batalla. Los dragones intentaban esquivar los rayos moviéndose de un lado para otro, por lo que todos tuvieron que agarrarse con todas sus fuerzas del pelaje de las bestias para no caer al vacío.

—Tenemos que salir de aquí. ¡Zafiro ataca! —gritó Artran. El dragón respiró profundamente y comenzó a lanzar chorros de agua en todas direcciones para apagar el fuego.

El dragón en que iba Yashira frenó repentinamente para esquivar un rayo y la chica salió disparada cayendo al vacío. Sus gritos alertaron a Artram quien de inmediato ordenó:

—¡Vamos Ónice! —El dragón se lanzó en picada, a tal velocidad que no tardó en colocarse debajo de Yashira para hacer que cayera suavemente en los brazos de Artram.

—Gracias —dijo Yashira temblorosa después de recuperarse por algunos segundos.

—Por nada —contestó Artram. Luego se elevaron de nuevo reuniéndose con los demás, que por fortuna ya se habían puesto a salvo de los rayos. Cientos de nubes de todas las formas y tamaños, hermosos cúmulos semejando montañas nevadas llenaban el inmenso cielo de Pactron como una parada de gigantescos globos que formaban infinidad de figuras fantásticas.

—¡Esto es increíble! —exclamó Sofiara.

—Sin duda es maravilloso —dijo Alextro. Lástima que Giovánnoli no esté aquí en vez de andar poniendo en peligro su vida. ¿Sabes?, mi hermano quería ser doctor y fundar un asilo para huérfanos. Siempre jugaba conmigo y con los niños del vecindario; era muy especial. Ahora comprendo la causa de esa conexión y compasión que sentía por ellos. Yo sabía que de alguna manera él cambiaría el mundo.

—No te preocupes, lo encontraremos, nada le pasará —le dijo Sofiara conmovida por la tristeza con que hablaba.

Después de unos cuantos minutos apareció frente a ellos una nube blanca tan grande como una montaña.

—Este es el camino —dijo Artram dirigiéndose hacia ella. Al entrar en la nube todo quedó en silencio;

no se escuchaba nada y solo se veía neblina blanca por todos lados. Al poco rato se sintieron desorientados y mareados, y perdieron la noción del tiempo. Así transcurrió un buen rato y de repente salieron de la nube encontrándose con una luz intensa que les hería la vista.

—Ya llegamos —gritó Artram.

Poco a poco se les fue aclarando la visión hasta encontrarse frente a un paisaje paradisíaco que los dejó sorprendidos: una pequeña isla con montañas, ríos y cascadas flotaba en el cielo. Estaba llena de altos árboles de todos los colores y bellísimas flores que crecían sobre la verde y abundante grama. El agua que la rodeaba era tan cristalina que dejaba ver todo lo que había: grandes rocas, majestuosos corales y un sinnúmero de peces y tortugas con coloridos caparazones. Nada sostenía a aquella isla ni al mar que la rodeaba; simplemente flotaba en el aire entre las nubes. Los dragones se posaron en una gran nube junto al mar donde los esperaba un bote para llevarlos a la playa. En seguida se acostaron en la nube para descansar y permitir que todos se apearan. Caminar en las nubes era como hacerlo encima de un colchón lo cual hacía difícil avanzar hacia el bote.

—Bienvenidos a nuestra área de juego, también conocida como la isla de los fenómenos naturales — les dijo Artram cuando se hubieron reagrupado.

—¿Qué quieres decir con eso? —preguntó Alextro.

—Esta es la isla de la Madre Naturaleza, la encargada de la lluvia, de las nubes, del granizo, del frío y del calor. También de los huracanes, tornados, terremotos, maremotos y fuegos forestales. Todo eso se crea en esta isla y luego se lanza a todos los planetas, incluyendo al suyo —respondió Artram.

—¿Y la Madre Naturaleza vive aquí? —preguntó Sofiara

—Sí, ella vive aquí. Este es su hogar —dijo Estrella.

—¿Podemos hablar con ella?, ¿con la Madre Naturaleza? —preguntó Patricia.

—Ella vive en la casa del faro de luz, a la orilla de la isla —dijo Estrella.

—Y los está esperando porque también quiere hablar con ustedes —agregó Artram.

—¿Cómo llegaremos allá? —preguntó Yashira.

—Iremos en el bote —dijo Estrella.

—¿Hablas de ese bote que está allí? —preguntó Sofiara preocupada.

—Sí, ese es el bote —dijo Estrella caminando hacia él.

Estrella y Artram lo abordaron.

—Vamos, suban ya —dijo Artram.

Tras breves instantes de vacilación, todos se acomodaron en el bote, que tenía suficiente capacidad para llevarlos. Artram entregó un remo a cada uno para poner en marcha la embarcación.

—Las olas están contra nosotros, así que tendremos que remar con fuerza; todos a la vez —dijo Artram.

—Esto es difícil —dijo Sofiara intentando mover el remo que había sumergido en el agua.

—Lo difícil es comenzar, luego el bote toma impulso —dijo Alextro.

Sentados de dos en dos, con los remos de cada lado, lograron coordinar los movimientos y abrirse paso entre las olas. Mientras cruzaban por el mar, pudieron ver todas las criaturas que vivían en él. Miles de peces nadaban cerca de ellos, coloridas tortugas se asomaban a la superficie, delfines blancos saltaban alrededor con mucha alegría salpicando agua por todos lados, inmensos corales albergando toda clase de cangrejos sobresalían en el mar, y hasta pulpos se asomaban al paso del bote. Al poco rato el mar empezó a picarse formando grandes olas que mecían con tanta fuerza la embarcación, que todos temieron un naufragio.

—¡Nos vamos a caer! —gritó Patricia muy asustada.

—¡Agárrense fuerte y remen duro! —gritó Estrella. Al pasar por un arrecife de coral, el oleaje arreció y las fuertes olas lanzaron el bote contra la roca, abriendo un boquete en el costado de la embarcación que quedó incrustada en los corales. Al momento comenzó a llenarse de agua y en un instante quedó inundado hundiéndose en el mar. Todos cayeron al agua gritando y tratando desesperadamente de mantenerse a flote. Tristan buscó afanosamente a su hermanita que lo llamaba a gritos presa de pánico; la niña se abrazó a su cuello para mantenerse en la superficie mientras Artram trataba de imponer la calma. Peces, tortugas y demás habitantes del mar acudieron al sitio del naufragio y nadaban entre sus piernas rozando sus cuerpos poniéndolos aún más nerviosos de lo que ya estaban.

—¡Permanezcan juntos aquí, no tardaré! —gritó Estrella sumergiéndose en el agua. Todos quedaron a la espera por unos segundos que parecían eternos. De repente sintieron que algo los tocaba suavemente y se metía entre sus piernas empujándolos hacia arriba. Entonces emergió Estrella sobre el lomo de un hermoso pez.

—Son delfines. Ellos nos llevarán a la orilla, ¡agárrense bien! —dijo. Los delfines con cola de doble aleta nadaron a gran velocidad y no tardaron en dejarlos en la playa a salvo. Artam y Estrella permanecieron junto a los delfines acariciándolos con gratitud y, al parecer, hablando con ellos.

La playa era de arena blanca como la nieve y se sentía suave y fresca al caminar por ella. Yashira se sentó para descansar un rato y se dio cuenta de que la arena no se pegaba a la piel, como la arena de la Tierra.

—Esta arena no se pega —dijo muy sorprendida.

—¡Es cierto!, por más mojado que esté, no se pega a mis manos; ¡es increíble! —añadió Tristan mientras jugaba con la arena.

—¿Qué hacemos aquí? —preguntó Alextro a Estrella y a su padre, que ya se acercaban.

—Madre Naturaleza nos espera, debemos seguir —dijo Artram sin detenerse y adentrándose en la isla.

—Llegaremos pronto. Estamos muy cerca —dijo Estrella siguiendo tras Artram. A pesar del cansancio todos los siguieron. La isla era pequeña y se podía bordear en unas cuantas horas. Tenía montañas bastante altas con mucha vegetación, principalmente árboles frutales que crecían por todas partes.

—¿Dónde está el área de juego? —preguntó Patricia.

—Aquí es; esta es nuestra área de juego. Este es el lugar donde nosotros entrenamos para combatir al enemigo —explicó Estrella.

—Esto no es lo que yo esperaba —dijo Patricia mirando a su alrededor decepcionada.

—Estamos perdiendo tiempo aquí, mi hermano nos necesita, y nosotros perdidos en esta isla —dijo Alextro.

—Necesitamos aprender a usar nuestras armas para poder ayudar a tu hermano —le respondió Sofiara.

—Pero aquí no hay nadie; solo montañas, árboles y plantas con espinas —alegó Alextro frunciendo el ceño.

—Calma muchachos; tengan paciencia, yo sé que nos trajeron con un propósito y no será en vano —dijo Yashira tratando de animarlos mientras subían a la cima de una alta montaña.

Al llegar, se quedaron sin palabras al ver todo a su alrededor. Un transparente mar con todos los tesoros que había dentro de él se podía ver desde aquella altura. Peces de toda clase y tamaño, tiburones, delfines, pulpos, cangrejos y hasta ballenas nadaban entre los grandes corales y algas marinas que les servían de refugio y alimento. Estrella señaló hacia un extremo de la isla donde había un gran faro que emitía una potente luz. A su lado se alcanzaba a ver una pequeña casa de madera y un bote amarrado que se movía al vaivén de las olas.

—Allá es a donde nos dirigimos —dijo Artram.

—¿Quién vive allí? —preguntó Yashira.

—Allí vive Madre Naturaleza —contestó Artram.

—¿Ella es la única que vive en esta isla? —preguntó Tristan.

—Sí, toda la isla le pertenece —dijo Artram.

—¿Y por qué tenemos que hablar con ella? —preguntó Sofiara.

—Ella controla los fenómenos atmosféricos y es la única que los puede entrenar para luchar contra ellos —dijo Artram comenzando a caminar montaña abajo. Los demás lo siguieron, cuidándose de los arbustos con espinas que había por el camino.

Ese lado de la isla era totalmente distinto del que acababan de dejar: en el mar no se veía nada, el agua era turbia y la arena era de color marrón obscuro, de textura áspera y pegajosa. Su cielo invadido por negros nubarrones que ocultaban la luz del sol, daban al paisaje un aspecto misterioso.

—No me gusta este lado de la isla, me da escalofríos —dijo Patricia caminando muy lento, sin soltar la mano de su hermano.

Al cabo de un buen rato, finalmente llegaron junto a la casa. Esta era pequeña, muy simple, y su único adorno eran cientos de caracoles, de tonos claros, que forraban todas sus paredes. Un pequeño jardín de caracoles con vivos y brillantes colores daba la bienvenida en la entrada.

—Aquí se crean y de aquí salen las tormentas y todos los fenómenos atmosféricos que afectan su planeta. Eso también le quita vida y energía a este mar, haciéndolo lucir de esta manera —dijo Estrella.

Al llegar a la casa, antes de entrar por una pequeña puerta de madera cubierta de algas marinas que daba acceso al antejardín, Artram se detuvo y advirtió:

—Tengan mucho cuidado con Granizo.

—¿Qué quieres decir?, ¿quién es Granizo? —preguntó Alextro.

—Es la mascota de Madre Naturaleza —dijo Estrella.

—¿Por qué debemos tener cuidado? —preguntó Tristan.

—Porque es muy protector y no permite intrusos en la casa —contestó Estrella.

Granizo era un perro enorme, casi del tamaño de un caballo pequeño, armado con dos hileras de afilados dientes en sus poderosas mandíbulas y las temibles garras en que terminaban sus fuertes y largas patas. Era blanco con una franja plateada desde la cabeza hasta su ancha y peluda cola; cuando se enojaba, arrojaba por la boca bolas de granizo que podían herir gravemente a una persona.

Artram abrió la puerta y, lenta y silenciosamente, todos entraron al jardín totalmente iluminado, junto con la casa, por el alto faro de escalera de caracol que, a su vez, recibía la luz de una estrella encendida que brillaba con gran intensidad.

—Yo no veo nada, ¿estás seguro de que está aquí? —preguntó Alextro.

—Silencio. Él tiene un oído muy fino y puede escucharnos —le murmuró Artram.

De pronto Sofiara tropezó con una raíz y cayó sobre unos caracoles, arrastrando en su caída a los demás muchachos que también terminaron en el suelo. Aquel accidente causó gran alboroto y todos quedaron paralizados por unos segundos sin saber qué hacer. Entonces algo se asomó por un lado de la casa. Era Granizo que los miraba amenazante, listo para atacar.

—¡Levántense de prisa! —gritó Estrella mientras corría a plantarse delante de los caídos.

—Granizo siéntate —ordenó; pero Granizo la ignoró. Los jóvenes eran intrusos para él. Abriendo su boca comenzó a lanzar proyectiles de granizo. Estrella abrió su escudo y estos se estrellaron contra el duro metal produciendo un fuerte ruido como una explosión. Granizo se detuvo frente a Estrella gruñéndole mientras enseñaba sus afilados dientes. Él la conocía y no quería hacerle daño pero no entendía por qué protegía a los extraños. Todos observaban aterrados sin decir una sola palabra, imaginándose lo peor.

—Quieto, quieto —decía Estrella. Pero él se acercaba cada vez más amenazante.

Artram apuntaba hacia el animal una flecha paralizadora.

—¡Granizo, no te muevas! ¡Granizo detente! —le gritaba. Pero el animal no obedeció y tomó impulso para saltar sobre ellos. Artram se dispuso a disparar la flecha y en ese momento se abrió la puerta de la casa y se escuchó un suave silbido. Inmediatamente la fiera se calmó y corrió a echarse al lado de su ama. Todos respiraron aliviados.

—Bienvenidos a mi isla y a mi casa —saludó una dulce voz. A la entrada de la casa se encontraba una mujer muy alta, de cabello negro largo y de piel color marrón que hacía resaltar el azul claro de sus her-

152

mosos ojos. Llevaba un vestido blanco largo que caía hasta el suelo sin dejar ver sus pies.

—Saludos, Madre Naturaleza —dijo Artram haciendo una reverencia. Estrella saludó de la misma manera.

—Adelante. Los estaba esperando —dijo invitándolos con un gesto. Artram entró primero y Estrella y los muchachos lo siguieron.

—Sí. Nos estaba esperando, ¿Y por qué tardó tanto en abrir la puerta? —dijo Alextro en voz baja, sarcásticamente.

—Cállate por favor —murmuró Sofiara en tono de reproche.

—¿Qué?, es cierto. Un poco más y a Paty le da un ataque al corazón —replicó Alextro.

—¿A Paty o a ti? —dijo Sofiara en tono burlón.

—¡Ahhh, por favor!, yo no me asusté —dijo Alextro riendo.

—Sí, claro —dijo Sofiara volteando los ojos mientras entraba a la casa detrás de los demás.

Desde fuera, la casa parecía sumamente pequeña, pero en su interior todo era diferente. Tristan entró después de todos, cerró la puerta y esta desapareció, a la vista de los sorprendidos muchachos. En el interior no había sillas, ni mesas, ni muebles, ni cocina, ni habitaciones; era un salón vacío con paredes que parecían murales con hermosos paisajes de un realismo impresionante; todos quedaron maravillados con la casa y con lo que allí veían.

—¿Qué lugar es este? —preguntó Sofiara

—Esta es mi casa —dijo Madre Naturaleza.

—Pero no se parece a las casas que conocemos —dijo Patricia.

—Aquí nada es como en su mundo, todo es diferente de lo que ustedes conocen y de lo que ustedes se imaginan —dijo Madre Naturaleza.

Alextro se acercó a una pared para observarla más de cerca:

—¡Wow, las pinturas se mueven! —exclamó sorprendido.

—¿Es esto alguna clase de truco o magia? —preguntó Yashira.

—Sí. En este lugar todo es mágico, si así quieres llamarlo. Cada pared en esta habitación representa una de las cuatro estaciones de la naturaleza —dijo Madre Naturaleza.

—¿Eso tiene que ver con las cuatro estaciones del año? —preguntó Yashira.

—Tiene mucho que ver, y verás que tienen mucho en común también —contestó Madre Naturaleza.

—¿Qué tiene que ver esto con nosotros? ¿Para eso nos trajeron aquí? Mi hermano está en peligro y estamos perdiendo tiempo en una clase de climatología. Creí que vinimos aquí para ser entrenados —dijo Alextro molesto.

—Alextro, no seas rudo —dijo Sofiara frunciendo la frente.

—Créeme que estás en el lugar correcto. Para ser entrenados, primero deben saber cómo es el clima y así actuar en el próximo movimiento —dijo Madre Naturaleza—. El clima es más inteligente de lo que ustedes se imaginan. El clima fue creado con un propósito muy grande. Ustedes piensan que no lo pueden controlar.

—¿Sí se puede? —interrumpió Patricia.

—No completamente, pero se puede suavizar —dijo Madre Naturaleza.

—¿Y por qué no dejan de enviar tormentas a la Tierra —preguntó Yashira.

Las tormentas son necesarias en su planeta para limpiar la atmósfera de la contaminación de los gases y químicos que allá se producen. Cuando el aire se enferma pide ayuda y nosotros le enviamos una tormenta para barrer la contaminación —dijo Madre Naturaleza.

—No sabía que las tormentas eran tan importantes para el planeta —dijo Sofiara.

—Sí, lo son. Cada vez hay más y más contaminación y por eso es que hay cada vez más tormentas. El enemigo se ha aprovechado de eso, cuando las tormentas tocan tierra, se apoderan de ellas y provocan grandes desastres —explicó Madre Naturaleza.

—¿Tú podrías evitar que ellos tomen control de las tormentas? —preguntó Patricia.

—No. Una vez que la tormenta toca tierra, yo no tengo más el control de ella. Entonces el enemigo toma el control para lograr su propósito —dijo Madre Naturaleza.

—¿Cuál es ese propósito? —preguntó Sofiara.

—Robar energía. Descubrieron que el planeta Tierra tiene mucha más energía que cualquier otro. Por medio de los desastres atmosféricos ellos la obtienen, lo que los ha fortalecido más como ejército. Por eso los hemos buscado a ustedes —explicó Madre Naturaleza.

—Mi hermano está solo, fue a lo más profundo del mar, y tengo el presentimiento de que corre mucho peligro. Debemos ir a ayudarlo lo más pronto posible —dijo Alextro muy preocupado.

—No te preocupes, que yo sé quién es tu hermano y dónde está. Créeme, yo no solo controlo el clima; el tiempo también —le dijo Madre Naturaleza poniéndole la mano en el hombro, y sonriendo le susurró al oído: si está en los planes del Creador, llegará a tiempo.

Alextro no entendió lo que ella le dijo, pero sintió una gran paz interior que sosegó su ánimo.

—Bueno, ¿están listos para el entrenamiento? —preguntó Madre Naturaleza.

—¡Síííí! —respondieron todos a coro.

# Capítulo II
## El entrenamiento

—Cada una de estas paredes representa una estación del año. Comenzaremos con Primavera —dijo Madre Naturaleza señalando la primera pared donde se encontraban las mariposas—. No tengan miedo; síganme —agregó Madre Naturaleza mientras cruzaba la pared. Alextro fue el primero en seguirla; después uno a uno fueron pasando.

—¿Ustedes no vienen? —preguntó Sofiara al notar que Artram y Estrella permanecían parados en el centro del salón. Todos voltearon para atrás esperando una respuesta.

—No, nosotros debemos regresar, pero estaremos aquí cuando terminen el entrenamiento —dijo Artram. Los jóvenes se miraron unos a otros por unos segundos, y cuando volvieron a dirigir sus miradas hacia Artram y Estrella, ellos habían desaparecido.

El paisaje de primavera era el más hermoso. La grama crecía por todas partes verde y abundante, coloridos árboles rebosaban de toda clase de frutas y las flores completaban una fantástica decoración bajo un cielo sin nubes intensamente azul surcado por hermosas aves y mariposas; el lugar estaba lleno de animales y de sus crías. En este ambiente fresco y tranquilo se podía palpar la felicidad.

—¡Esto es increíble! Cómo me gustaría desaparecer entre las paredes de vez en cuando —dijo Alextro metiendo y sacando su brazo entre la pared.

—Esa sería muy buena idea y así podríamos descansar de ti de vez en cuando —dijo Sofiara con un tono burlón.

—Muy graciosa —dijo Alextro sarcásticamente forzando una sonrisa.

—Esta es mi estación favorita. Así es como la naturaleza debe ser —dijo Madre Naturaleza mientras caminaba entre un jardín de flores rojas y amarillas.

Mientras caminaban por aquel lugar, un caballo muy grande salió de entre los árboles. Era un hermoso corcel de color blanco, con un largo cuerno dorado en la frente y grandes alas en su espalda, doradas también. Los jóvenes se quedaron atónitos ante la presencia del fabuloso animal que había salido misteriosamente de entre los árboles y galopaba hacia ellos sin temor.

—¡No me digas que es un unicornio! —dijo Patricia muy emocionada.

—Sí, es un unicornio —dijo Madre Naturaleza sonriendo al ver los ojos de la niña brillantes de emoción.

—Yo creía que los unicornios no existían, que eran imaginarios —dijo Tristan.

—Si lo ves en tu mente, es posible que lo veas con tus ojos convertirse en realidad —dijo Madre Naturaleza mientras acariciaba al unicornio.

—¿Cómo se llama? —preguntó Patricia.

—Su nombre es Tailog. Él se encarga de formar los arcoíris en el cielo para que los guardianes puedan viajar a su planeta.

—¿Hay más unicornios en este lugar? —preguntó Alextro.

—No, este es el único que existe, pero no vive aquí; vive con el Creador —dijo Madre Naturaleza dándole una fruta azul que tomó de un arbusto.

—¿Y por qué está aquí? —preguntó Alextro.

—Tailog tiene un gran espíritu aventurero. Le fascinan los bosques, los jardines, los lagos, los ríos;

todo lo que sea naturaleza. Un día estaba en uno de los grandes bosques de la Tierra y fue visto por un humano. La noticia corrió rápidamente y la gente comenzó a buscarlo. El Creador hizo este bosque para protegerlo y para que no tuviera que ir a otro planeta —dijo Madre Naturaleza dándole palmaditas en las ancas para que se marchara. Tailog dio media vuelta y se fue galopando hacia los árboles, perdiéndose en el bosque.

El grupo siguió caminando un buen rato hasta detenerse en un riachuelo rodeado de neblina. Madre Naturaleza tomó una de las pequeñas nubes que allí se encontraban, se inclinó hacia el río y la sumergió en el agua. Al cabo de unos segundos se levantó con la nube empapada de agua, levantó sus brazos al cielo, respiró profundamente y sopló con todas sus fuerzas. La nube se elevó hacia el cielo; a medida que subía iba creciendo y cambiando de color; primero azul, después gris y finalmente negra. El cielo se torno obscuro y se desencadenó un torrencial aguacero acompañado de rayos, relámpagos y truenos ensordecedores. Los jóvenes no podían creer lo que estaban viendo: Madre Naturaleza había convertido una simple y pequeña nube en una poderosa tormenta.

—Solo podrán detener la tormenta con sus mismos rayos. Deben atraparlos y devolverlos a la tormenta. Háganlo ahora. Y tú, ven conmigo —gritó Madre Naturaleza tomando a Patricia de la mano y corriendo a refugiarse debajo de un árbol.

—¿Cómo haremos eso? —preguntó Sofiara.

—Yo no sé qué hacer —dijo Yashira.

—¡Tristan, el escudo! ¡Atrapa los rayos con el escudo! —gritó Alextro. Tristan no sabía lo que debía hacer, pero sacó el escudo de su dedo y lo levantó hacia el cielo. Inmediatamente se convirtió en un bello y fuerte escudo de combate con el cual se protegió intentando atraer los rayos, a pesar del temor que tenía de morir electrocutado. Al principio corría de un lado para otro sin conseguir su propósito.

—Quédate en un solo lugar, no te muevas —gritó Alextro. Tristan siguió el consejo y a los pocos segundos un gran rayo cayó en el centro del escudo, con tal fuerza que el chico rodó por el piso y quedó muy aturdido. A pesar del golpe logró levantarse aunque con dolor en todo su cuerpo.

—¡Lo lograste! —exclamó Yashira viendo el rayo incrustado en el escudo.

—¿Qué hacemos ahora? —preguntó Sofiara.

—Madre Naturaleza dijo que hay que arrojarlo a la tormenta nuevamente —dijo Yashira.

—¿Pero cómo? —preguntó Tristan. Todos miraron a Sofiara.

—¿Qué? —dijo ella.

—El arco, usa tu arco para lanzar el rayo —dijo Alextro.

—Yo no sé usar eso, nunca en mi vida he usado un arco —dijo Sofiara muy nerviosa.

—No te preocupes, tú lo puedes hacer —le dijo Alextro tratando de darle ánimo.

Alextro sacó el rayo del escudo y lo puso en el arco junto con Sofiara, poniendo sus manos sobre las de ellas para enseñarle cómo debía hacerlo. Sofiara tenía las manos paralizadas.

—Tengo miedo —dijo Sofiara.

—Tranquilízate, juntos lo lograremos —le susurró Alextro en el oído. Ella se sintió segura al escuchar esas suaves palabras y supo que no estaba sola en ese trance.

Sofiara puso el rayo en el arco, y junto con Alextro tensaron el arco apuntando hacia la tormenta. Alextro retiró sus manos dejándole el control a la joven. Ella respiró profundo, cerró los ojos y lanzó el rayo con fuerza hacia la tormenta. Todos se quedaron mirando, a la espera de que el rayo impactara la nube. Lo que sucedió fue muy distinto de lo que ellos esperaban. La lluvia arreció y el viento comenzó a soplar fuertemente y amenazaba con arrastrarlos. Muy confundidos, todos corrieron al árbol donde Madre Naturaleza y Patricia se habían refugiado.

—¿Qué sucedió? ¿Por qué no resultó? —preguntó Sofiara.

—El rayo cayó muy tarde en la nube. La tormenta llegó a su etapa de adultez, ahora es un huracán —dijo Madre Naturaleza.

—¿Y ahora qué hacemos? —preguntó Alextro confundido.

—¿Tengo que lanzar más rayos hacia el huracán? —preguntó Sofiara.

—Sí, tienes que disparar otro rayo, pero esta vez debe alcanzar el ojo del huracán.

—¡El ojo! —exclamó Tristan.

—El ojo es el centro del huracán. Deben ser muy precisos y dispararle justamente allí —dijo muy seria Madre Naturaleza.

El huracán seguía manifestándose con toda su furia. El ruido de los truenos era más fuerte y prolongado.

—No me digan que tengo que atrapar otro rayo con mi escudo —dijo Tristan muy preocupado.

—Tristan, deja de bromear y no pierdas más tiempo —le respondió Sofiara.

—No estoy bromeando, esa cosa me puede cocinar —replicó Tristan.

—No pierdan tiempo. El ojo del huracán se aproxima y solo tienen una oportunidad para arrojar el rayo. Si no logran golpear el ojo, la próxima etapa será aún más devastadora —dijo Madre Naturaleza.

—Por favor Tristan, ve —dijo Patricia con temor.

—Esta bien, iré —dijo Tristan; respiró profundo y, armándose de valor, levantó su escudo y salió del refugio dispuesto a que un rayo cayera sobre él. Todos esperaban tensos, casi sin respirar. A los pocos segundos sucedió lo esperado; esta vez el golpe fue más fuerte, pero todos sus amigos lo corearon: ¡Sííí! Seguían cayendo rayos y Tristan supo que debía salir de allí rápidamente. Se levantó y corrió a reunirse con los demás.

—Lo hiciste muy bien —dijo Patricia a su hermano mientras lo abrazaba. De momento se calmó el huracán; la lluvia cesó y disminuyó el viento.

—¿Qué sucede? —preguntó Yashira.

—Cuando el ojo del huracán está pasando, este disminuye su intensidad, pero después del ojo viene la cola que es su peor parte. Sofiara, debes ser muy certera en tu disparo, solo tienes una oportunidad para golpear el ojo —dijo Madre Naturaleza.

Tristan le entregó el rayo a Sofiara dándole unas palmaditas de aliento. Sofiara agarró el rayo, y sin pensarlo dos veces se dirigió hacia el centro del bosque; levantó su arco colocando el rayo entre la cuerda y apuntó hacia el gran agujero que tenía la enorme nube negra. Todo estaba callado y muy tranquilo, Sofiara respiró profundo, haló la cuerda del arco lo más que pudo y lanzó el rayo hacia el cielo. Era tal el silencio que se pudo escuchar el sonido agudo del rayo al salir disparado hacia lo alto del cielo. Su corazón palpitaba tan fuerte que parecía querérsele salir del pecho mientras seguía, junto con los muchachos, la trayectoria del rayo que se elevaba más y más hasta impactar con toda precisión el ojo del huracán. Después de unos segundos comenzaron a desvanecerse las nubes hasta que el cielo quedó completamente limpio. Todos reían emocionados corriendo al encuentro de Sofiara y se unieron con ella para felicitarla.

—Muy bien muchachos. Pasaron su primera prueba —dijo Madre Naturaleza.

–¿Qué hubiese pasado si fallaba el disparo? – preguntó Sofiara con curiosidad.

–Bueno, si es un huracán normal, de los que yo envío a la Tierra, al llegar a su etapa de vejez se desvanecería, pero los que son controlados por el Ejército de Venganza, si no son detenidos al pasar el ojo por la Tierra, su fuerza se duplicaría convirtiéndose en un monstruo que provocaría desastres inimaginables a su paso. Lo que acaban de hacer con la tormenta y con el huracán, es lo que deben hacer cuando se enfrenten al enemigo; solo así evitarán que destruyan la Tierra y roben su energía –explicó Madre Naturaleza mientras seguía caminando por el hermoso bosque en medio de mariposas y coloridas aves que trinaban.

Al cabo de un buen rato llegaron al borde de la exuberante vegetación donde se encontraron con un puente.

–Tenemos que cruzarlo –dijo Madre Naturaleza siguiendo adelante. Todos la siguieron.

Con solo pisar el puente entraron en un ambiente sofocante. Al otro lado la grama estaba seca y quemada por las altas temperaturas y la falta de agua. Allí no había mariposas, ni pájaros, ni flores; los animales se refugiaban en cuevas y en los marchitos ramajes tratando de mitigar los efectos del calor asfixiante. A poco andar, Madre Naturaleza ordenó detenerse, cosa que los jóvenes agradecieron mucho porque ya sentían los efectos de los rayos del sol que les quemaba la piel y los tenía exhaustos.

–Gracias por detenerse. ¿Por qué hace tanto calor aquí? –preguntó Yashira.

–Porque hemos pasado a otra estación; aquí es Verano, que también trae sus desastres. En esta parte del entrenamiento les mostraré los peligros y lo que hace el enemigo –dijo Madre Naturaleza.

—¿Desastres? Pero si aquí no hay tormentas ni huracanes —dijo Patricia.

—El sol es una fuente de energía muy poderosa, sin la cual no podría existir vida en su planeta, pero hay peligro cuando se junta con altas temperaturas. Observen —dijo Madre Naturaleza. Enseguida inhaló profundo, se acercó a un arbusto seco y exhaló todo el aire que tenía en los pulmones. Pequeñas chispas de fuego comenzaron a encenderse en el arbusto y luego se volvieron lenguas de fuego.

—¡Nooo! —suspiró Yashira sorprendida.

—El fuego se propaga rápidamente destruyendo todo lo que encuentre a su paso, y si no se detiene pronto, será devastador —explicó Madre Naturaleza.

—¿Qué debemos hacer?, ¿cómo lo detenemos? —preguntó Alextro.

—Solo con ráfagas de viento sumamente fuertes pueden ser extinguidos estos incendios —dijo Madre Naturaleza.

—¿Ráfagas de viento? ¿Cómo haremos eso? —preguntó Tristan confundido.

El fuego comenzó a propagarse por la grama hasta alcanzar los árboles del contorno que se prendían como paja seca. Las llamas invadieron todo el espacio y el ambiente se llenó de humo que no dejaba ver ni respirar. Patricia empezó a toser sin parar, por lo que Madre Naturaleza la llevó a un lugar seguro, lejos de aquel infierno. En medio del desconcierto general, una idea llegó a la mente de Alextro.

—Tristan, déjame ver tu escudo —dijo.

—¿Mi escudo? ¿Para qué mi escudo? —preguntó mientras lo levantaba para que tomara su forma de combate.

—Tu escudo es la solución: al lanzarlo con mucha fuerza, creará ráfagas de viento que apagarán el fuego.

—Es una buena idea; inténtalo Tristan —dijo Sofiara tosiendo unas cuantas veces.

El fuego se esparcía cada vez más destruyendo árboles y plantas; los animales corrían despavoridos tratando de huir de aquel infernal fuego que amenazaba devorar todo el bosque. Tristan observó el escudo en sus manos, sin estar muy convencido de lo que iba a hacer.

—¡Vamos Tristan, tú puedes, arrójalo duro! —le gritó Yashira haciéndolo reaccionar. Él echó su brazo derecho hacia atrás y, tomando impulso, arrojó con todas sus fuerzas el escudo contra el fuego. El mágico escudo surcó el aire velozmente atrapando a su paso las llamas dentro de él, y produciendo fuertes ráfagas de viento que apagaban el fuego. Después de absorber gran cantidad de llamas, el escudo regresaba a manos de su dueño, quien repetía la operación una y otra vez, hasta que las llamas fueron extinguidas por completo.

Tras la agotadora lucha contra el fuego, Tristan se sintió mareado y cayó al suelo de rodillas por falta de oxígeno. Los demás jóvenes tosían sin cesar a causa del humo. Madre Naturaleza corrió hacia ellos y sopló con fuerza haciendo desaparecer el humo para que respiraran libremente y recuperaran fuerzas.

—Buen trabajo Tristan, lograste controlar el fuego —dijo Madre Naturaleza.

—¿Estás bien? —preguntó Patricia a su hermano ayudándole a levantarse.

—Sí hermanita, estoy bien.

—Esto no fue nada fácil —dijo Sofiara.

—Sí, tienes razón. El humo no deja respirar y el calor de las llamas quema intensamente, por eso deben actuar rápido, sin perder ni un segundo —dijo Madre Naturaleza.

—¿Esta era la prueba más peligrosa? —preguntó Yashira.

—Esta sin duda fue una prueba difícil, pero no la más peligrosa —dijo Madre Naturaleza. Ellos se miraron muy preocupados.

—¿No hemos llegado aún a la más difícil? —preguntó Tristan.

—Estas pruebas no se comparan con la verdadera batalla que enfrentarán contra el enemigo. Esto es solo una simple demostración de cómo es en realidad, y a lo que se enfrentarán contra el Ejército de Venganza —dijo Madre Naturaleza, comenzando a caminar de nuevo por el devastado bosque. Por todas partes se veía el bosque arrasado, el suelo negro y humeante, lo mismo que los árboles y arbustos.

—Esto es muy triste; todo se ve muy feo —dijo Patricia.

—No te preocupes; Madre Naturaleza arreglará todo con su magia —dijo Tristan para animar a su hermana.

Más adelante llegaron a un viejo puente de madera lleno de ramas. El piso estaba totalmente forrado de hojas de todos los colores; por debajo pasaba un ancho río de agua muy clara que corría calmadamente.

—¡Qué bonito es este puente! —dijo Patricia.

¿Es seguro? —preguntó Alextro deteniéndose a la entrada.

—El puente es viejo pero seguro —dijo Madre Naturaleza sin detenerse. Todos la siguieron. Al caminar sobre el puente se escuchaba el crujido de las hojas secas. Tristan se asomó por la baranda a contemplar el río; Yashira hizo lo mismo y comentó:

—Siempre me ha gustado el sonido del agua que corre por el río; me llena de alegría y tranquilidad.

—El sonido que acabo de escuchar también me llenó de alegría y tranquilidad —dijo Tristan mirando a Yashira.

Ella lo miró a los ojos sin saber qué decir, solo le sonrió. Él sonrió también.

—Tristan, ¿vienes? —gritó Patricia a su hermano desde el final del puente.

—Sí, ya voy —le respondió haciéndole una seña con la mano. Cuando volvió la cabeza para continuar con Yashira, ella ya había seguido su camino.

Tras cruzar el puente, se encontraron con un paisaje completamente diferente del anterior. La vegetación era escasa y se veían muy pocos animales. Ya no se sentía el calor sofocante; ahora la temperatura era fresca y agradable, y soplaba un viento fuerte que desprendía las hojas de los árboles que al volar por el aire daban un bellísimo y colorido espectáculo.

—¿Dónde estamos? —preguntó Alextro.

—Hace un poco de frío —dijo Yashira.

—Me recuerda el otoño —comentó Sofiara.

—Tienes razón, estamos en Otoño —dijo Madre Naturaleza llevando a los jóvenes a un lugar descampado.

—¿Es aquí donde será la próxima prueba? —preguntó Alextro.

—Sí, aquí se enfrentarán a una de las más difíciles. Si salen vencedores, no tendrán problema para vencer al enemigo en las batallas. Pero para eso tienen que trabajar en equipo. Ayudarse unos a otros —dijo Madre Naturaleza.

—¿De qué se trata? —preguntó Tristan, a la vez ansioso y temeroso.

—Se trata del viento y de lo fuerte y poderoso que puede llegar a ser —contestó Madre Naturaleza al tiempo que se agachaba a recoger del suelo un puñado de hojas.

—¿Para qué son esas hojas? —preguntó Tristan.

—El aire y el viento son cosas que no podemos ver y para controlarlos tienes que saber de dónde viene y hacia dónde va —dijo Madre Naturaleza. Luego arrojó las hojas que se elevaron en el aire, dirigiéndose hacia el noreste. Entonces sopló con todas sus fuerzas en dirección a las hojas que volaban. Las hojas comenzaron a girar en el mismo lugar y cada vez más rápido. Madre Naturaleza volvió a soplar con mucha fuerza formando un gigantesco remolino que subió hasta las nubes.

—Es un tornado —dijo Sofiara muy asustada.

—¿Cómo vamos a detener un tornado? —dijo Alextro preocupado.

—Usen todas sus armas en conjunto y lo lograrán —dijo Madre Naturaleza corriendo a ponerse a salvo y, como siempre con Patricia de la mano.

El enorme tornado se volvió amenazante hacia ellos como si fuera un monstruo furioso, absorbiendo todo lo que hallaba a su paso, haciéndolo girar dentro de él.

—¿Qué hacemos ahora? —preguntó Yashira casi entrando en pánico.

—¡Rápido, rápido! ¡Saca las bolas de arena negra! —le dijo Alextro.

—¿Para qué? —preguntó ella.

—Yo vi cómo las usan los guardianes para detener al enemigo —dijo Alextro.

—De acuerdo —dijo Yashira.

—Y tú Tristan, usa el escudo para cambiar su rumbo —ordenó Alextro.

—Lo intentaré —dijo Tristan.

—Sofiara, usa las flechas para empujar el tornado —dijo Alextro.

—¿Para dónde hay qué empujarlo? —preguntó ella.

—¡Hacia el río! ¡Dentro del río! —gritó Alextro.

167

–Voy a dispararlas –dijo Sofiara con mucha determinación.

–¡Yashira, es ahora o nunca! ¡Lanza la bola! –gritó Alextro viendo que el tornado ya estaba muy cerca. Ella le lanzó la bola de arena que lo hizo estallar, reduciendo su tamaño y su fuerza.

–¡Muy bien! ¡Funcionó! –gritó Alextro emocionado.

–Ahora tú Sofiara. Apunta al centro –le ordenó. Sofiara acomodó en el arco una flecha amarilla, apuntó con mucha concentración y disparó haciendo blanco en el mismo centro del tornado. Al instante este se prendió en fuego, pero aumentó su volumen y duplicó su fuerza.

–¡Oh, no! Mala decisión –dijo Yashira.

–¡Tristan, ve tú ahora! –gritó Alextro.

Lleno de coraje Tristan embrazó su escudo y se plantó frente al tornado. Como pudo resistió el primer embate del gigantesco tornado, pero la desigual batalla duró poco. La furia de la naturaleza comenzó a empujar hacia atrás a Tristan con mucha fuerza.

–¡No puedo más! ¡Es muy fuerte! –alcanzó a gritar antes de ser tragado por el remolino.

Yashira arrojó otra bola de arena que produjo una gran explosión en su interior reduciendo otra vez su fuerza y su volumen.

–¡Sofiara, dispara otra flecha! –gritó Alextro.

–¿Cuál? –preguntó ella sin saber qué hacer.

–Tú decides –contestó Alextro. Ella no sabía por cuál decidirse.

–¡Sofiara, solo elige una! –gritó Yashira desesperada.

–Morada –murmuró ella. Agarró la flecha y la disparó rápidamente. Esta vez el efecto fue distinto. El tornado comenzó a moverse sin control, violentamente para todos lados y atrapó a Alextro en su interior.

—¡Ay no, ahora qué hacemos! —gritó Sofiara muy nerviosa.

—Alextro dijo que debíamos empujarlo al río —dijo Yashira.

—Hay que lanzar otra bola de arena —dijo Sofiara.

—Eso sería muy peligroso, Alextro y Tristan están ahí dentro —dijo Yashira.

—Tienes razón; hay que pensar en otra cosa —dijo Sofiara.

—¡Si mezclas la arena de las bolas cambiarás su poder! —gritó Madre Naturaleza.

—Lanza dos bolas juntas —dijo Sofiara. Yashira sacó dos bolas y las arrojó con fuerza al centro del tornado. Al liberarse la arena de las bolas, se produjo el efecto esperado y el tornado quedó completamente en calma. Sofiara y Yashira corrieron hacia el tornado en busca de Tristan y de Alextro.

—¡Empujen el tornado dentro del río antes de que se active de nuevo! ¡Usen las flechas! —gritó Alextro.

—Esta flecha blanca —murmuró Sofiara acomodándola en el arco con mano temblorosa; trató de calmarse y luego disparó provocando una fuerte ráfaga de viento que metió el tornado en la corriente del río, donde fue debilitándose hasta extinguirse totalmente. Alextro y Tristan también cayeron al agua; a pesar de lo mareados que estaban pudieron alcanzar la orilla y, ayudados por las chicas, lograron salir del río caminando. De pronto, Alextro sintió que algo le estorbaba.

—No puedo creerlo, ¿estás tratando de matarme? —le dijo a Sofiara sacando una flecha que había perforado su pantalón, pero sin herirlo.

—Lo siento, no sabía que caería tan cerca de ti —dijo ella apenada.

—No seas llorón, no te pasó nada. Además ella les salvó la vida a los dos —intervino Yashira.

—Gracias por salvarme la vida —dijo Alextro con voz suave, mirando a Sofiara, arrepentido por su actitud.

—Muy bien muchachos, lo lograron. Yo sabía que no nos habíamos equivocado con ustedes —dijo Madre Naturaleza emocionada.

—Por favor, dime que esta fue la prueba más difícil —le dijo Sofiara a Madre Naturaleza.

—Sin duda lo fue, pero aún no hemos terminado —respondió ella, emprendiendo nuevamente la marcha.

—¿Qué quiso decir con eso? —preguntó Sofiara confundida.

—No lo sé, pero estoy asustada —contestó Yashira.

—No nos podemos rendir ahora, solo nos queda una prueba del entrenamiento y luego nos podemos ir. Sigámosla —dijo Alextro animando al grupo.

Pronto llegaron a otro puente muy parecido al anterior, solo que este no tenía hojas en el piso, sino hielo y nieve; por debajo pasaba el mismo río que habían visto antes y que los seguía por todo el camino. Al cruzar el puente, Sofiara perdió el equilibrio en el suelo resbaladizo y estuvo a punto de caer de no haber sido por Alextro que alcanzó a tomarla por la cintura.

—Te tengo —le dijo.

—Gracias —dijo ella mirándolo. Él le sonrió sin soltarla aún. Ella sonrió también, sonrojándose, pero dando unos pasos para atrás, liberándose de los brazos de él.

Al cruzar el puente, encontraron un hermoso lugar donde había muchos jardines llenos de flores. De la tierra salía un vapor que calentaba toda la superficie, sin importar el frío que había en el aire. La nieve caía, pero antes de llegar al suelo se convertía en rocío que regaba todos los jardines.

—Esto es fantástico —dijo Patricia.

—¡Qué lugar tan hermoso! —exclamó Yashira.

—A veces lo que es bello por fuera no lo es por dentro —dijo Madre Naturaleza.

—¿Qué quieres decir? —preguntó Tristan.

—De las personas y las cosas, deben aprender a conocer el interior primero, sin dejarse llevar por lo que ven —contestó Madre Naturaleza mientras hacía un pequeño surco en el suelo con su dedo—. Hay que sacar lo que ensucia y contamina, para que brille igual en su exterior —dijo poniéndose de pie. Todos quedaron pensativos por lo que acababan de oír.

—¡Miren eso! —dijo Patricia señalando al suelo. El surco que había hecho Madre Naturaleza se alargaba más y más hasta perderse de vista. De repente, el suelo comenzó a temblar sin control.

—¡Terremoto! —gritó Tristan.

—¿Qué hacemos? —preguntó Alextro, buscando a Madre Naturaleza; pero ella había desaparecido.

Grandes grietas se abrieron por donde desaparecían rocas y árboles. Los muchachos corrían de un lado a otro para evitar ser tragados también. En medio de todo eso, Patricia tropezó y rodó por uno de los agujeros que se formaron. Tristan corrió desesperadamente en auxilio de su hermana quien, por fortuna, se había agarrado fuertemente del borde de la grieta; rápidamente la subió a la superficie y trató de calmarla porque estaba presa del pánico. En ese momento dejó de temblar y todo quedó en calma.

—¿Ya se acabó? —preguntó Sofiara muy asustada.

—No sé, no lo creo… —contestó Alextro muy alerta.

Al instante comenzaron a brotar de las grietas unos gigantescos y horribles gusanos que se dirigían hacia ellos. Alextro sacó su espada y los espetaba con ella partiéndolos por la mitad. Tristan los golpeaba con su escudo para alejarlos. Uno de los monstruos agarró a Yashira de un pie y empezó a arrastrarla hacia las grietas; ella trataba inútilmente de resistir

171

arañando el suelo. Tristan corrió en su auxilio y la sujetó de un brazo con todas sus fuerzas hasta que Alextro llegó a liberarla con su espada.

—¿Cómo los detenemos?, cada vez son más —dijo Sofiara.

—Hagamos lo que dijo Madre Naturaleza. "Hay que sacar lo que ensucia y contamina y limpiar todo el interior" —dijo Alextro.

—¿Tienes idea de cómo hacer eso? —preguntó Yashira.

—Hay que matar a la reina —dijo Alextro mientras seguía combatiendo.

—¿Cómo sabremos cuál es la reina? Todos se ven igual de horribles —dijo Tristan.

—La reina está oculta en su nido. Yo iré a buscarla —dijo Alextro.

—Espera. Prométeme que regresarás para ir a ayudar a Giovánnoli —dijo Sofiara.

—Lo prometo. Cuídense mucho —dijo Alextro.

Sin perder más tiempo, Alextro se lanzó a lo profundo de las grietas, mientras los demás combatían a los gusanos. Las grietas eran más profundas de lo que parecían y, en la caída, Alextro sufrió una herida en el brazo.

—Alextro, ¿estás bien? —gritó Sofiara.

—Sí..., estoy bien, pero acá está obscuro y no se ve nada.

—Voy a disparar una flecha de fuego para que te alumbre —gritó Sofiara.

—De acuerdo, pero esta vez apunta bien —le dijo Alextro irónicamente. Sofiara lanzó la flecha que quedó clavada en el piso de la cueva.

—La tengo. Me servirá de antorcha —dijo Alextro. Entonces pudo ver que se hallaba en un gigantesco laberinto donde todos los caminos eran inclinados. Siguiendo su instinto, tomó las rutas que iban en descenso. A medida que avanzaba se sentía un desagradable olor, cada vez más intenso, lo mismo que un extraño zumbido. Por fin el pasadizo desembocó a una inmensa caverna iluminada por una tenue luz azul. De su alta cúpula colgaban, a manera de estalactitas, miles de bolsas verdes, tan grandes como una almohada, que destilaban una baba viscosa del mismo color formando una cortina cuyos pliegues se iban perdiendo lentamente en lo profundo de la caverna. «"Este debe ser el lugar. Parece que están durmiendo", pensó Alextro». Entonces pegó la antorcha a la sustancia que chorreaba de las bolsas, la cual se prendió en fuego como un líquido inflamable. Alextro salió corriendo lo más rápido que pudo para ponerse a salvo. Mientras escapaba podía sentir el calor del incendio que había abrasado por completo el nido donde nacían aquellos seres. En su huida encontraba gusanos que salían descontrolados por el calor del fuego, y los mataba con su espada. Ya cerca de salir a la superficie, la cantidad de ellos se volvió incontrolable y Alextro recibió varias heridas en sus brazos y piernas. Sin embargo se armó de valor y se abrió paso con su espada hasta que pudo ver la luz del día desde lo profundo del agujero. Entonces comenzó a trepar por las paredes de la grieta donde Tristan lo esperaba para ayudarlo. Ya fuera de la grieta, se unió a sus amigos para luchar contra los gusanos que aún quedaban. Luego se sintió otro temblor que esta vez cerró todas las grietas dejando el suelo como estaba al principio y todo quedó en calma. Los jóvenes gritaban de emoción y se abrazaban celebrando. Sofiara miró a Alextro sonriéndole pero él no sonreía; se veía adolorido y pálido. Ella lo observó con detenimiento tratando de saber lo que sucedía.

—¡Está herido! ¡Alextro está herido! —gritó angustiada.

Sangrando por los brazos y las piernas, Alextro se desplomó. Al oír los gritos de Sofiara todos corrieron hacia él.

—¿Qué sucede? —preguntó Tristan arrodillándose junto a él.

—Está herido y ha perdido mucha sangre —dijo Sofiara muy preocupada.

Alextro estaba consciente pero no hablaba. Patricia estalló en llanto al verlo así.

—Yashira, llévatela de aquí —le pidió Tristan. Ella abrazo a la niña y se la llevó para calmarla.

En ese momento apareció Madre Naturaleza, agachándose junto al herido.

—Mordidas de gusanos —dijo observando las heridas.

—¿Es muy grave? —preguntó Sofiara angustiada.

—Para ustedes son venenosas y pueden ser mortales —respondió, aún observando las heridas.

Alextro agarró a Madre Naturaleza por el brazo y le dijo con dificultad, mirándola a los ojos:

—No me puedo morir, tengo que ayudar a Giovánnoli.

—¡Shhhhh, tranquilo! ¡Yo no te dejaré morir! —dijo Madre Naturaleza tomándole la mano—. Muchachos, ayúdenme a llevarlo hasta el río.

—Levantémoslo con cuidado —dijo Sofiara.

Alextro se quejó de dolor mientras era levantado por sus amigos y, apoyado en los hombros de Tristan y Sofiara, caminó con mucha dificultad hasta el río que se encontraba a pocos pasos de allí.

—¿Está fría el agua? —preguntó Alextro antes de meterse en el río.

—Estas casi muriendo y eso es lo que te preocupa —dijo Sofiara sorprendida.

—¿Estás preocupada por mí? —le preguntó Alextro mirándola a los ojos, casi sin aliento.

—Sí, un poco —le contestó ella devolviéndole la mirada. Alextro sonrió y entró al agua, sostenido por sus amigos. Madre Naturaleza comenzó a empapar todo su cuerpo con el agua del río que le echaba juntando sus manos. Sofiara la imitó tratando de ayudar. La sangre corría hasta llegar al río.

—¡No lo puedo creer! —exclamó Sofiara mirando sorprendida a los demás—. Las heridas están desapareciendo.

—¿Cómo te sientes ahora? —preguntó Madre Naturaleza.

—Mucho mejor —contestó Alextro recobrando el ánimo y el color en su rostro. Pronto su piel quedó limpia otra vez, sin cicatrices de heridas en su cuerpo.

—¿Cómo sucedió este milagro? —preguntó Alextro.

—Este es el río que atraviesa Pactron, donde se encuentra el árbol de la vida; una de sus raíces sale al río y le transmite toda su vida y su poder —explicó Madre Naturaleza.

—Los guardianes deben proteger mucho ese árbol —dijo Yashira.

—La raíz no se ve a simple vista —dijo Madre Naturaleza.

—¿Qué quieres decir? —preguntó Tristan.

—Nadie sabe el poder que tiene el agua de este río —dijo Madre Naturaleza, cerrando un ojo y sonriendo.

Patricia vio cómo la nieve que caía del cielo formaba una paloma blanca que siguió volando alrededor de ellos.

—Debemos irnos ya —dijo Madre Naturaleza dirigiéndose al puente. Los chicos emprendieron el viaje de regreso, muy felices de haber terminado el entrenamiento. En la mitad del puente Patricia se detuvo para ver por última vez el pájaro de nieve que a los pocos segundos se deshizo, cayendo al suelo como copos de nieve.

—¡Wow! —exclamó Patricia, quedándose con la boca abierta.

—Es hora de irnos Paty —le dijo Tristan sacándola de su asombro. Todos cruzaron el puente que volvió a desaparecer y llegaron nuevamente a la pequeña casa de Madre Naturaleza. Dentro de la casa encontraron algo que a todos agradó.

—¡Comida! —dijeron los jóvenes con mucha emoción.

En el centro de la casa los esperaba una mesa llena de toda clase de frutas y vegetales.

—Me muero de hambre —dijo Alextro.

—¡Yo también! —exclamó Tristan.

—Es para ustedes; se lo merecen. Coman todo lo que deseen —dijo Madre Naturaleza. Los felicito, su entrenamiento fue todo un éxito.

—Gracias por entrenarnos; significa mucho para nosotros —dijo Alextro.

—No, gracias a ustedes por atreverse a hacer lo que están haciendo; significa mucho para nosotros también —respondió Madre Naturaleza.

—Ya debemos irnos —dijo Artram que había regresado por ellos como había prometido.

Todos salieron de la pequeña casa a encontrarse con los dragones que los llevarían a su próxima aventura.

# Capítulo 12
## Lo más profundo del mar

Giovánnoli volaba velozmente encima del dráguila buscando con afán el arcoíris que daba acceso a lo más profundo del mar, antes de que se desvaneciera, lo cual ocurriría cuando el sol se colocara en lo alto del cielo. Después de haber viajado unas cuantas millas por el inmenso cielo, comenzaron a encontrar muchas nubes grises, como si se acercara una tormenta, el dráguila trataba de esquivarlas, pero eran tantas que terminó volando dentro de ellas.

—Cómo vamos a encontrar el arcoíris si no se ve nada —protestó Giovánnoli.

El dráguila empezó a subir cada vez más, buscando el arcoíris. Al poco rato ya estaban por encima de las nubes.

—Se supone que el arcoíris está por aquí, pero no lo veo.

El draguila emitió el sonido agudo que acostumbraba.

—¿Lo ves? —preguntó Giovánnoli.

El dráguila extendió una de sus patas señalando hacia abajo. Al mirar en la dirección que indicaba el ave pudo ver un pedazo del arcoíris de colores obscuros.

—¡Ahí está! Buen trabajo —dijo Giovánnoli dándole unas palmadas a su dráguila.

El dráguila se lanzó hacia el arcoíris a toda velocidad para alcanzar a entrar. Mientras se acercaban, Giovánnoli comenzó a ver bien el arcoíris; era tal y como el Creador le había dicho: tenía únicamente tres colores; la parte superior era de un gris que se confundía con las nubes, en el centro tenía una franja más ancha de color marrón, y terminaba en una franja negra más delgada. Giovánnoli lo veía cada vez más cerca hasta que tuvo la sensación de que habían pasado a través de él.

—Todo se ve igual, ¿logramos cruzar? —preguntó Giovánnoli.

El dráguila aspiró profundo para luego soplar con mucha fuerza sacando fuego por su pico; la temperatura del cuerpo del dráguila subió drásticamente; Giovánnoli sintió que sus manos se quemaban y se soltó de donde estaba agarrado. En ese momento el dráguila hizo un movimiento brusco y Giovánnoli cayó al vacío lanzando un grito de auxilio. Al instante el dráguila descendió detrás del muchacho y a los pocos segundos logró agarrarlo de una pierna antes de que cayera al mar y lo aventó de nuevo a su espalda.

—Gracias. Avísame antes de volver a hacer eso —dijo Giovánnoli recuperándose de la traumática experiencia.

El dráguila siguió volando sobre un gran océano de agua clara y calmada, de un azul tan intenso que parecía un segundo cielo reflejado en el mar como un espejo.

—¿Cómo llegaré a lo más profundo de este océano? —dijo Giovánnoli.

El dráguila se acercó más al agua hasta quedar justo encima de un enorme remolino que giraba como un tornado en el centro de aquel mar.

—¡Oh no! No podré respirar allá dentro, ¿cómo puedo llegar hasta el fondo sin ahogarme primero? —dijo Giovánnoli.

El dráguila volvió a emitir su usual sonido, tratando de comunicarse con su dueño.

—¿No hay otra manera de llegar hasta el fondo? —preguntó Giovánnoli.

El dráguila se sacudió violentamente tratando de arrojar a Giovánnoli dentro del remolino.

—¡Espera, espera! ¡De acuerdo; ya entendí, yo lo haré! —dijo Giovánnoli agarrándose del ave para no caer.

El remolino sonaba fuertemente como una cascada. Giovánnoli cerró los ojos y respiró profundo, armándose de valor. Pero el dráguila impaciente se volteó de repente, quedando con las patas al cielo y la cabeza hacia el agua, haciendo que el muchacho cayera al remolino. Él giraba y giraba sin parar, atravesando velozmente las diferentes zonas del mar, sin poder enfocar la vista. Lo único que pudo notar fue el cambio de color en el agua que cada vez se tornaba más obscura. Al cabo de un largo minuto girando sin parar, cayó violentamente en tierra seca. Después de unos segundos se sentó en el suelo sintiéndose muy mareado. Con mucha dificultad se puso de pie y comenzó a observar detenidamente todo lo que había a su alrededor; estaba muy impresionado. Él sabía que había llegado a lo más profundo del mar, aunque nunca se imaginó que ese lugar estaba fuera del agua. Giovánnoli miró hacia arriba tratando de averiguar cómo había llegado hasta allí, y descubrió algo maravilloso; vio el inmenso mar encima de él como si estuviera observando por debajo de una enorme pecera llena de toda clase de peces, vegetación, corales y animales marinos; realmente parecía eso porque no se salía ni una gota de agua. Pudo ver el remolino por donde había llegado y por donde también entraba un poquito de luz, pues a esa profundidad no penetraban los rayos del sol y los peces estaban obligados a brillar con luz propia.

Del suelo brotaban pequeños volcanes del tamaño de un arbusto, encendidos de ardiente lava, que iluminaban todo alrededor, y mantenían una temperatura fresca y agradable. Los animales marítimos, al igual que todos los corales, brillaban con la energía que obtenían de estos volcanes.

Giovánnoli empezó a caminar por un sendero angosto, alrededor de los pequeños volcanes, sin saber a dónde llegaría. Mientras caminaba pudo notar que los volcanes estaban conectados por un río de lava en movimiento. Como todo en ese lugar, solo existían los tres colores del arcoíris de colores obscuros. Los grandes y frondosos árboles que había en el lugar tenían las hojas grises que salían de ramas color marrón igual al tronco; todas las frutas eran negras. Negro también el color de las rosas que allí se encontraban, cuyos tallos estaban cubiertas de largas y afiladas espinas.

Giovánnoli avanzaba cautelosamente y muy alerta, mirando todo lo que había alrededor. Todo el paisaje le parecía triste y tenebroso. Siguió caminando entre árboles, jardines y volcanes con la esperanza de encontrar su memoria para marcharse cuanto antes de ese extraño lugar. Al poco rato notó algo que no había visto antes; lo que vio le dio la certeza de que estaba en el lugar correcto; regados por el suelo, semiocultos y sepultados, una infinita cantidad de diamantes, de todas las formas y tamaños, brillaban como lentejuelas en gris, marrón y negro. Eran las piedras preciosas de las que hablaba el Creador. No muy lejos de allí encontró una enorme cueva que captó su atención; estaba cubierta de una fina capa de grama gris y adornada con un pequeño jardín de rosas negras. Él se acercó lentamente, con mucha cautela, no sabía qué podría haber en su interior. Desfilaban por su mente todas las cosas que le había dicho el Creador, los fabulosos tesoros, la bestia que los protegía, su memoria perdida de la que no conocía su aspecto, su forma ni su tamaño. En un instante se llenó de dudas; estaba completamente solo en ese lugar desconocido, obscuro y tenebroso; sin armas, sin ayuda, sin protección y sin recuerdos. Estuvo a punto de escapar pero enseguida recordó el propósito de su misión. Si renunciaba a continuar nunca sabría quién era él en realidad, ni cuál fue su pasado, ni tampoco de lo que era capaz. Entonces respiró profundo, se armó de valor, arrancó una rama seca que encendió con la ardiente lava de un volcán, y penetró en la cueva dispuesto a enfrentar a cualquier bestia o gigante que saliera a su encuentro.

Todo allí era silencioso; no se escuchaba el canto de los pájaros, ni el silbido del viento, ni el agua; solo su corazón acelerado que golpeaba su pecho. La cueva estaba llena de tesoros inimaginables; cientos de cofres repletos de oro, paredes cubiertas de diamantes y piedras preciosas que brillaban al ser tocadas por la luz de su antorcha, había coronas de oro y plata, espadas forradas de toda clase de metales y piedras preciosas también tiradas en el suelo. Había tanta riqueza en esa cueva, que se podría volver ricos a todos los habitantes del planeta Tierra sin que se notara que se había repartido.

En el centro de la cueva había una gran burbuja transparente flotando en el aire. Giovánnoli se acercó con mucha curiosidad y se encontró con algo que erizó toda su piel. Dentro de la burbuja habían imágenes que se movían como si estuviera viendo una película. Un niño corría dentro de los árboles de un hermoso bosque; pero no estaba solo, alguien jugaba con él. Una niña trepada en un árbol llamaba su nombre entre risas, mientras lanzaba frutas y se escondía detrás de las ramas. "Eclipse. ¿Dónde estás?", preguntó el niño de la burbuja. «"Eclipse", pensó Giovánnoli sorprendido». Él reconoció ese recuerdo porque lo había visto antes en su mente, sin saber quiénes eran esos niños. De repente, Giovánnoli quedó paralizado al darse cuenta de que había encontrado lo que estaba buscando: «"¡Mi memoria! ¡La encontré!", pensó lleno de alegría». Sonrió de felicidad por las imágenes que estaba viendo en la burbuja. Ahora ya entendía, y sin duda sabía, que la visión que tuvo antes en su mente anteriormente no fue fruto de su imaginación sino parte de su vida pasada. Le causó gran placer saber que alguna vez fue muy feliz. El veía a un niño lleno de amor, alegría, confianza y energía; anhelaba sentirse así otra vez, tan diferente a como se sentía ahora.

«"Bueno, ya la encontré, ¿pero cómo la meto en mi cabeza?", pensó Giovánnoli». De repente las imágenes desaparecieron y todo se tornó gris. Él se quedó mirando la burbuja con la esperanza de que algo bueno sucediera. Al instante empezó a escuchar susurros que intentaban decirle algo, se acercó más tratando en vano de saber qué decían. Entonces la burbuja comenzó a dividirse en otras más pequeñas hasta quedar en miles de burbujitas flotando en el aire que se movieron rápidamente formando la palabra "RESPIRA". Giovánnoli no entendió lo que querían decirle. Las burbujas se separaron, dieron varias vueltas en el aire y volvieron a formar otra palabra: "PROFUNDO". "¡Respira profundo!". Ahora sí comprendió lo que quería decirle. Pero en ese momento sucedió algo inesperado. La cueva comenzó a moverse bruscamente como si estuviera ocurriendo un terremoto. Giovánnoli cayó al suelo esperando lo peor. De todas partes comenzaron a salir extrañas figuras de humo negro que se le acercaban lentamente. Al poco tiempo dejó de temblar y Giovánnoli se puso de pie tratando de comprender lo que sucedía. Espantado pudo darse cuenta de que no era humo cualquiera; eran fantasmas. Fantasmas negros que no tenían brazos, ni piernas, ni rostro. Giovánnoli buscaba desesperadamente por donde escapar, pero ya lo tenían rodeado. Uno de esos seres se acercó hasta él, ahora ya no era solo una silueta negra. Tenía rostro, un rostro familiar que lo dejó paralizado de terror; era su padre que le dijo: "Tú eres un estorbo, por eso nunca te quisimos y nos libramos de ti". Después vino otro con el rostro de su madre: "Nunca lograrás nada bueno. Es mejor que te des por vencido". Otro tenía el rostro de Alextro y se le acercó diciendo: "Por tu culpa estoy muerto". Giovánnoli cerró los ojos desesperado, tratando de recobrar la calma y de borrar de su mente esas palabras. «"¡No, esto esto es una trampa! ¡Tengo que salir de aquí!", pensó y se abrió paso entre los fantasmas». Instintivamente buscó un arma para defenderse de esos demonios que trataban de confundirlo y engañarlo. Vio varias espadas tiradas en el suelo y corrió hacia ellas intentando decidirse por una. "Debes escoger la correcta". "Cuando la veas lo sabrás", recordaba lo que le había dicho el Creador. De pronto, algo llamó su atención: incrustada en una de las paredes de la cueva una espada brillaba intensamente; era un arma hermosa cubierta de oro, con incrustaciones de piedras preciosas y dibujos de raíces plateadas que la cubrían completamente. Giovánnoli corrió hacia la pared; su instinto le dijo que esa era la espada que buscaba. Sin dudar un instante la tomó con fuerza de la empeñadura, la arrancó de la pared y dio media vuelta apuntando hacia delante en actitud de ataque, pero ya los fantasmas habían desaparecido.

La cueva estaba en completa obscuridad pues el fuego de la antorcha se había extinguido por completo. Entonces se oyó un gran estruendo dentro de la cueva; grandes grietas se abrieron en las paredes y en el piso, por donde salieron dos enormes alas y una cola gigantesca que se sacudieron con fuerza llenando el ambiente de un vapor gris de olor desagradable; enseguida una descomunal cabeza de dragón completó el cuerpo de la bestia frente al horrorizado muchacho. Era un monstruoso dragón negro; sus alas, semejantes a las de un murciélago estaban cubiertas de una especie de telaraña que usaba para atrapar a sus presas; su larga y gruesa cola terminaba en una afilada espina con la que apuñalaba a sus víctimas; de su horrible boca, dotada de una doble hilera de puñales, salían dos lenguas: una era marrón, con la que olía a su presa; la otra gris, áspera y pegajosa con la que se llevaba a la boca todo lo que quería devorar; tenía los ojos grandes y sin párpados, pero no podía ver. El dragón era ciego, pero sustituía este impedimento con otros poderosos sentidos semejantes a un radar; emitía rugidos y silbidos que producían ecos que, y unidos a su lengua, le permitían saber la localización exacta de su presa.

Frente a esta visión, Giovánnoli no tardó en comprender que su vida corría mucho peligro. El dragón sacó su lengua color marrón para olerlo, entonces el muchacho reaccionó, levantó su espada y de un tajo le cortó un pedazo de la lengua. Inmediatamente el dragón levantó la cabeza rugiendo de dolor, lo que le permitió a Giovánnoli escapar. Pero la bestia volvió a correr detrás de él rugiendo enfurecido hasta que logró arrinconarlo. Lleno de pánico quedó paralizado y cerró los ojos sin ninguna esperanza, creyendo que su hora había llegado. De repente todo quedó en silencio; Giovánnoli llegó a pensar que el dragón se lo había comido y que estaba muerto; abrió los ojos para asegurarse y quedó sorprendido: alguien estaba de pie frente a él. Vio una mujer de pelo muy largo que estaba de espaldas con sus manos extendidas hacia los lados. El dragón también permanecía allí pero sin intenciones de atacar, parecía confundido y desorientado.

—No entiendo, ¿por qué no nos ataca? —preguntó él.

—Silencio, él no puede ver, pero sí escuchar —le dijo la mujer, de espaldas aún. Giovánnoli se quedó muy quieto y callado. La bestia, milagrosamente, dio media vuelta y se marchó.

—Giovánnoli, ¿estás bien? —preguntó la mujer parándose frente a él.

Giovánnoli no podía creer lo que veía. Se quedó mudo mirándola fijamente a los ojos. Su corazón latía con tanta fuerza, que lo podía oír golpeando su pecho con desesperación.

—Mi nombre es Eclipse.

—Eclipse, ¿tú eres Eclipse?

Era el rostro más hermoso que Giovánnoli había visto en su vida. Ella era alta, delgada y muy hermosa; su cabello largo de color dorado combinaba perfecto con su tono de piel; sus ojos tenían distintos tonos de verde que cambiaban de intensidad con la luz del sol. Tenía un vestido largo color crema que cubría sus brazos y sus piernas.

—Gracias, ¿cómo hiciste que el dragón se marchara?

—Creando un campo magnético que neutraliza los órganos sensores del dragón. También puedo crear un campo que hace invisibles las cosas por algunos minutos —dijo Eclipse.

—¿Por eso no nos vio el dragón? —preguntó Giovánnoli.

—El dragón es completamente ciego. Usa el eco de sus rugidos para localizar todo. No necesita ojos para saber que estamos aquí; de seguro nos está buscando. Debemos irnos cuanto antes —dijo Eclipse.

—Yo no me puedo ir todavía —dijo Giovánnoli.

—¿Por qué no? —preguntó Eclipse.

—Aún no he recuperado mi memoria —dijo Giovánnoli.

—¡Vamos! ¡Yo te ayudaré! —dijo Eclipse en el momento en que el dragón había vuelto a detectar la presencia de los dos intrusos.

Giovánnoli corrió hasta donde seguían flotando las burbujas y Eclipse salió al encuentro de la bestia para distraerla; cada vez que el dragón rugía para producir eco, Eclipse creaba un campo magnético para detener el sonido. Mientras tanto Giovánnoli trataba de aspirar las burbujas respirando profundo como le habían indicado, pero por más que lo intentaba, las burbujas · no entraban por su boca. Eclipse se dio cuenta de que Giovánnoli tenía problemas y se fue aproximando a él para ayudarle, tratando de que el dragón no detectara su presencia.

—Hay dudas en tu corazón, tienes que confiar y creer para que tu memoria regrese a ti —le dijo Eclipse.

—¿Cómo hago eso?, no es fácil para mí —dijo Giovánnoli con frustración.

—Tienes que creer en ti mismo y tener fe —gritó Eclipse.

En ese momento, el dragón alcanzó a Eclipse con un latigazo de su cola, tomándola desprevenida mientras hablaba con Giovánnoli; el golpe la lanzó por el aire y fue a estrellarse contra el tronco de un árbol.

—¡Oh, no! ¡Eclipse! —gritó Giovánnoli, llamando la atención de la bestia que corrió hacia él rugiendo.

—¡Yo creo, yo creo! —gritó Giovánnoli; cerró los ojos y respiró profundo. Al instante las burbujas entraron por su boca y nariz; él sintió como corriente eléctrica por todo su cerebro, y un fuerte dolor de cabeza lo atormentó por algunos segundos; cuando estaba a punto de gritar, el dolor desapareció completamente. Entonces, todos los recuerdos de su vida desfilaron por su mente como una película. Todo quedó tan claro como el cristal; era como si le hubieran quitado un velo de sus ojos. Ya él sabía quién era, y cuál era el propósito de su vida.

Todo esto sucedió en segundos, ahora tenía que ocuparse de su vida que estaba amenazada, el dragón rugió sobre él dispuesto a devorarlo. Giovánnoli dio un gran salto hacia el dragón y, con su espada, abrió una herida profunda en el pecho de la bestia que retrocedió rugiendo de dolor. Él aprovechó para correr en auxilio de Eclipse.

—Eclipse, ¿estás bien? —preguntó Giovánnoli.

—Sí, estoy bien. ¿Recuperaste tu memoria? —preguntó ella.

—Sí. Ahora lo recuerdo todo —dijo él.

—Te he extrañado mucho todo este tiempo —dijo Eclipse.

—Yo a ti también —dijo Giovánnoli abrazándola y sonriendo de felicidad.

Pero la alegría no duró mucho, porque el dragón herido volvía hacia ellos rugiendo furiosamente. Giovánnoli agarró a Eclipse de la mano y corrió buscando la salida.

—¿Cómo salimos de aquí? —preguntó Giovánnoli.

—De la misma manera que entramos. No hay otra salida —dijo Eclipse.

—Temía que dijeras eso.

Al rato llegaron fatigados al pie del remolino; los rugidos del dragón ya se oían muy cerca.

—Debo matar a esa cosa antes de irme —dijo Giovánnoli mirando a Eclipse.

—No Giovánnoli, es muy peligroso; vámonos ya —dijo ella.

—El Creador me dijo que debía matarlo antes de salir de aquí porque podía poner en peligro a Pactron y a los guardianes.

—Está bien, pero ten cuidado —dijo Eclipse.

—¡Vete ya! —gritó Giovánnoli al ver al dragón que apareció a sus espaldas.

Ella levantó los brazos y dio un gran salto hacia el remolino que la envolvió llevándola a la superficie. Giovánnoli apretó su espada y de un salto cayó en el lomo del dragón donde le clavó el arma abriéndole otra herida. El animal se sacudió con fuerza y Giovánnoli cayó sobre una roca haciéndose una cortada en la espalda; antes de que pudiera levantarse, los latigazos de la cola de la bestia lo alcanzaron en el pecho provocando que diera varias vueltas en el suelo dejándolo sin respiración; enseguida lo agarró de una pierna y lo lanzó al aire con mucha fuerza, abriendo su boca para devorarlo. Al ser arrojado, Giovánnoli sintió una extraña energía que corría por su cuerpo y que algo se desprendía de él. Era una fuerza que no podía controlar, las marcas de su cuerpo se recogieron en su espalda formando dos grandes y hermosas alas que lo elevaron en el aire salvándolo de caer en la amenazante boca de la bestia. Giovánnoli se emocionó al saber que podía usar sus alas como los guardianes, se llenó de confianza y fue a buscar su arma que había quedado en el suelo, la tomó y se elevó hasta la cabeza del dragón, evadiendo los latigazos que daba con la cola; entonces le enterró la espada en la frente, en medio de los ojos; el dragón se desplomó inmediatamente muerto.

Giovánnoli no podía creer lo que había hecho, respiró profundo y se posó suavemente en el suelo. Ahora sí pudo examinar sus alas; eran largas como las de un águila, en distintos tonos de azul, con bordes plateados que resplandecían a la luz del sol; después las recogió, y estas se pegaron nuevamente a su piel en forma de las marcas que siempre tuvo. Entonces recordó que tenía que salir de ese lugar antes de que desapareciera el arcoíris; debía darse prisa, arrancó su espada de la frente del dragón, la limpió en el mismo pelo de la bestia y rápidamente saltó hacia la salida que lo atrajo y lo envolvió inmediatamente en el remolino disparándolo hacia el cielo sobre el mar, donde extendió sus alas y fue a reunirse con Eclipse y con su dráguila que lo esperaban impacientes.

—¡Giovánnoli! —gritó Eclipse emocionada.

—Buen trabajo —le dijo el dráguila.

—Gracias. ¿Ahora puedes hablar? —preguntó Giovánnoli dirigiéndose al dráguila.

—Todo el tiempo te he estado hablando. Eres tú el que ahora me puede entender —dijo el dráguila.

—Tenemos que irnos antes de que el arcoíris desaparezca —dijo Giovánnoli.

—Tienes razón, vámonos ya —dijo Eclipse.

Los dos se agarraron fuertemente del dráguila y atravesaron el arcoíris de colores obscuros. Giovánnoli estaba completamente feliz, había recuperado su memoria, aprendido a volar, encontrado a Eclipse y matado al dragón. Lo más profundo del mar había quedado atrás.

# Capítulo 13
## Giovánnoli ante el rey y la reina

—¿Cuándo llegaremos? —preguntó Alextro muy ansioso.

—Ya llegamos —contestó Artram señalando hacia el frente.

Los jóvenes intentaban ver lo que Artram les mostraba, pero solo veían nubes y nubes.

—Yo no veo nada —dijo Alextro.

—Yo tampoco veo nada —agregó Sofiara.

De pronto los dragones comenzaron a descender dejando atrás las nubes y poniendo ante sus ojos un hermoso castillo que flotaba encima de una gran montaña, agarrado de centenares de nubes; era algo impresionante. La montaña estaba coronada por un gran lago de agua cristalina que se desbordaba por todas partes en forma de cascadas. Un camino de piedra en forma de "S" atravesaba el lago, dando paso hacia el impactante castillo, siempre oculto en medio de las nubes.

—¡Wow!, esto es increíble —dijo Sofiara impresionada.

Todos estaban muy impresionados de ver aquel castillo flotando entre las nubes, en el centro del cielo.

—¿Dónde estamos? —preguntó Alextro.

—En el castillo del rey Hex —respondió Estrella.

—Pero tenemos que regresar; debemos ir a buscar a Giovánnoli —dijo Alextro.

—No te preocupes, él está a salvo y en estos momentos viene para acá —dijo Artram.

—¿Cómo puedes saber eso? —preguntó Alextro.

—Mientras ustedes estaban en la isla, en su entrenamiento, fuimos a hablar con el Creador y él nos lo dijo —contestó Estrella.

—¿Qué les dijo exactamente? —preguntó Alextro.

—Que Giovánnoli recuperó su memoria y que mató al dragón —dijo Estrella.

—¿Él venció a esa bestia? ¿Él solo? —preguntó Alextro incrédulo.

—Bueno, el rey Hex mandó a alguien para que lo ayudara —dijo Artram.

—¿A quién envió? —preguntó Alextro. Él no podía creer que después de estar a punto de morir en el entrenamiento, no tendría la oportunidad de ayudar a su hermano en batalla.

—El rey envió a Eclipse —dijo Artram.

—¿Eclipse?, ¿Qué hombre se llama Eclipse? —dijo Alextro burlándose.

—Eclipse no es un hombre. Es una mujer —dijo Artram.

—¡Una mujer! ¿El rey envió una mujer a pelear contra una bestia y a ayudar a mi hermano? —exclamó Alextro frunciendo su frente.

—Aunque no lo creas, Eclipse tiene un poder muy especial que ninguno de los demás guardianes tenemos. Estoy seguro de que fue de mucha ayuda para tu hermano —explicó Artram.

—¿Tienes algún problema con que una mujer haya ayudado a tu hermano? —le dijo Sofiara mirándolo seriamente.

—¡No, no, claro que no! Es que las mujeres son frágiles.

—¿Frágiles? —replicó Sofiara.

—Lo que quise decir es que son delicadas —se disculpó Alextro.

—¿Qué clase de poder tiene ella? —preguntó Patricia con mucha curiosidad.

—Eclipse puede crear campos magnéticos y de invisibilidad alrededor de personas, cosas y lugares – contestó Estrella.

—¿En serio? Eso es maravilloso —dijo Patricia.

—¿Cuándo llegarán? —preguntó Alextro.

—Muy pronto se reunirán con nosotros —contestó Artram.

—No puedo creer que todo el peligroso entrenamiento que tuvimos no valió de nada —dijo Alextro.

—La verdadera batalla aún está por venir y todo lo que aprendiste lo vas a necesitar —dijo Artram.

—Si no nos hubiésemos tardado tanto en la isla hubiéramos podido ayudar a Giovánnoli, sin que el rey mandara a nadie más a hacerlo —se quejó Alextro.

—Ir al fondo del mar le correspondía solamente a Giovánnoli, no a ustedes —dijo Artram.

—Tú no estabas preparado para ayudar a tu hermano en ese momento —dijo Estrella. Alextro finalmente comprendió lo que ellos le decían y dejó de sentirse molesto por no haber luchado al lado de su hermano.

Los dragones se posaron suavemente en la gran montaña al lado de un enorme y frondoso árbol de hojas doradas, donde todos se bajaron.

—¡Qué lugar tan hermoso! —exclamó Yashira.

—¿Por qué el castillo está fuera del mundo de Pactron? —preguntó Tristan.

—Por mucho tiempo estuvo en Pactron, pero después del gran ataque fue escondido aquí —contestó Artram.

—¿Cuál ataque? —preguntó Yashira.

—El día que Cusco intentó matar a Giovánnoli – dijo Estrella.

—Él y su ejército hicieron mucho daño en nuestro mundo. Destruyeron la vida de muchos guardianes ese día —dijo Artram.

—¿Cómo se destruye a un guardián? —preguntó Tristan.

—Envenenando su alma y su corazón con odio y rencor —respondió Estrella.

—¿No hay manera de salvarlos? —preguntó Sofiara.

—El alma de los guardianes no conoce ese tipo de mal, por eso se quema cuando se contamina de odio y rencor, causándoles la muerte —dijo Artram.

—¿Nadie ha sobrevivido a esos ataques? —preguntó Alextro.

—Sí. Una persona solamente. Pero quedó el mal dentro de él que lo debilita día a día y lo está matando poco a poco —contestó Artram.

—¿Quién es ese guardián? —preguntó Alextro.

Artram y Estrella se miraron en silencio, con tristeza en sus rostros.

—El rey Hex —dijo Estrella.

—¿El rey? —preguntó Sofiara sorprendida. Estrella asintió en silencio con la cabeza.

—Por eso el castillo fue sacado de Pactron y escondido entre las nubes, donde ningún enemigo lo encuentre —dijo Artram.

—Desde entonces Eclipse protege el castillo cubriéndolo con campos magnéticos y de invisibilidad —añadió Estrella.

—Esa es la razón por la que hemos estado buscando a Giovánnoli por tanto tiempo. Él tiene que volver a su hogar para tomar el lugar del rey —dijo Artram.

—¿Qué quieres decir? —preguntó Yashira.

—Al rey Hex no le queda mucho tiempo de vida. Cada día está más débil luchando contra ese veneno para no morir antes de que regrese su hijo —dijo Estrella.

—Eso es muy triste. Pobre Giovánnoli —dijo Sofiara.

—El rey debe ser muy fuerte —dijo Alextro.

—Lo es. Él ha sido un gran rey y un gran guardián —dijo Artram—. Estamos seguros de que Cusco atacará al planeta Tierra y al mundo de Pactron, aprovechándose de esa situación. Por eso los necesitamos a todos ustedes, junto con Giovánnoli, para esa batalla.

En ese momento Alextro terminó de entender que el entrenamiento que tuvieron fue para algo más importante que combatir contra un dragón.

—Por favor, no le digan nada a Giovánnoli —dijo Estrella.

—¿Por qué no? Él debe saberlo —dijo Alextro.

—El rey quiere decírselo personalmente —dijo Artram.

—No se preocupen, no se lo diremos —dijo Sofiara.

De repente se escuchó un sonido agudo entre las nubes haciendo que todos miraran hacia el cielo para ver el dráguila que volaba hacia ellos con Eclipse y Giovánnoli a su espalda.

—¡Giovánnoli! —gritó Alextro muy emocionado.

—Justo a tiempo —dijo Artram agitando sus brazos para saludarlos.

El dráguila descendió rápidamente hasta posarse al lado de ellos. Giovánnoli se bajó del ave muy feliz de verlos allí a todos.

—¡Bienvenido hermano! —dijo Alextro dándole un abrazo.

—Buen trabajo Giovánnoli —le dijo Artram dándole un apretón de manos.

—Gracias —dijo Giovánnoli.

—¿Es ella Eclipse? —preguntó Patricia mirándola detenidamente. Eclipse les sonrió mientras se bajaba del dráguila.

—Eclipse, él es mi hermano Alextro y ellos son mis amigos.

—Mucho gusto en conocerlos a todos —dijo ella con una sonrisa.

—Hola, yo soy Patricia.

—Hola Patricia —dijo Eclipse agachándose para saludar a la niña.

—Eres muy bonita —le dijo Patricia.

—Gracias. Tú eres muy bonita también —le respondió Eclipse. Patricia sonrió.

—Giovánnoli, no puedo creer que hayas recuperado tu memoria, ¿cómo te sientes ahora? —dijo Alextro.

—Con mucha paz y tranquilidad; y con todas las respuestas a todas mis preguntas.

—¿Cómo venciste a la bestia? —preguntó Tristan.

—No lo hubiese logrado sin la ayuda de Eclipse —dijo él volteando hacia ella y regalándole una sonrisa.

—¿Cómo es lo más profundo del mar? —preguntó Sofiara.

—Es un lugar tenebroso y extraño —dijo Giovánnoli.

—Bueno, debemos seguir; el rey nos espera —dijo Artram interrumpiendo la conversación.

Artram comenzó a caminar por el camino en forma de "S", mientras los demás lo seguían muy de cerca.

—Nunca había visto un árbol de hojas doradas —dijo Patricia a su hermano.

—Yo tampoco, parece de oro —dijo Tristan mirándolo.

El viento soplaba suavemente; el murmullo del agua cayendo por los bordes de la montaña era relajante y musical.

—¿A dónde cae toda esa agua? —preguntó Yashira.

—El agua es recogida por las nubes que sostienen la montaña, luego la montaña la absorbe nuevamente haciéndola circular continuamente —explicó Artram.

—¡No puedo creerlo! —dijo Yashira asombrada.

—No puedo creer que estemos juntos otra vez. Creí que no te vería nunca más —le dijo Giovánnoli a Eclipse.

—Yo también estoy feliz de estar junto a ti. Todos te hemos extrañado mucho, y tu padre está muy emocionado por tu llegada —dijo Eclipse.

—Yo también tengo muchas ganas de verlo —dijo Giovánnoli. Alextro marchaba detrás de ellos escuchándolos en silencio.

—Tú hermano se ve diferente —le dijo Sofiara.

—¿Qué quieres decir?

—¿No has notado cómo la mira, con tanta felicidad y prestándole toda su atención? —dijo Sofiara.

—No se ven desde hace muchos años y tienen mucho de qué hablar —dijo Alextro.

—No seas tonto; se le nota tanto que no lo puede ocultar —dijo Yashira uniéndose a la conversación.

—No entiendo —dijo Alextro.

—Tu hermano está enamorado, y mucho —dijo Sofiara.

Alextro se quedó observándolos detenidamente sin decir nada, mientras Giovánnoli y Eclipse no dejaban de mirarse y sonreír.

Algunas nubes cruzaban frente a ellos, formando diferentes figuras, mientras recorrían el camino.

—Mira Tristan, esa es en forma de conejo —dijo Patricia.

—Y esa parece un árbol —dijo Sofiara.

—Esa es una flor —dijo Giovánnoli. Y ante la sorpresa de todos la tomó en sus manos y se la dio a Eclipse con una sonrisa—. Es para ti.

—¡Gracias! —dijo ella sonriendo también.

—¿Cómo hizo eso? —preguntó Patricia maravillada.

—No tengo idea —contestó Tristan. Patricia intento inútilmente hacer lo mismo.

Por fin llegaron al pie del majestuoso castillo, una deslumbrante obra monumental digna de un rey. Sus enormes paredes, totalmente cubiertas de raíces, una especie de hiedra en cuyas hojas brillaban piedras de diversos colores, eran de una belleza impresionante.

—Yo he visto antes esas piedras —dijo Alextro.

—En los diez árboles de la entrada de Pactron —dijo Estrella.

—Sí, sí, ya recuerdo —dijo Alextro.

—¿Este castillo tan grande es solamente para el rey? —preguntó Yashira.

El rey y la reina son los únicos que viven aquí. Cuando el castillo estaba en Pactron, todos los guardianes eran bienvenidos. Las puertas siempre estaban abiertas y los reyes nunca estaban solos. Ahora nadie puede entrar si no es llamado por uno de los reyes —dijo Estrella.

—La única persona que vive en el castillo, aparte de los reyes, es Eclipse —dijo Artram. Giovánnoli miró a Eclipse sin entender qué estaba sucediendo.

—¿Tú vives aquí? —le preguntó Giovánnoli.

—Sí, he vivido en el castillo desde que tú desapareciste de Pactron.

—¿Por qué? —preguntó él.

—Para proteger a los reyes y al castillo. Día y noche creo campos magnéticos y de invisibilidad para que nadie pueda encontrarlos.

—Mi padre es el guardián más poderoso de Pactron. ¿Por qué se esconde? —preguntó Giovánnoli.

—Él es el único que te puede contestar eso —dijo Artram seriamente. Todos se miraron en silencio.

—¿Qué sucede? ¿Por qué se miran así? ¿Me están ocultando algo? Giovánnoli miró a Eclipse esperando una respuesta.

—El rey quiere hablar contigo. Personalmente te dirá lo que tienes que saber —le dijo Eclipse.

La puerta de entrada al castillo tenía grabado un árbol que se partía en dos cuando se abría. Artram la abrió invitando a Giovánnoli a pasar. Este entró con paso firme seguido por todos los del grupo. Las columnas del palacio eran gruesos troncos de gigantescos árboles de los cuales brotaban fuentes de agua que caían al suelo como delicadas cascadas formando un lago cristalino sobre el que se podía caminar sin hundirse ni mojarse. Giovánnoli entró casi corriendo, buscando desesperadamente a sus padres. Él conocía el castillo, recordó haber estado allí anteriormente, caminó por un largo pasillo lleno de salones que estaban cerrados, hasta llegar a una gran habitación con las puertas abiertas de par en par, como si lo estuvieran esperando; Giovánnoli se detuvo en la entrada. Allí había un bellísimo jardín lleno de flores. Fuentes de agua corrían por las paredes cayendo al suelo donde alimentaban un pequeño riachuelo que, como el lago de la entrada, se podía pisar sin hundirse ni mojarse; en el centro estaba la cama de los reyes, tallada en bellos troncos de árboles que sostenían una nube blanca que utilizaban de colchón. En la parte superior, ramas llenas de flores formaban un toldo que completaba esta obra de arte. Allí, casi sin vida, yacía un anciano que llamaba un nombre una y otra vez. Frente a él, de espaldas a la entrada, la reina trataba de calmarlo. A la vista de esto, el corazón de Giovánnoli saltó en su pecho y se le hizo un nudo en la garganta. De pronto sintió varias manos en su espalda; Artram, Estrella, Eclipse y los demás muchachos estaban a su lado para apoyarlo en este momento tan difícil.

—Acércate —le dijo Artram haciendo un gesto con la cabeza.

Giovánnoli entró a la habitación; al notar su presencia, la madre corrió a su encuentro abrazándolo fuertemente mientras lloraba de felicidad. Giovánnoli la abrazó también, tratando de contener las lágrimas.

La reina era de apariencia muy joven a pesar de su edad. Su rostro, claro y terso tenía aún el brillo de la juventud; sus hermosos ojos de un raro color morado con un poco de amarillo en el centro, estaban protegidos y adornados por unas negras y abundantes pestañas; su largo cabello marrón lo tenía recogido hacia atrás. Una corona de oro, llena de perlas y preciosas piedras, la distinguía como reina de Pactron.

—¿Cómo está mi padre? —preguntó Giovánnoli separándose tiernamente de su madre.

—Él te ha estado esperando todo este tiempo, pero ya está muy débil —dijo la reina señalando la cama.

Giovánnoli quedó paralizado al ver aquel anciano casi agonizante; no era el hombre que él recordaba. Tenía la piel arrugada y había perdido todo su cabello; sus ojos se veían vacíos y sin brillo; todas sus marcas habían desaparecido por completo. Estaba vestido con una larga bata blanca de algodón, bordeada con una fina cinta de oro. Arrodillándose al lado de la cama pudo escuchar lo que su padre repetía con una voz casi inaudible: "Giovánnoli, Giovánnoli". Al oír esto, el muchacho lloró desconsoladamente. Él no reconocía a su padre por su aspecto, pero su corazón pudo reconocer el alma de aquel hombre.

—¡Padre, soy Giovánnoli! ¡He vuelto! —dijo con lágrimas en los ojos.

—¿Giovánnoli? ¿Mi hijo? —dijo el rey abriendo los ojos.

—¡Sí padre, soy yo! —respondió apretándole la mano.

—Lamento mucho todo lo que ha pasado —dijo el rey.

–Nada de esto ha sido por tu culpa –dijo Giovánnoli.

–Sí, yo te puse en peligro. Es mi culpa –dijo el rey tosiendo y casi sin aliento.

–Tú me viste cuando nadie más me vio y me quisiste cuando nadie más me quiso. Tú me salvaste y me diste la oportunidad de vivir –dijo Giovánnoli.

–Yo debí haberte protegido y no dejar que te hicieran daño –replicó el rey.

–Padre, tú hiciste lo que estuvo a tu alcance para protegerme y estoy muy agradecido por eso –dijo Giovánnoli mientras las lágrimas rodaban por sus mejillas–. Ahora he vuelto y nunca más me iré.

–Yo sabía que regresarías. Nunca lo dudé. Pero ya es tiempo de que yo me vaya –dijo el rey tosiendo.

Todos observaban con mucha tristeza desde la entrada, lo que estaba sucediendo. Sofiara y Yashira se secaban las lágrimas, mientras Patricia abrazada de su hermano lloraba en silencio.

–¡Nooo!, por favor, no me dejes –susurró Giovánnoli llorando desconsoladamente.

–Yo siempre estaré contigo; te lo prometo –dijo el rey cerrando los ojos y exhalando el último suspiro. Giovánnoli lo abrazó tiernamente.

–Siempre serás el padre de mi corazón –dijo Giovánnoli despidiéndose de él.

La reina puso su mano en la espalda de su hijo. Este se levantó y la abrazó mientras lloraban juntos.

–¿Por qué sucedió esto? –preguntó Giovánnoli con tristeza.

–Tu padre fue envenenado con odio y rencor. El alma de los guardianes muere al tener contacto con tanta maldad. Tu padre luchó mucho tiempo contra ese veneno, para no morir hasta que tú regresaras.

–¿Quién le hizo esto?

–Cusco es el responsable. Él sabía que al tú estar perdido, destruyendo a tu padre, Pactron se debilitaría sin rey y sin príncipe. Pero lo que no sabía era que el alma del rey es un alma guerrera, que no moriría hasta que tú volvieras.

—¿Qué? ¿Los guardianes no pueden sentir odio ni rencor? —preguntó Giovánnoli.

—Eso es lo único que puede destruir a un guardián; es un veneno tan poderoso que nos destruye rápidamente —contestó la reina.

—¡No puede ser! Entonces yo no puedo ser guardián. Han cometido un gran error al haberme escogido.

—¿Por qué dices eso? —preguntó su madre.

—Porque en estos momentos siento odio y rencor en mi corazón —contestó Giovánnoli.

—Eso es lo que te hace especial, y la razón por la que Cusco te quiere destruir —dijo la reina.

—No entiendo —dijo Giovánnoli.

—Los humanos son los únicos que pueden controlar sus sentimientos y emociones, tienen el poder de cambiarlos por otros. Eso que sientes es normal porque también corre por tus venas sangre humana. Tú tienes el poder de cambiar ese sentimiento de odio por amor —dijo ella.

—Yo no puedo hacer eso. Tengo mucho dolor en mi corazón —dijo él.

—Hijo mío, tú eres un guardián gracias a que tu padre te dio de su sangre; esa mezcla te hace más fuerte que cualquiera de nosotros, incluyendo a Cusco y a su Ejército de Venganza. Busca dentro de ti la manera de perdonar, como lo hiciste la primera vez —le dijo su madre.

—¿Cómo hago eso? —preguntó Giovánnoli.

—Decide que vas a perdonar, aunque aún no lo sientas dentro de ti; verás que muy pronto el odio será remplazado por el más poderoso sentimiento que existe: el amor.

En ese momento Giovánnoli comprendió por qué había sido escogido por el rey, y sabía que no podía defraudarlo. Cerró los ojos y respiró profundo buscando la manera de calmarse, intentando remplazar ese sentimiento negativo por uno positivo; entonces su madre supo que era el momento de que Giovánnoli tomara el lugar de su padre como rey de Pactron.

—Giovánnoli, ha llegado la hora de coronarte como rey de Pactron —le dijo la reina.

Ella se arrodilló al lado de la cama donde estaba el cuerpo sin vida del rey y tomándolo de las manos susurró a su oído: "descansa amor mío, nos veremos muy pronto", mientras unas lágrimas corrían por sus mejillas; después lo besó en la frente mientras quitaba la corona de su cabeza. Entonces sucedió algo maravilloso; el cuerpo del rey se convirtió en cenizas que se levantaron en el aire formando la figura del rey sonriendo frente a Giovánnoli. Ahora se veía como su hijo lo recordaba: joven, fuerte y lleno de vida.

—Padre —susurró Giovánnoli con una sonrisa.

—Giovánnoli, tú serás el rey de Pactron de hoy en adelante —le dijo mirándolo a los ojos.

—Padre, yo no soy digno de tomar tu lugar. Soy simplemente un desecho del mundo.

—Yo te adopté como mi propio hijo, dieciocho años atrás. Eso te convierte en legítimo heredero del trono y de todo lo mío —dijo el rey.

—¿Cómo estás seguro de que no te equivocaste al escogerme? —preguntó Giovánnoli.

—Cuando te encontré aquel día casi sin vida, vi dentro de ti algo que no había visto antes en un humano —dijo el rey.

—¿Qué fue lo que viste? —preguntó él.

—Tú me sonreíste y yo vi perdón en tu corazón; algo muy difícil de encontrar en una criatura, en la situación en la que te encontrabas. Querido hijo, eso fue lo que te salvó la vida y lo que te hace digno de ser rey.

El rey recibió de la reina la corona y la colocó en la cabeza de su hijo diciéndole:

—Giovánnoli, yo te nombro rey de Pactron, y te corono con todo el poder, fuerza y sabiduría de este reino. Yo estaré contigo en todo momento —dijo Hex poniendo su mano en el pecho de su hijo, a la altura del corazón.

Después de estas palabras, la figura del rey Hex se desintegró y las cenizas salieron por la ventana desapareciendo en lo alto del cielo.

Todos estaban sorprendidos por tantas cosas que acababan de suceder; el primero Giovánnoli, quien se volvió hacia sus compañeros que habían sido testigos mudos de los acontecimientos.

Con la corona sobre su frente, cuyas piedras preciosas brillaban formando una aureola alrededor de su cabeza, Giovánnoli lucía imponente e inspiraba respeto. Artram, Estrella y Eclipse hicieron una reverencia ante su rey. Los demás jóvenes tardaron unos segundos más en asimilar la majestad de su amigo; Patricia se atrevió y muy seria hizo una reverencia; los otros la imitaron inmediatamente. Giovánnoli les tendió los brazos y ellos fueron a abrazarlo.

—¡Un rey en mi familia! —dijo Alextro dándole palmadas en la espalda—. No lo puedo creer.

—Ni yo tampoco —dijo Giovánnoli con una sonrisa.

—Lamento mucho lo de tu padre —dijo Artram.

—Sí, yo también —agregó Estrella.

—Giovánnoli, cuánto lo siento —dijo Eclipse dándole un fuerte abrazo.

—Nosotros también lamentamos mucho lo sucedido —dijo Sofiara.

—Gracias a todos —dijo Giovánnoli.

—Su majestad, lamentamos mucho la perdida del rey Hex —dijo Artram haciendo una reverencia ante la reina.

—Madre, lamento mucho lo de mi padre —dijo Giovánnoli abrazando a la reina.

—¡Oh Giovánnoli! ¡Querido hijo! Te has convertido en un gran hombre; te mantuviste limpio de corazón y no permitiste que la maldad te dañara. Estoy muy orgullosa de ti. Seguro que serás un gran rey.

—Mi padre fue un gran rey.

—Sin duda lo fue, pero tú serás aún mejor —dijo su madre.

—Haré todo lo que esté a mi alcance para no defraudarte, madre.

—Quiero agradecerles a todos por venir a ayudar a nuestro mundo —dijo la reina dirigiéndose a los jóvenes.

—Es un honor para nosotros haber sido escogidos —dijo Alextro.

—Nos sentimos muy afortunados de estar en su mundo, y en presencia de su majestad —le dijo Sofiara a la reina.

—Sí, este lugar es maravilloso —dijo Patricia.

—Gracias, pero el futuro de este maravilloso mundo está en peligro. Por eso ustedes fueron escogidos para ayudarnos —dijo la reina.

—Madre, ¿qué debemos hacer?

—Deben estar preparados y muy alertas. Regresen a la entrada de nuestro mundo y reúnan allí a todo el ejército de los guardianes —contestó la reina.

—Artram, reúne a todos los guardianes y déjales saber lo que está sucediendo —ordenó Giovánnoli.

—De acuerdo. Vámonos —dijo Artram.

—Giovánnoli, no te vayas; necesito hablar contigo, a solas, por unos minutos —dijo la reina.

—Artram, prepara el ejército para que esté listo — dijo Giovánnoli.

—Sí, su majestad —dijo Artram haciendo una reverencia.

—Giovánnoli, ¿tú vienes? —preguntó Alextro.

—Adelántense, yo los veré allá.

—Está bien —dijo Alextro.

Giovánnoli tomó a Eclipse de la mano:

—Tú quédate, por favor —le dijo él.

—De acuerdo —dijo ella un poco intrigada.

Artram dio media vuelta y se encaminó hacia la salida, junto con los demás detrás de él. Giovánnoli y Eclipse se quedaron con la reina.

—Giovánnoli, tu padre quería darte algo antes de morir.

—¿Qué cosa madre?

La reina se dirigió hacia un cofre de oro que estaba encima de una mesa; se llevó las manos a la cabeza y tomó de la corona una pequeña llave con la cual lo abrió; de allí sacó un libro cubierto de hojas, las cuales eran como espejos, y lo puso en manos de Giovánnoli.

—¿Qué es esto? —preguntó Giovánnoli al mismo tiempo que lo examinaba detenidamente, junto con Eclipse, sin entender de qué se trataba. El rostro de Giovánnoli se reflejó en las hojas del libro; esta fue la primera vez que vio la corona en su cabeza; se miró y se sintió muy orgulloso de llevarla puesta. En ese momento comprendió que había nacido para una gran misión y que su mundo dependía de él.

—Este libro se llama "Galaxia" —dijo la reina.

—Ha pasado de rey en rey, y contiene una información muy valiosa y secreta que es vital para la seguridad de nuestro mundo. Si llega a caer en manos del enemigo sería catastrófico para todo el universo.

—¿De qué se trata? —preguntó Giovánnoli.

—Contiene información detallada y completa de cada monstruo y bestia que ha sido capturado por los guardianes, al igual que el sitio donde están presos y

205

una descripción de sus fortalezas y debilidades —dijo la reina.

—¿Qué debo hacer con el libro? —preguntó Giovánnoli.

—Debes entregarlo al árbol de la vida que está en la entrada de Pactron, para que él oculte toda esa información. Cuando guarde y borre todo lo que allí dice, te lo devolverá para que tú sigas escribiendo —dijo su madre.

—¿Y dónde queda lo que allí está escrito? —preguntó Giovánnoli preocupado.

—En la memoria del libro, para toda la eternidad —contestó la reina.

—¿Qué pasará si algún día alguien necesita saber esa información? —preguntó él.

—Solo con la palabra correcta se abrirá la memoria del libro —dijo la reina.

—¿Cuál es la palabra?

—Nadie la sabe.

—¿Ni siquiera el rey? —preguntó Giovánnoli.

—Ningún rey la ha sabido —dijo la reina—. Solo la sabe el árbol de la vida, y la ha guardado en secreto todo este tiempo. Por favor Giovánnoli, es muy importante que lo lleves al árbol lo más pronto posible.

—No te preocupes madre, así lo haré.

—Ya debes irte hijo.

—Madre, ven con nosotros.

—Mi deber es quedarme aquí hasta que el castillo pueda ser regresado a Pactron.

La reina se acercó a Giovánnoli, besó su frente y lo bendijo. Giovánnoli le tomó las manos, y lleván-dolas a sus labios las besó con ternura.

—Te prometo que volveré pronto y te llevaré, junto con el castillo, de vuelta a Pactron —dijo Giovánnoli.

—Yo sé que así lo harás.

La reina se dirigió a Eclipse:

—Gracias por habernos protegido durante todo este tiempo.

—Fue un placer para mí —respondió ella haciendo una profunda reverencia.

Giovánnoli tomó a Eclipse de la mano y sin perder más tiempo se dispuso a llevar el libro al árbol de la vida. Fuera del castillo los esperaba el dráguila.

—¿Nos vamos a Pactron? —preguntó el ave.

—Sí, por favor —dijo Giovánnoli tomando a Eclipse por la cintura para ayudarla a subir al dráguila; se agarraron fuertemente del tupido plumaje y la gigantesca ave remontó el vuelo perdiéndose entre las nubes del inmenso cielo.

# Capítulo 14
## Giovánnoli y el árbol de la vida

Ya estaba obscureciendo cuando Eclipse y Giovánnoli llegaron a la entrada de Pactron donde Artram los estaba esperando. Desde lo alto apreciaron la hermosura de ese majestuoso mundo lleno de color y de vida. El dráguila se posó justo en la entrada donde los diez árboles y la inmensa cascada se encontraban. Allí estaba Artram para informar a Giovánnoli lo que estaba sucediendo.

—Giovánnoli, qué bueno que llegaron.

—¿Avisaron a los guardianes? —preguntó Giovánnoli.

—Sí, ya todos están listos, esperando órdenes —dijo Artram.

—¿Dónde se encuentran ellos? —preguntó Giovánnoli.

—Señor, el ejército de los guardianes espera en el Lago de las Sombras. Como ya obscureció, es la única manera de entrar al planeta Tierra por la noche —dijo Artram.

—¿Dónde está Alextro? —preguntó Giovánnoli.

—En el lago; con el resto del grupo —contestó Artram.

—Bien, envía los grupos a sus posiciones. Cada rincón de la Tierra y del universo debe estar vigilado —dijo Giovánnoli.

—Sí, señor. Los guardianes están listos —dijo Artram.

—Adelántate, yo tengo que hablar con el árbol de la vida; después me reuniré con ustedes —dijo Giovánnoli.

—De acuerdo. Nos veremos allá —dijo Artram mientras se dirigía al dragón que lo llevaría con los guardianes.

—¡Artram, espera! ¿Qué pasará con mi hermano? —preguntó Giovánnoli.

—No te preocupes. Él ha sido entrenado y está preparado como todos los demás —dijo Artram antes de irse.

Giovánnoli se quedó observando los diez árboles que rodeaban la gran cascada de la entrada a ese mundo.

—Había olvidado lo hermoso que es este lugar —dijo Eclipse fascinada.

En ese momento Jaspe salió de su vivienda, al darse cuenta de que Giovánnoli había llegado.

—Giovánnoli, cuánto siento lo de tu padre —le dijo.

—Muchas gracias —contestó Giovánnoli.

—Me alegra mucho volverte a ver —le dijo Jaspe a Eclipse—. Sé que estuviste todo este tiempo protegiendo a los reyes.

—Así es; yo también estoy feliz de regresar a Pactron y de volver a verlos —respondió Eclipse.

—Jaspe, la reina me ha enviado a hablar con el árbol de la vida, sobre algo muy importante —dijo Giovánnoli.

—¿Sobre el libro Galaxia? —preguntó Jaspe.

—¿Cómo lo sabes? —dijo Giovánnoli frunciendo la frente.

—No olvides que yo vivo dentro del árbol de la sabiduría —dijo Jaspe.

—¡Oh, es cierto! —dijo Giovánnoli.

—El árbol te ha estado esperando, pero hay algo que debes saber —dijo Jaspe.

—¿Qué es? —preguntó Giovánnoli.

—El árbol solamente se mostrará a aquel que encuentre digno —dijo Jaspe.

—¿Cómo sé si yo soy digno? —preguntó Giovánnoli.

—Solo lo sabrás al estar frente a él —dijo Jaspe.

Giovánnoli miró a Eclipse muy confundido.

—Ve Giovánnoli. Estoy segura de que él te recibirá —dijo Eclipse.

Giovánnoli tomó el libro y se dirigió al árbol:

—Árbol de la vida, yo soy Giovánnoli, el nuevo rey de Pactron. La reina me ha enviado a entregarte algo muy importante y necesito hablar contigo.

Dicho esto, permaneció inmóvil y en silencio esperando que algo sucediera, pero pasó un buen rato y todo seguía igual. Bastante frustrado miró a Eclipse y a Jaspe como pidiéndoles ayuda.

—Tan solo sé tú mismo y sabrás qué hacer y qué decir —le gritó Jaspe.

Giovánnoli empezó a pensar mientras recorría el árbol con la vista, notando algo que llamó su atención; a una de las hojas le faltaba la pequeña piedra azul que tenían las demás. Buscó en el suelo tratando de encontrarla, pero sin éxito; pensó que podía haber caído al agua, y se metió al río.

—¿Qué está haciendo? —preguntó con curiosidad Eclipse a Jaspe.

—Espera y verás —le contestó Jaspe con una sonrisa.

Al entrar al río, su cuerpo se reflejó en el agua y vio que algo brillaba intensamente en la raíz que llevaba puesta sobre su hombro y agarrada de su cintura; descubrió sorprendido que era la piedra que le faltaba al árbol; «"¿cómo llegó esto hasta aquí?", pensó mientras la removía de la raíz». Luego la devolvió al árbol diciendo:

—Creo que esto te pertenece.

En ese momento, todas las piedras empezaron a brillar más y más iluminando el sitio; un leve temblor sacudió al árbol originando una serie de transformaciones que finalmente formaron una cara en su tronco.

—Felicidades Giovánnoli, lo que acabas de hacer te ha hecho digno —dijo el árbol.

210

—Pude ver que habías perdido una de tus piedras —dijo Giovánnoli.

—Nunca estuvo perdida, la pusimos en tu cinturón para que la devolvieras en el momento adecuado— replicó el árbol.

—¿Sabías que yo vendría a verte? —preguntó Giovánnoli.

—Sí, lo sabía. También sabía que tu persistencia te haría encontrar la forma de hablar conmigo —dijo el árbol.

—¿Cómo sabías eso? —dijo Giovánnoli.

—El creador te estuvo observando todos estos años y se dio cuenta de que nunca te das por vencido —contestó el árbol.

—La reina me mandó a darte esto —dijo Giovánnoli enseñando el libro.

—Ya era tiempo de que regresara. Con los ataques del Ejército de la Venganza corríamos el riesgo de que cayera en sus manos. Métalo en mi boca —dijo el árbol.

Giovánnoli hizo lo que se le indicaba, introdujo el libro en la boca; el árbol la cerró, e inmediatamente el rostro se borró de su tronco.

—¿Eso es todo? —preguntó Giovánnoli algo confundido.

No hubo respuesta. Después de unos segundos la cara reapareció y abrió la boca.

—Ahora "Galaxia" te pertenece —dijo el árbol.

Giovánnoli se acercó y tomó de nuevo el libro. Cuando lo abrió se dio cuenta de que todas las páginas estaban en blanco.

—¿Qué debo hacer si se necesita información que ha sido borrada de este libro? —preguntó muy serio.

—Con solo una palabra le darás la orden de revelarte lo que necesites saber —contestó el árbol.

—¿Cuál es esa palabra? —preguntó Giovánnoli.

—¡Perseverancia! —dijo el árbol.

—¿Perseverancia? La reina dijo que esa palabra era el secreto de la vida. ¿Cómo la perseverancia puede ser ese secreto? —preguntó Giovánnoli confundido.

—Así es. La perseverancia es el secreto de la vida. Solo el que persevera logrará atraer hacia él aquello que desea —explicó el árbol.

—No entiendo —dijo Giovánnoli aún más confundido.

—Para ser perseverante se debe tener fe, y creer, sin ninguna duda, que lograrás lo que anhelas. Los que no perseveran pierden la fe, y los que pierden la fe no perseveran. Perseverancia y fe deben ir juntas para poder triunfar.

—No es tan fácil como parece —dijo Giovánnoli.

—Luchar por lo que sueñas no es algo físico, es algo que nace en la mente y en el corazón, llenándote de fe y esperanza —dijo el árbol.

—Pero con solo desear algo, no quiere decir que te llegará tan fácilmente —dijo Giovánnoli.

—Tienes razón, pero te revelará el camino correcto, abriéndote las puertas a donde debes entrar y cerrando las que tienes que evitar —dijo el árbol.

—¿Por qué tiene que ser difícil? —preguntó Giovánnoli.

—El Creador lo diseñó de esa manera para que el enemigo sepa que no nos daremos por vencidos, y que perseveraremos por el bien hasta el final de los días. Mientras haya fe y esperanza en los corazones, habrá perseverancia.

—¿Por qué hay tanta maldad? —preguntó Giovánnoli.

—Hay personas que se conforman con lo que puedan conseguir; creen que no merecen lo que su corazón anhela y eso ha matado su fe, junto con las ganas de perseverar. Eso le ha dado a la maldad la oportunidad de crecer y multiplicarse con rapidez. La maldad ha existido siempre, pero ahora se ha salido de control poniendo a los guardianes en desventaja – dijo el árbol.

–¿En desventaja? –preguntó Giovánnoli.

–Cada acto bueno que una persona realice en la Tierra, será duplicado por otra persona en ese instante –dijo el árbol.

–Eso es bueno –dijo Giovánnoli.

–Cierto es. Pero de igual manera, cada acto de maldad también se duplicará; y esa no es la peor parte –dijo el árbol.

–¡No puede haber una peor parte! –dijo Giovánnoli.

–La maldad en la Tierra se ha multiplicado de tal manera que el Ejército de Venganza ha ganado mucho terreno sin que nosotros nos demos cuenta. No solo causa daños con los desastres naturales, sino que ha aumentado también las enfermedades. Esos seres crean cada vez más conflictos entre las personas, pueblos y naciones. Antes la gente era más solidaria, trataban de ayudarse unos a otros; ahora hay más personas llenas de odio y de rencor. Lamentablemente nuestro ejército, junto con nuestro mundo, se ha debilitado y tenemos que recurrir a otro plan – dijo el árbol.

–¿Cuál es ese plan? –preguntó Giovánnoli.

–Tú y los escogidos son nuestra nueva esperanza para vencer a ese malvado ejército –dijo el árbol.

–Por favor, dime cómo puedo vencer a la maldad –dijo Giovánnoli.

–Dentro de ti encontrarás la forma de vencer, solo tienes que tener fe y perseverar en el bien –contestó el árbol.

–Gracias. Así lo haré –dijo Giovánnoli.

–Cuida bien de "Galaxia". Debes escribir allí todos los misterios y descubrimientos de cada día –dijo el árbol.

–No te preocupes, lo haré como me has dicho – dijo Giovánnoli.

213

—Antes de que te vayas quiero darte un regalo —dijo el árbol.

—¿Un regalo? —dijo Giovánnoli sorprendido.

En la rama donde Giovánnoli puso la pequeña piedra se fue formando una extraña fruta; era la combinación de varias: redonda como una naranja; piel velluda como el durazno, pero roja como la manzana; con semillas como la fresa, y de sabor suave y dulce como la banana. Terminó de formarse y la rama la acercó hasta él.

—Esta no es una simple fruta; es una superfruta que te dará extraordinaria fuerza y poder. Pero debes saber cuándo comerla porque su efecto no es permanente —dijo el árbol.

—Nunca había visto una fruta como esta. Se ve deliciosa —dijo Giovánnoli mientras la guardaba en su bolsillo.

—Mucha suerte rey Giovánnoli —dijo el árbol.

—Gracias —respondió él sonriendo.

Dicho esto, la cara del árbol desapareció dentro del tronco. Giovánnoli caminó hacia donde lo esperaban Eclipse y Jaspe.

—¡Lo lograste! —exclamó Eclipse.

—Buen trabajo —dijo Jaspe.

—Jaspe, te confío este libro hasta mi regreso; no puedo llevarlo a la batalla; cuídalo como a tu vida —dijo Giovánnoli.

—No se preocupe, majestad. El árbol de la sabiduría sabrá cómo guardarlo —dijo Jaspe.

El dráguila soltó el sonido agudo que solía hacer, avisándoles que debían irse de allí.

—Giovánnoli, debemos irnos ya —dijo Eclipse.

—Nos vamos —dijo Giovánnoli despidiéndose de Jaspe.

—Nos veremos pronto —dijo Jaspe.

Eclipse y Giovánnoli se treparon en el dráguila y la enorme ave levantó el vuelo. El dráguila volaba suavemente en la serenidad de la noche. Era una noche fresca y hermosa, adornada por un sinnúmero de luces que brillaban debajo de ellos.

—Después de pasar tantos años en el castillo, había olvidado lo bella que es la noche con tantas luces que llenan de colores este mundo mágico y maravilloso —dijo Eclipse.

Giovánnoli se volvió hacia ella, sentándose de medio lado para poder mirarla.

—Sí. Tienes razón. Todo es muy hermoso —le dijo tomándola de la mano y mirándola a los ojos mientras respiraba profundo.

—Giovánnoli, ¿estás bien? —preguntó Eclipse.

—No, no estoy bien —dijo él.

—¿Qué sucede? —preguntó ella.

—No es fácil —dijo Giovánnoli.

—¿Qué no es fácil? —dijo Eclipse.

—Decir lo que tengo por dentro —dijo Giovánnoli.

—Sí, es fácil decir lo que sentimos —dijo Eclipse.

—No, tú no entiendes. Nunca había sentido lo que estoy sintiendo ahora —dijo Giovánnoli nervioso.

—¿Qué es lo que sientes? —preguntó ella.

Giovánnoli volvió a respirar profundo tratando de calmarse y de encontrar valor para hablar. Finalmente se decidió:

—Eclipse, todo este tiempo que he estado lejos, mi alma lloraba de tristeza y dolor, sin encontrar una razón; pero ahora que te tengo a mi lado lo veo claramente. Durante todos estos años pudieron sacarte de mi mente pero no de mi corazón. Mi corazón te buscaba cada día, y te llamaba a gritos cada segundo de mi vida.

—No entiendo —dijo Eclipse confundida.

—Yo siempre había escuchado sobre el amor, pero no lo había conocido hasta ahora que estás cerca de mí. Solo tú Eclipse; solamente quiero que seas tú —le dijo Giovánnoli agarrando sus manos.

—¿Qué quieres decir? —preguntó ella.

215

—Eclipse, tú eres todo lo que mi alma vacía anhelaba y quería sentir, tú eres lo que yo tanto esperaba, lo que en mis sueños cada noche yo buscaba y que al estar junto a ti he podido descubrir.

—Giovánnoli...yo... —dijo Eclipse, pero él la interrumpió.

—Por favor, déjame terminar; tengo que vaciar mi corazón de todo lo que llevo por dentro; no puedo aguantarlo más —dijo Giovánnoli.

Eclipse lo miraba atentamente, descubriendo por primera vez su amor por él.

—Yo..., yo caminaba desorientado en un laberinto sin salida. Todo este tiempo viví congelado en un invierno de soledad, hasta que tu presencia me rescató. Eclipse, tú eres el amor de mi vida; el Creador lo sabía, y por eso me trajo hasta ti. Ahora es que entiendo que mi destino siempre fue a tu lado; sé que tú sientes lo mismo por mí porque puedo ver tu espíritu a través de tus ojos.

Eclipse, por primera vez en su vida, sentía un nudo en el estómago; estaba conociendo un sentimiento muy poderoso en su corazón. Todo el tiempo había querido a Giovánnoli, sin poder distinguir qué clase de sentimiento era; en ese momento empezaba a entender; sin duda ella estaba enamorada, lo estuvo siempre, sin haberse dado cuenta de que lo amaba profundamente.

—Giovánnoli, yo te extrañaba tanto que a veces sentía que no podía respirar. No entendía por qué te habías marchado. Tú eras mi mejor amigo; al no tenerte cerca sentía que un pedazo de mi corazón había dejado de latir; ahora sé que ese pedazo se había ido contigo y yo estaba muriendo lentamente —dijo Eclipse mientras las lágrimas corrían por sus mejillas.

—No te preocupes, que la otra mitad de tu corazón ha regresado para no irse nunca más. Tú te has metido dentro de mí, llenando con tu luz cada rincón. Mi corazón y mi vida son todos tuyos, son solo para ti —dijo Giovánnoli secándole con ternura las lágrimas de las mejillas mientras la atraía lentamente a su rostro hasta rozar sus labios. Después cerró los ojos y la besó tiernamente en la boca. Fue un momento sublime, tan intenso que los hacía volar sin necesidad de alas. La pasión corría por sus venas deteniendo el tiempo y dándole vida a un gran amor. Era el momento más hermoso y feliz de sus vidas.

Pero lamentablemente tanta dicha no duró mucho. Un grupo del Ejército de Venganza apareció sigilosamente en el lugar. Tres seres malvados, montados en dragones negros, aprovechando las circunstancias sorprendieron a los dos jóvenes que estaban absortos. El dráguila trató de alertarlos del peligro pero ya era muy tarde. Fue algo tan repentino que Eclipse no tuvo tiempo de crear un campo de protección. Giovánnoli recibió un golpe en la cabeza que lo dejó inconsciente y cayó al vacío. Eclipse fue capturada fácilmente. Con los ojos vendados y las manos amarradas fue subida a un dragón que huyó velozmente. Antes de que Giovánnoli cayera al suelo, fue atrapado por un dragón que lo condujo prisionero en sus garras. El dráguila también fue golpeado y lanzado contra unas rocas que le causaron serias heridas en las alas quedando tendido en el suelo. Después de un largo rato, y con mucha dificultad, logró levantar el vuelo para buscar ayuda y avisar a los guardianes lo que había ocurrido.

# Capítulo 15
## El devastador ataque

Cerca de allí, alrededor del lago de las sombras, Alextro y los guardianes esperaban ansiosos la llegada del nuevo rey que los dirigiría en la batalla contra el enemigo, con la esperanza de vencerlo finalmente.

—¿Dónde está él? —preguntó Alextro impaciente.

—Ya deben estar por llegar —contestó Artram.

—¿Deben? ¿Él y quién más? —preguntó Alextro.

—Giovánnoli y Eclipse —contestó Artram.

—¡Oh! ¿Eclipse viene con él? —preguntó Alextro con disgusto.

—Por supuesto —contestó Estrella.

—Yo no puedo creer esto —dijo Alextro molesto.

—¿Tienes algún problema? —preguntó Sofiara.

—¡Claro que tengo un problema! Esa muchacha apareció de momento y se ha convertido en una distracción para Giovánnoli. Puede ser peligroso —dijo Alextro.

—¡Ay, por favor! No seas tan ridículo. Tu hermano ha demostrado que se sabe cuidar muy bien él solo —dijo Sofiara enojada.

En ese momento se escuchó en el cielo el agudo sonido del dráguila que salió de entre las nubes.

—Llegaron —dijo Estrella emocionada.

Todos se alegraron de ver llegar al dráguila, pero se llevaron una gran sorpresa cuando descubrieron que el ave venía sola, herida y sangrando. El dráguila cayó pesadamente al suelo y se desplomó; Artram corrió hacia ella y se arrodilló al lado.

—¿Qué sucedió? ¿Dónde están Giovánnoli y Eclipse? —le preguntó Artram.

—Ellos se los llevaron —dijo el dráguila.

Alextro y los jóvenes no entendían lo que decía el dráguila.

—¿Qué pasó? ¿Dónde está mi hermano? —preguntó Alextro preocupado.

—Cusco lo tiene prisionero —dijo Artram.

—¡Lo sabía! Sabía que esa muchacha iba a ser un peligro para Giovánnoli —dijo Alextro enojado pateando una piedra que había frente a él.

—Eclipse no tuvo la culpa de nada —dijo Artram.

—Lo estaba desenfocando y distrayendo —dijo Alextro.

—Estás equivocado; Giovánnoli no es un niño, él se sabe defender solo —dijo Estrella.

—Entonces, ¿cómo explicas lo que pasó? —dijo Alextro.

En ese momento, uno de los guardianes llegó corriendo donde estaba Artram.

—¿Qué sucede? —preguntó Artram levantándose.

—El Ejército de Venganza ha comenzado a atacar. El planeta Tierra está en peligro —dijo el guardián.

—Ya es hora. Todos los guardianes a sus posiciones. ¡Vámonos! —ordenó Artram.

—Señor, hay un problema muy grande —dijo el guardián.

—¿Qué sucede? —preguntó Artram.

—El lago ha sido congelado —dijo el guardián.

—¿Hay alguna solución para eso? —preguntó Yashira.

—No, no la hay. Y es la única manera de entrar a la Tierra por la noche —dijo Artram.

—¿Qué haremos ahora? —preguntó Alextro.

Todos miraron a Artram esperando una respuesta.

—Aún no lo sé —contestó Artram.

—No solo están atacando la Tierra, sino que han capturado a Giovánnoli; y todos los guardianes atrapados aquí sin poder hacer nada. Esto es grandioso

—dijo Alextro muy enfadado caminando de un lado para otro.

—Creo que debes calmarte —le dijo Tristan.

—No me puedo calmar, ¡esto es un desastre! —dijo Alextro.

—Estoy seguro de que encontrarán una solución para poder salir de aquí —dijo Tristan.

—Artram, esto es muy grave, ¿qué haremos? ¿Tienes alguna idea? —dijo Estrella.

Artram se abrió paso entre los guardianes y al llegar al lago tocó el hielo tratando de hallar una solución. Los jóvenes siguieron sus pasos y observaban en silencio pensando en algo que pudiera ayudar.

—Tenemos que hablar con el Creador para que nos diga qué hacer —dijo Artram.

—Pero él no viene a la montaña hasta el amanecer —dijo Estrella—. Para entonces será muy tarde; el daño que causarán en la Tierra será devastador.

—No podemos esperar hasta el amanecer; hay que detenerlos ahora mismo —dijo Tristan.

—Tenemos que encontrar la manera de que el Creador venga ahora mismo —dijo Artram.

—¿Cómo haremos eso? —preguntó Patricia.

—No lo sé. Nunca nos había ocurrido esto —dijo Artram.

—¡Lo tengo! ¡Tengo una idea! —dijo Sofiara.

Todos la miraron muy sorprendidos y ansiosos de saber de qué se trataba. Sofiara se dirigió a Estrella:

—¿Recuerdas lo que me dijiste, que el Creador escuchaba y se acercaba a la Tierra cuando tocamos música —dijo Sofiara.

—Sí, lo recuerdo —dijo Estrella.

—Entonces vamos a tocar música para llamar su atención y pedirle ayuda —dijo Sofiara emocionada.

—Es una gran idea, pero aquí no hay instrumentos —dijo Tristan.

—Te equivocas —dijo Sofiara quitándose la mochila de la espalda y sacando su violín.

—¿Con que eso es lo que llevas en la mochila? —dijo Tristan.

—Sí —contesto Sofiara sonriendo.

—Muy bien pensado Sofiara —dijo Artram.

—¿Están seguros de que esto va a funcionar? —preguntó Alextro.

—No lo sabremos si no lo intentamos —dijo Yashira.

—Estoy seguro de que sí funcionará —dijo Artram.

—Sofiara, recuerda que debes alcanzar la frecuencia de cuatro cuarenta, si no, no lo lograrás —dijo Estrella.

—No te preocupes, yo lo haré —dijo Sofiara.

—¿Qué es la frecuencia de cuatro cuarenta? —preguntó Alextro.

—Es la frecuencia de música más perfecta —respondió Yashira.

—Es cierto. Esa es la única que llega hasta el tercer cielo, donde está el Creador —dijo Estrella.

—¡Wow, yo no sabía eso! —dijo Alextro sorprendido.

—Bueno Sofiara creemos en ti —dijo Estrella.

Sofiara acomodó el violín en su cuello, entre el hombro y la barbilla, respiró profundo y cerrando los ojos comenzó a tocar magistralmente una suave y dulce melodía. Su ejecución rayaba en el virtuosismo, poniendo toda su pasión, esfuerzo y amor en cada nota de la música; los guardianes estaban extasiados, jamás habían escuchado algo tan hermoso. Patricia tomó la mano de Tristan y este tomó la de Yashira que estaba al lado opuesto. De igual forma, Yashira tomó la de Alextro y este la de Estrella, y así sucesivamente jóvenes y guardianes formaron una cadena que transmitía poderosa energía mientras la música sonaba en la noche de Pactron. Todos estaban realmente emocionados. De pronto, una luz brillando intensamente los sorprendió en el cielo. Era un túnel de luz de donde salió una figura conocida.

—¡Es Tailog! —gritó Patricia emocionada.

El unicornio voló muy cerca del lago, dio varias vueltas y después se elevó con sus poderosas alas muy alto en el cielo y dibujó un gran arcoíris con el cuerno de su frente; hecho esto, se marchó como había llegado. Todos aplaudieron felices. Ahora tenían una puerta para entrar a la Tierra.

—Nunca había visto un arcoíris en la noche —dijo Alextro.

—Claro que no. Eso es imposible —dijo Tristan.

—No lo olviden: nada es imposible para el Creador —dijo Estrella sonriendo.

—¡Guardianes de las Alturas! ¿¡Listos!? —gritó Artram levantando su brazo.

Todos los guardianes tomaron posiciones. Unos volarían en dragones y otros con sus propias alas.

—Estrella, busca a Maloc para que sane las heridas del dráguila; Giovánnoli lo necesitará. También quédate con Patricia, ella debe permanecer aquí —dijo Artram.

Patricia miró a su hermano confundida. Tristan la abrazó diciéndole:

—Espérame aquí, yo regresaré pronto.

—Está bien. Pero por favor, ten cuidado.

—Me cuidaré. No te preocupes.

Estrella tomó a Patricia de la mano y se marchó en busca de Maloc.

—¿Qué pasará con nosotros? —dijo Alextro.

—Ustedes vendrán conmigo —respondió Artram. Con un silbido llamó a sus dragones que aparecieron inmediatamente: Onice, Berilo, Rubí y Topacio.

—¡Nooo! ¿Otra vez? —se quejó Sofiara.

—No seas tan dramática —le dijo Alextro. Ella lo miró enojada mientras guardaba el violín en su mochila, renegando:

—No me gusta viajar así —dijo Sofiara.

–No te hagas la difícil. Tú sabes que te gusta volar conmigo –le dijo Alextro con una sonrisa, tendiéndole la mano.

–Ya quisieras –replicó Sofiara agarrando la mano de Alextro para montarse en el dragón.

Cuando todos estuvieron listos, Artram dio la orden de partir.

–¡Al arcoíris! –gritó mientras levantaba el brazo hacia el cielo.

Rápidamente se pusieron en marcha entre el ruido ensordecedor que hacían los dragones con sus rugidos mientras tomaban altura.

–Fue sorprendente lo que hiciste. Lograste que el Creador te escuchara y nos mandara ayuda. Tocas increíble el violín. Gracias a ti vamos a ayudar a Giovánnoli y a nuestro planeta.

–Gracias –dijo Sofiara.

Los guardianes atravesaron el arcoíris sin mirar hacia atrás. Sabían perfectamente lo que tenían que hacer. No regresarían a Pactron hasta detener al Ejército de Venganza y estar seguros de que la más preciada obra del Creador quedara a salvo.

Al llegar a la Tierra, todos quedaron horrorizados; el espectáculo era aterrador. Un enorme huracán azotaba sin piedad el hemisferio sur. Feroces ráfagas y diluvios arrasaban todo lo que encontraban a su paso dejando muerte y desolación por todas partes.

Pero muy pronto se dieron cuenta de que la situación era muchísimo más grave. El Ejército de Venganza había manipulado las catástrofes naturales para usarlas como armas de destrucción contra la Tierra. Eran cuatro gigantes fenómenos que atacaban simultáneamente toda la superficie del planeta; además del huracán, un terremoto, un tornado y abrasadores fuegos forestales amenazaban acabar con la vida en la Tierra. Fue un ataque sin ningún aviso que tomó a todo el mundo por sorpresa. La humanidad se sentía impotente para defenderse.

223

Todo el planeta estaba bajo ataque y la devastación era total.

—Esto es más grave de lo que pensaba —exclamó Artram.

—Si no los detenemos pronto, van a destruir todo el planeta; no podemos permitirlo —dijo Alextro.

En ese momento, uno de los guardianes llegó a comunicar:

—Artram, los cuatro fenómenos se dirigen al centro de la Tierra.

—¿Con qué propósito? —preguntó Artram.

—El Ejército de Venganza quiere unirlos para crear una bestia invencible —dijo el guardián.

—¿Qué? No podemos permitir que eso suceda. Tenemos que detenerlos antes de que se junten —dijo Artram.

—Pero enfrentarnos a eso es algo suicida —dijo Yashira temerosa.

—Ustedes fueron entrenados para eso, lograron superar todas las pruebas a que fueron sometidos. Ya saben cómo combatir contra estos fenómenos —dijo Artram.

—Sí, pero esto no es una prueba. Esto es muy real —dijo Sofiara.

—¡Vamos muchachos! ¡Juntos podemos lograrlo! —dijo Alextro animándolos.

—Tenemos que destruirlos uno por uno, pero rápidamente —dijo Artram.

—Está bien, ¿a cuál atacaremos primero? —preguntó Alextro.

—Al huracán —respondió Artram dirigiendo su dragón hacia el gigantesco fenómeno. Los demás lo siguieron muy de cerca.

El gran huracán recorría Oceanía en esos momentos dejando a su paso muerte y desolación. Era tan grande que cubría completamente todo el territorio de Australia. A medida que se acercaban, los dragones tenían que esforzarse más y más para no ser arrastrados por los fuertes vientos; lo mismo con los jóvenes, tuvieron que sujetarse con todas sus fuerzas para no caer. Del monstruoso huracán salían dos largos brazos con los cuales lanzaban poderosos rayos que al tocar tierra se convertían en guerreros de Ejército de Venganza. Ellos soplaban fuertes ráfagas de viento por donde pasaban, derrumbando casas y árboles. Otros de los guerreros se encendían en fuego y provocaban incendios y cortos circuitos en las casas y calles, con solo tocarlos. Los guardianes luchaban con brigadas armadas de arcos y de raíces convertidas en látigos que en sus manos eran armas mortales. De igual manera, los dragones eran elementos vitales de los guardianes durante el combate, con sus garras y colas destrozaban a los enemigos y los devoraban después; especialmente los que estaban al servicio de los jóvenes: Berilo, que succionaba y tragaba a sus enemigos; Rubí, que los quemaba con su cola y su aliento; Topacio, con sus dos cabezas que producían ensordecedoras ondas de sonido que aturdían a sus contrincantes para luego atraparlos con su lengua pegajosa.

Artram ordenó a los dragones bajar a tierra para que los muchachos hicieran lo que tenían que hacer.

—¿Cómo haremos esto? —preguntó Yashira.

—¡Esto es una locura! —exclamó Sofiara.

—No se preocupen chicas, hay que hacer lo mismo que hicimos en el entrenamiento —dijo Alextro con mucha seguridad.

Artram analizó detenidamente el lugar y la forma cómo el huracán avanzaba, para saber cuándo pasaría su ojo por allí.

—¡Tristan, el escudo! —dijo Artram.

—¡Oh, no! Temía que dijeran eso —dijo Tristan.

El huracán había escondido sus brazos, dejando de lanzar enemigos a la tierra, pero seguía arrojando poderosos rayos que caían por todas partes provocando incendios.

—¡Tristan, de prisa; el ojo del huracán se acerca! – gritó Artram.

Tristan tomó su escudo y corrió hasta donde caían muchos rayos a la vez; allí lo levantó hacia el cielo esperando que uno le cayera encima para atraparlo.

—Vamos, vamos —decía Artram impaciente.

La intensidad de los rayos aumentaba y Tristan empezó a ponerse nervioso.

—¡Tranquilo Tristan, no te muevas! —gritó Sofiara.

No había terminado de decirle estas palabras, cuando un rayo cayó en el centro del escudo haciéndolo rodar por el suelo, junto con Tristan. La alegría de la captura del rayo hizo que todos olvidaran los golpes de Tristan.

—¡Corre! ¡Tráelo! —le gritó Sofiara. Él se levantó como pudo en medio del bombardeo de rayos y se lo llevó a ella que lo esperaba para lanzarlo. Sofiara acomodó el rayo en su arco y apunto al ojo del huracán.

—Sofiara, solo tienes una oportunidad. Haz que cuente —dijo Artram.

—¡Ahora! —dijo Sofiara disparando su arco con todas sus fuerzas. El ojo se movió para mirar el rayo que viajaba velozmente hacia él. De repente, los largos brazos de la tormenta, se dirigieron hacia el rayo, atrapándolo en el aire.

—¡Nooo! ¿Qué hacemos ahora? —gritó Alextro.

—Tristan, ve y atrápalo otra vez —dijo Artram.

El brazo que atrapó el rayo, se extendió hacia atrás para tomar impulso; y lo lanzó nuevamente, hacia donde estaban todos ellos. Tristan se armó de valor y corrió hacia donde se dirigía el rayo. El rayo golpeó el escudo con gran fuerza. Sofiara corrió hacia él; agarró el rayo del escudo y lo colocó rápidamente en su arco.

—Por favor, por favor —dijo Sofiara apuntando el rayo hacia la tormenta.

—Voy a distraerlo —dijo Artram. El dragón voló hacia la tormenta mientras rugía fuertemente para llamar la atención del ojo. "Todavía no, todavía no," murmuraba Sofiara mientras apuntaba hacia el ojo. De repente, el huracán extendió sus brazos, lanzando rayos nuevamente; estos convertían en enemigos al tocar el suelo. Cada vez que caía un rayo, aparecía un nuevo guerrero del Ejercito de Venganza. Aquellos seres malignos rodearon a los jóvenes amenazantemente.

—¡Oh no! ¿Qué hacemos ahora? —preguntó Yashira con temor.

Tristan corrió hacia uno de aquellos seres con su escudo levantado; dio un salto en el aire con la intención de golpearlo. El enemigo comenzó a lanzar rayos de sus manos. Los rayos golpearon a Tristan, electrocutándolo y lanzándolo herido al suelo.

—Sofiara, lanza el rayo —gritó Alextro.

Sofiara observaba con espanto lo que estaba sucediendo sin poder concentrarse. Otro de los hombres de negro lanzaba rayos a Alextro; él los golpeaba con su espada evitando que lo lastimaran. Luego, el mismo hombre que lo atacaba, sopló fuertemente hacia él. Alextro voló por el aire, dando algunas vueltas y cayendo al suelo. Sofiara miraba para todos lados, apuntando el rayo hacia aquellos seres que se acercaban cada vez más hacia ella. Yashira respiraba aceleradamente observando con temor como se acercaban hacia ella. De repente, Berilo comenzó a succionar por su boca, atrayendo hacia él a uno de los enemigos. Rubí se unió a la batalla, golpeando a unos cuantos de ellos, con su cola encendida en fuego. Rubí los lanzaba en el aire para luego soplar fuego hacia ellos, dejándolos en cenizas. Topacio no se quedó atrás y se unió a sus compañeros. Una de las cabezas rugió fuertemente, desorientándolos con sus ondas de sonido; mientras que la otra cabeza los

227

atrapaba con su pegajosa lengua, llevándolos hacia su boca y devorándolos al instante.

El ojo de la tormenta dejó de mirar hacia el suelo, poniendo toda su atención en Artram y el dragón, que volaban a toda velocidad hacia él.

—Ahora —dijo Sofiara dejando salir el rayo hacia el ojo del huracán. El rayo cayó dentro del ojo de aquel monstruo provocando que lo cerrara rápidamente. El huracán comenzó a desvanecerse poco a poco, hasta que finalmente desapareció, junto con el grupo de enemigos que atacaban desde tierra.

—¡Buen trabajo! —dijo Artram. Ahora debemos irnos, aún faltan tres más. Todos corrieron a montarse en los dragones. Este triunfo los había llenado de gran confianza; ya sabían que eran capaces de vencer a cualquier enemigo. Un gran grupo de guardianes se quedó en esa zona para ayudar a todas las personas heridas y en peligro. También comenzarían el proceso de limpieza en toda esa zona de desastre.

—¿A dónde iremos ahora? —preguntó Yashira.

—Vamos para África. Un gigantesco incendio amenaza con volver cenizas todo el continente —dijo Artram.

A una señal suya, los dragones se dirigieron al arcoíris que brillaba en la noche. Al poco rato llegaron a África y contemplaron el desastre llenos de espanto.

—¡Qué horror! ¡Parece que llegamos al infierno! —dijo Alextro.

—Desde aquí siento que me quemo. No puedo imaginar cómo se sentirá al estar más cerca —dijo Sofiara.

Los valles, las montañas, los árboles; todo era consumido por el fuego que se propagaba rápidamente. Personas y animales desesperadas huían juntos arrojándose a los ríos y al mar en busca de refugio. Los dragones se acercaron buscando un lugar seguro en donde descender. Entre las llamas se veían siluetas de fantasmas; eran los del Ejército de Venganza que se movían con rapidez entre el incendio. Ellos extendían sus brazos, cubiertos en llamas, intentando agarrar a los dragones para hacerlos caer al suelo. De repente, los dragones y sus tripulaciones se encontraron atrapados en espesas columnas de humo que no les permitían ver ni respirar. Los dragones se movían de un sitio a otro para liberarse, pero el humo los seguía a todas partes. Por fortuna, Jesto, el hijo de Artram que acababa de llegar a la escena, se dio cuenta de lo que sucedía y sacó unas bolas llenas de una extraña arena negra que arrojó contra el humo disolviéndolo por completo, librando a los jóvenes y a los dragones de morir asfixiados.

Sin embargo, todos quedaron muy debilitados por la falta de oxígeno, sobre todo los dragones que, aunque intentaron remontar el vuelo, tuvieron que descender a tierra donde, luego de un breve descanso para tomar aire, se unieron a los guardianes junto con los muchachos. Los guardianes usaban la arena negra como una poderosa arma de defensa. Era una arena con poderes especiales; con ella cubrían totalmente su cuerpo y quedaban completamente inmunes a las llamas y al humo. Al mismo tiempo arrojaban las bolas contra las llamas que se apagaban instantáneamente dejando al descubierto y totalmente vulnerables a los guerreros del Ejército de Venganza que se ocultaban en el fuego.

—¡Wow! Ahora ya sé para qué sirven estas pequeñas bolas negras —dijo Yashira sacándolas de su bolsillo; pero no tenía idea de cómo usarlas.

Artram tomó una de las bolas, la apretó con su mano y la lanzó al incendio, mostrándole cómo debía hacerlo. Ella siguió arrojando las bolas de arena, maravillada de la forma tan fácil como apagaban el fuego y quedaban a la vista los enemigos; pero uno de ellos la vio y corrió hacia ella que quedó paralizada de miedo, sin saber qué hacer. De repente, se escuchó el silbido de una flecha que dio justo en el pecho del enemigo. Sofiara había reaccionado al ver a su amiga en peligro.

—Gracias amiga, me has salvado la vida —dijo Yashira.

—De nada —contestó Sofiara bajando su arco.

Artram y Alextro combatían con sus espadas, Sofiara con su arco, Tristan usaba su escudo y Yashira lanzaba bolas de arena. Los dragones perseguían a los enemigos para devorarlos.

No pasó mucho tiempo para que todo el fuego desapareciera, dejando una inmensa nube de humo que se levantaba hasta el cielo. El humo subía formando caras y cuerpos de esos seres malignos que volaban con enojo hasta desvanecerse por completo.

—¡Buen trabajo! ¡Lo logramos! ¡Ahora hacia el sur! —ordenó Artram.

Todos obedecieron a pesar de que estaban muy cansados. La felicidad de haber detenido el monstruoso incendio que amenazaba con arrasar todo ese territorio, los había llenado de confianza y de fe. Un gran grupo de guardianes se quedaron en el lugar para ayudar a todos las personas que estuvieran heridas y limpiar el desastre que había quedado después del feroz incendio.

Comenzaba a amanecer cuando iban de camino hacia el sur de la Tierra.

—Espero que esto acabe pronto —dijo Sofiara recostada en el dragón.

—¿Te gustaría salir conmigo, en algún momento, cuando todo esto acabe? —le preguntó Alextro.

Sofiara se incorporó, lo miró a los ojos por unos segundos y respondió con mucha ternura:

—Sí... me gustaría.

Él sonrió y trató de decir algo, pero en ese momento habían llegado a América del sur, precisamente a la Argentina que era azotada por un tornado gigante, y justamente eso parecía: un gigante caminando. Tenía por piernas dos grandes tornados; su cuerpo lo formaba una gran nube negra; su cara era espantosa y temible, cuando abría la boca atraía todo lo que estaba cerca, como una aspiradora. De sus brazos salían rayos portadores de pequeños tornados y de decenas de guerreros que destruían todo a su paso. Hacía un fuerte ruido, muy parecido a un gran trueno, el cual se escuchaba por todos lados. Sus ojos estaban iluminados con una brillante luz, con los que podía ver todo a su paso. Era tan poderoso que parecía invencible. Los guardianes, al mando de Jesto y Males combatían los tornados lanzándoles bolas de arena y encaminándolos hacia lagos y ríos para sofocarlos en sus aguas. Artram disparaba sus poderosas flechas para distraerlo, mientras otros lanzaban sus largas raíces hacia las manos del gigante para atarlas e intentar derrumbarlo, pero la gran bestia seguía avanzando.

—Nunca podremos vencerlo —dijo Yashira sin esperanza.

—Estoy segura de que tiene alguna debilidad —dijo Sofiara.

El gran gigante comenzó a cubrirse la cara para defenderse de los ataques, pero continuaba caminando.

—¡Eso es! Esa es su debilidad. Debemos hacer que se detenga primero —dijo Sofiara.

—¿Cómo lograremos eso? —dijo Alextro.

—Yo sé cómo —dijo Yashira. Sofiara, dame una de tus flechas.

Yashira acomodó dos bolas de arena negra en la flecha y se la regresó a Sofiara.

—Ahora dispárale a una pierna —le dijo. Ella apuntó cuidadosamente y dio en el blanco. La bestia se detuvo inmediatamente.

—¡Dio resultado! Ahora en la otra pierna —gritó Alextro.

Sofiara repitió el disparo con éxito. El monstruo quedó totalmente inmóvil. Los guardianes quedaron sorprendidos pero actuaron con rapidez. Lanzaron sus largas raíces hacia el gigante y lograron derribarlo. Un grupo de guardianes lanzaba flechas hacia el gran tornado que estaba en el suelo. Mientras otro grupo de ellos lanzaban las pequeñas bolas negras hacia él, provocando pequeñas explosiones en su interior. Poco a poco lograron debilitarlo hasta desvanecerlo por completo. De igual manera, los pequeños tornados que andaban sueltos por la tierra, fueron desvanecidos también.

—No lo puedo creer. Lo logramos —exclamó Yashira emocionada.

—Hay que tener fe. Venceremos siempre —dijo Alextro.

—Pero, ¿qué pasará con toda esta gente? Todo está destruido —dijo Sofiara con tristeza.

—No se preocupen, porque esa gente no estará sola. Los guardianes ayudarán a limpiar y a reconstruir el lugar —dijo Alextro.

En ese momento se acercaron Jesto y Males.

—¿Están todos bien? —preguntó Males.

—Sí, todos estamos bien —dijo Artram.

—Padre, el daño ha sido extremo. Debemos quedarnos para ayudar —dijo Jesto.

—De acuerdo, todos ustedes quédense aquí. Los escogidos y yo nos encargaremos del resto —dijo Artram.

—¿Qué quieres decir? —preguntó Tristan confundido.

—Solo nosotros iremos a detener al último enemigo que queda —dijo Artram.

—¿Los guardianes no irán? —preguntó Alextro.

—No, ellos deben quedarse aquí —dijo Artram.

—Sin los guardianes será imposible enfrentarnos a cualquiera de esas bestias —comentó Sofiara.

—No tenemos otra opción. Ellos no pueden abandonar este lugar —dijo Artram.

—Vamos muchachos, ellos creen en nosotros al igual que yo. Además, ¿qué puede ser peor que un monstruoso huracán, un infernal incendio y un gigantesco tornado? —dijo Alextro.

—Tienes razón, no nos podemos rendir ahora, después de todo lo que hemos logrado —dijo Sofiara.

—Debemos irnos ya —dijo Artram mientras llamaba a los dragones con un silbido. Los dragones se elevaron, después de que todos se subieron en ellos y con fuertes rugidos se perdieron dentro del arcoíris que los esperaba en el cielo.

—¿Dónde está el último? —preguntó Alextro.

—En el norte —dijo Artram.

Justo en todo norte América, el último enemigo atacaba sin piedad. Grandes y pequeñas ciudades eran sacudidas por un gran terremoto; su fuerza era incomparable. En toda la historia del planeta Tierra, nunca se había sentido un sismo de tal magnitud, y poco a poco iba aumentando su poder más y más.

—¡Wow, ese es nuestro hogar! —dijo Sofiara sorprendida.

La gente gritaba y corría desesperada. Se abrían profundas grietas en el suelo que se tragaban vehículos y edificios. No había manera de defenderse de un ataque así. Muchos decían que había llegado el fin del mundo.

Los dragones descendieron en una ciudad al pie del mar donde aún no había atacado el terremoto. Las personas caminaban desprevenidas sin imaginar el peligro que se acercaba.

—¿Qué hacemos aquí? —preguntó Sofiara.

—Estamos en Nueva York. Yo siempre había querido venir a esta ciudad —dijo Yashira emocionada.

—Estamos justo en el Parque Central —dijo Artram.

—¿Por qué nos detuvimos aquí específicamente? —preguntó Alextro.

—Porque el terremoto se dirige hacia acá —dijo Artram—. Pero esa no es la única razón.

—¿Cuál es la otra razón? —preguntó Tristan.

Artram suspiró antes de responder.

—¿Hay algo más que debemos saber y que aún no nos has dicho? —preguntó Alextro.

—Sí, hay algo más. Hace muchos años atrás capturamos a uno de los terribles monstruos que viajan por el universo. Una poderosa bestia de gran fuerza y tamaño, pero cometimos un error —dijo Artram con vergüenza.

—¿Qué quieres decir? —preguntó Tristan.

—Déjalo terminar —dijo Yashira.

—Escondimos esa bestia en el planeta Tierra.

—¿Dónde la escondieron? —preguntó Sofiara.

—Justo en el centro de este parque. Debajo de la tierra —contestó Artram.

—¿En serio? —dijo Alextro.

—El Ejército de Venganza la busca desde entonces. Hay que evitar que la encuentren. Las consecuencias serían desastrosas —dijo Artram mirando a los muchachos.

—¿Estás seguro de que eso es lo que buscan? A lo mejor no saben que está aquí —dijo Sofiara.

—Estoy seguro de que eso es lo que buscan. Créeme, lo sé —dijo Artram con mucha convicción.

—¿Cómo lo evitaremos? —preguntó Alextro.

En ese momento se escucharon gritos de pavor. Llamas de fuego se veían a lo lejos. Los edificios se derrumbaban.

—¡Oh no! Ya están aquí —dijo Sofiara temerosa.

—Preparen sus armas y estén muy alertas —dijo Artram colocando una flecha roja en su arco y mirando hacia lo lejos.

Los jóvenes sacaron sus armas sosteniéndolas firmemente en sus manos. El suelo bajo sus pies comenzó a moverse bruscamente durante algunos minutos; profundas grietas aparecían por todas partes; toda la tierra alrededor de ellos se abrió. De repente, cesó de temblar y todo quedó en completo silencio. Artram y los muchachos quedaron muy atentos esperando a que algo sucediera, pero deseando que la pesadilla terminara de una vez. Entonces algo sucedió: miles de gusanos brotaban del fondo de las grietas dirigiéndose a ellos. Luego se unieron formando la figura de un hombre que Artram reconoció en seguida. Era Valtrax, su terrible enemigo que se encontraba parado frente a ellos mirándolos fijamente.

—¡Vaya, vaya, vaya!, así que ustedes son los que piensan detenerme. Cusco se pondrá muy contento al ver que no solo le llevaré el dragón, sino a todo este patético grupito también.

—¿Quién te dijo que podrás atraparnos? —dijo Alextro.

—¡Ja, ja, ja, no será muy difícil! —dijo Valtrax riendo.

—¡Silvat! —dijo llamando al dragón.

Entonces empezó a temblar otra vez pero ahora más fuerte, abriéndose una grieta gigantesca dentro de la cual se arrojó Valtrax. A los pocos segundos un monstruoso dragón emergió de las profundidades rugiendo ferozmente con Valtrax asido a su lomo. Los jóvenes se taparon los oídos.

—¿Qué es esa cosa? —gritó Sofiara llena de espanto.

El dragón tenía el aspecto de un murciélago gigante, con enormes y largas alas. Su boca era grande llena de muchas líneas de afilados dientes negros. Negros eran también los ojos y la lengua.

—Ese es Silvat, la fiera más fuerte del universo —dijo Artram mientras le apuntaba con su arco.

—A ustedes se les ocurrió enterrarlo aquí, ¿no había otro lugar para esconderlo? —dijo Sofiara.

—La fuerza de gravedad del planeta Tierra no le permitiría escaparse. Por esa razón lo escondimos aquí, pero nunca pensamos que ocurriría esto —dijo Artram, todavía apuntando al dragón.

Silvat intentaba volar, pero los largos años de prisión lo habían debilitado.

—¿Qué le pasa?, ¿no puede volar? —preguntó Tristan.

—No tiene fuerza —dijo Artram.

—Eso es bueno. Ahora es que debemos atacar —dijo Sofiara, al tiempo que disparaba una flecha roja que se convirtió en llama de fuego al impactar una de las patas del dragón. Este se volteó hacia ellos emitiendo un horrible rugido.

—¡No hagas eso! —gritó Artram.

—¿Qué sucede? —preguntó Sofiara.

El dragón necesita energía —dijo Artram.

—¿Cómo la obtiene? —preguntó Alextro.

—Al abrir la boca succiona la energía de todo lo que haya a su alrededor —dijo Artram.

—¿Es eso algo malo? —preguntó Alextro.

—¡Claro, la tomará de nosotros! —dijo Artram.

Silvat caminó hacia ellos que estaban paralizados de terror y, abriendo la boca, comenzó a succionar la energía de todos ellos y de todo lo que había a su alrededor. El dragón comenzó a fortalecerse al tiempo que crecía más y más. Todos se quejaban a medida que iban debilitándose y, finalmente, se desplomaron exhaustos. Ellos querían huir pero no tenían fuerzas para correr. No tuvieron más opción que mirar impotentes cómo Valtrax los metía uno por uno en una red que ató al cuello del dragón. Luego, Silvat levantó el vuelo y desapareció en la distancia.

La situación era desesperada. La Tierra estaba destruida, Giovánnoli había sido capturado, y los escogidos corrían grave peligro en poder del Ejército de Venganza.

—¿Qué haremos ahora? —preguntó Alextro casi sin aliento.

—Aún no lo sé —respondió Artram con temor en su rostro.

# Capítulo 16
## Sangre de venganza contra sangre de perdón

En un pequeño y frío planeta llamado Reick, en la misma galaxia de la Tierra, se escondía el Ejército de Venganza. Este planeta no solo era frío sino también obscuro, ya que los rayos del sol no llegaban a él y carecía de luna; además estaba permanentemente rodeado de gases. Todas estas características habían evitado que fuera descubierto por los humanos y los guardianes, aunque se hallaba muy cerca de la Tierra y de Pactron.

Reick estaba lleno de montañas formadas de una extraña piedra antigravitacional que las mantenía flotando muy cerca del suelo, pero sin tocarlo. Por sus montañas corrían ríos de lava que daban luz a ese planeta. Allí fueron llevados prisioneros Giovánnoli y Eclipse. También Valtram se dirigía a Reick llevando a Artram y a los escogidos, lo cual desvelaría el escondite del Ejército de Venganza.

—Giovánnoli, Giovánnoli, despierta —lo llamaba Eclipse con un suave susurro, muy preocupada de verlo aún inconsciente por el golpe que había recibido en la cabeza.

Ellos se encontraban en el extremo de una enorme cueva iluminada con antorchas, encerrados tras un muro de estalactitas y estalagmitas. Allí el ambiente era muy extraño y misterioso. Esa era la vivienda del malvado Cusco y de su hijo Joshura.

—Cusco, han liberado a Silvat y ya vienen en camino —dijo uno de los soldados.

—¿Capturaron a los escogidos? —preguntó Cusco.

—Sí señor. Valtrax los capturó como le había ordenado.

—Muy bien. Todo ha salido como se había planeado —dijo Cusco sonriendo.

—Padre, ¿qué piensas hacer con todos ellos? —preguntó el joven que estaba con Cusco.

—Joshura, hijo mío, hoy tú y nuestro ejército serán testigos de una gran victoria. Hoy será el día en que acabaremos con Giovánnoli y los guardianes, y tomaremos posesión de la Tierra. Hoy será el día de nuestra venganza.

Joshura era el hijo adoptivo de Cusco, a quien había traído del planeta Tierra, convirtiéndolo en miembro de su ejército de maldad. Cusco le salvó la vida en la Tierra; ahora no solo era humano; también corría la venganza por sus venas.

Joshura era un joven muy alto y fuerte, y tenía un asombroso parecido físico con Giovánnoli. Tenían el mismo tono de piel y las mismas varoniles facciones. El color de los ojos de Joshura era amarillo claro con un toque de naranja en los bordes; no tenía cabello en la cabeza ni marcas en el cuerpo.

Al igual que el resto del Ejército de Venganza, Joshura controlaba los desastres naturales, los cuales podía combinar a su antojo dentro de él, para luego dejarlos salir a través de su cuerpo. Su padre lo había entrenado muy bien todo este tiempo, convirtiéndolo en uno de los mejores guerreros de ese malvado ejército. Dentro de él se libraba la batalla eterna entre el bien y el mal. Todos los días luchaba contra esos sentimientos encontrados que explotaban en su mente, ocultando los buenos y exteriorizando los crueles y perversos para no ir en contra de su padre. Él no lo sabía, pero ese era el día en que su destino tomaría un rumbo nuevo y en el que, finalmente, habría de despejar todas sus dudas.

—Por fin destruiremos a los humanos y nos apoderaremos de la Tierra. Nuestra fuente de energía será ilimitada, al igual que nuestro poder —dijo Cusco.

—¿Cómo planeas lograr eso? —preguntó Cusco.

—¿Con el dragón?

—Exactamente. Con el dragón.

—Pero... ¿cómo? —replicó Joshura.

—Silvat posee un fantástico poder que no podemos desperdiciar —dijo Cusco.

—¿Qué poder es ese, padre mío?

—El dragón puede absorber cualquier cantidad de energía, de cualquier fuente, y yo me apoderaré de ese poder.

—¿Qué harás? —preguntó Joshura mirando fijamente a su padre.

—Haré que absorba toda la energía del Sol hasta dejarlo seco, como un gran agujero negro.

—¿De verdad Silvat puede hacer algo como eso? —preguntó Joshura muy incrédulo.

—Silvat es la criatura más poderosa que se ha encontrado en el universo. Puede hacer eso y mucho más. Él apagará el Sol para siempre y nos dará toda esa energía inagotable —respondió Cusco mirando al muchacho.

—¿Qué pasará con la humanidad? —preguntó Joshura.

—Sin la energía del Sol, el planeta se volverá muy frío y todos morirán —dijo Cusco riendo.

Eclipse escuchaba con terror todos los planes que hacía Cusco. Sabía que había que impedir que eso pasara, pero Giovánnoli estaba aún inconsciente, los escogidos habían sido capturados, y los guardianes estaban muy atareados ayudando a la humanidad a recuperarse de los estragos que dejaron los desastres naturales en la Tierra. Eclipse se acercó nuevamente a Giovánnoli y acarició su rostro diciéndole en voz baja:

—Giovánnoli, por favor despierta, te necesitamos.

En ese momento se escuchó un fuerte rugido que llamó la atención de todos en la cueva.

—¡Ya llegó! —gritó Cusco emocionado.

239

Silvat descendió justo al lado de la cueva provocando un leve temblor. Un grupo de soldados se encargó de encadenarlo para que no se moviera de su sitio. Otro grupo conducía por la fuerza a los escogidos para llevarlos ante Cusco.

—¡Nooo! —se quejaba Sofiara

—¡Ahhh! —gritaba Yashira.

—¡Suéltame! —decía Alextro.

—¡No me toques! —exigía Tristan tratando de soltarse.

—¡Se arrepentirán de todo esto! —decía Artram.

Todo este alboroto había hecho reaccionar a Giovánnoli, quien poco a poco iba recuperando el conocimiento.

—Llegan justo a tiempo. Los estaba esperando —dijo Cusco acercándose a ellos—. Así que ustedes son los escogidos. Yo no les veo nada de especial. Para mí son solo un grupo de insignificantes perdedores.

—¿Y quién eres tú? —preguntó Alextro.

—¡Ja, ja, ja!, ¿qué quién soy yo? —rió Cusco dándole la espalda. En seguida se volteó y agarró a Alextro por el cuello—. Te diré quién soy: ¡yo soy Cusco!, miserable humano, ¡el rey de este planeta! Y pronto seré también el rey del tuyo —dijo lanzando a Alextro violentamente contra el suelo.

Los jóvenes estaban atemorizados, Sofiara y Yashira lloraban mientras Alextro tosía tratando de levantarse.

—¿Dónde estamos? —dijo Tristan.

—Están en el planeta Reick —dijo Joshura acercándose a ellos. Los muchachos se miraron sin poder creer lo que estaban viendo.

—¡Ohhh! —suspiró Sofiara con asombro al ver el parecido físico que tenía con Giovánnoli.

—¿Quién eres tú? —preguntó Alextro.

—Yo soy Joshura, el príncipe de Reick.

—¿Qué? ¿Tú eres hijo de él? —le preguntó Yashira, señalando a Cusco.

—Así es —contestó Joshura, mirándolos de forma amenazante.

Artram observaba en silencio a Giovánnoli y a Eclipse que se encontraban encerrados en una esquina de la cueva. Lentamente, Giovánnoli fue abriendo los ojos.

—¿Estás bien? —le preguntó Eclipse en voz baja.

—¿Qué pasó? —dijo él incorporándose.

—Hemos sido capturados —dijo Eclipse

—¿Qué? ¿Dónde estamos? —dijo Giovánnoli observando todo a su alrededor.

—Estamos prisioneros en el planeta Reick.

—¡No puede ser! ¿Cómo sucedió esto?

—Eso no importa ya. Lo importante es que te recuperes y te sientas mejor —dijo ella sonriéndole.

—¿Por qué el hijo de Cusco se parece tanto a tu hermano? —preguntó Yashira, dirigiéndose a Alextro.

Todos esperaron una respuesta.

—No lo sé —contestó él, confundido.

—Artram, ¿qué haremos? —preguntó Yashira.

—¿Cómo vamos a salir de aquí? —dijo Tristan.

—Esto no me gusta —murmuró Sofiara.

—Mantengan la calma hasta que se presente el momento adecuado —dijo Artram en voz baja.

—¿Cómo mantener la calma si estos monstruos quieren matarnos? —dijo Alextro alzando un poco la voz.

—Padre, ¿qué hacemos con ellos? —preguntó Joshura.

—Enciérrenlos con los demás. Tengo una sorpresita para ellos —contestó Cusco.

A una señal de Joshura, los guardas llevaron a empujones a Artram y a los escogidos a la celda donde estaban Giovánnoli y Eclipse.

—¡Giovánnoli! —gritó Alextro lleno de alegría al ver vivo a su hermano.

—¡Alextro! —dijo Giovánnoli abrazándolo.

—¿Estás bien? —preguntó Alextro.

—Sí... Creo que sí —dijo Giovánnoli tocándose la cabeza.

—Artram, Cusco está planeando algo espantoso —dijo Eclipse muy preocupada.

—¿Qué es? —preguntó Artram.

—Quiere apoderarse de toda la energía del Sol.

—Pero, ¿cómo planea hacer eso? —dijo Artram.

—Con el dragón —respondió Eclipse.

—No lo podemos permitir. Sería el final de nuestro planeta —dijo Tristan.

En ese momento se escucharon gritos y llantos cerca de la cueva.

—¿Qué sucede? —preguntó Sofiara.

—Alguien está llorando —dijo Yashira.

El alboroto se oía cada vez más cerca. Dos de los malvados soldados arrastraban a un hombre y a una mujer llevándolos delante de Cusco. Sus ropas estaban sucias y rotas, y tenían moretones y sangre en el rostro y en todo el cuerpo.

—¿Quiénes son ellos? —preguntó Alextro.

—Se ve que están muy asustados —dijo Yashira.

—He estado esperando este día por un largo tiempo. Hoy será la culminación de mi venganza. Me vengaré de todos y los destruiré para siempre —dijo Cusco.

—¡No, por favor! —clamaba la mujer, bañada en llanto.

—Te has equivocado de personas; nosotros no somos quienes tú dices —dijo el hombre desesperado.

—¡Ustedes son exactamente quienes deben estar aquí! Ahora mismo lo voy a demostrar —dijo Cusco agarrándolos bruscamente de las ropas y arrastrándolos hasta la celda de los prisioneros. Todos observaban con terror lo que estaba sucediendo.

—¡Giovánnoli! —exclamó Alextro alarmado al ver los rostros de las dos personas.

—¡No puede ser! —gritó Giovánnoli confundido.

—¿Qué pasa? —preguntó Tristan.

—¿Ustedes conocen a esas personas? —preguntó Yashira desconcertada.

Giovánnoli y Alextro estaban paralizados, sin poder hablar ni moverse, completamente pálidos como si acabaran de ver un fantasma. Aquella pareja no había visto aún a los muchachos.

—¡Mamá! —gritó Alextro.

La mujer cayó frente a la celda, justamente donde estaba Giovánnoli. Él la miro sin decir una palabra. Ella levantó el rostro, su cara tenía cortaduras, moretones y restos de sangre por todos lados.

—¿¡Mamá!? —balbució Giovánnoli.

—¡Giovánnoli! —gimió ella llorando amargamente.

Ella metió sus brazos entre las estalagmitas para alcanzarlo; Giovánnoli la abrazó fuertemente, con lágrimas en los ojos. Alextro miraba sin poder creer que sus padres estuvieran vivos.

—Mamá —dijo Alextro acercándose a ellos.

—Alextro —dijo su madre llorando y extendiendo su abrazo a su otro hijo.

—¡Papá! —gritó Giovánnoli al verlo también inmóvil en el suelo, mientras era pateado por Cusco —¡Ya basta! ¡Déjalo, miserable! —le gritó.

Cusco dejó de golpear al hombre al escuchar los gritos de Giovánnoli. Entonces se dirigió a la mujer tomándola por el cabello.

—¡Suéltala! —gritó Alextro.

—¡Te voy a matar! —gritó Giovánnoli furioso.

Sofiara y Yashira lloraban de miedo y de tristeza.

—¡Cusco, déjalos ir! —gritó Artram.

—¡Nunca! Hoy acabaré con todos ustedes, miserables humanos y guardianes.

—¿Qué tienes contra ellos? Te aprovechas porque los ves muy débiles, ¿por qué no luchas contra mí? —lo retó Giovánnoli.

—¡Ja, ja, ja! No, eso sería muy fácil y aburrido. Los voy a matar lenta y dolorosamente ante tus ojos, para hacerlo más divertido e interesante. Cusco arrojó al suelo a la mujer y se inclinó hacia ella amenazante.

—¡Padre! —le gritó Joshura llamándole la atención para evitar que le hiciera daño—. El dragón es muy fuerte y los soldados no podrán controlarlo por más tiempo—. Cusco lo miró detenidamente por unos segundos.

—Tienes razón hijo mío, esto puede esperar. Pero antes de irme, hay algo que debes saber.

—¿Qué es padre? —preguntó Joshura. Cusco le puso el brazo detrás del hombro—: Estas dos personas que están aquí, por las cuales se te está ablandando el corazón, hace dieciocho años intentaron matarte. No lo lograron porque yo no lo permití.

—¡¿Qué?! —exclamó Joshura frunciendo el ceño.

—Así como lo oyes. Ellos son tus verdaderos padres.

—No entiendo —dijo Joshura desconcertado.

—Es muy fácil de entender: tú ibas a nacer y ellos no te querían. Así que decidieron matarte pero yo lo impedí. Yo te salvé la vida dándote de mi sangre. Dejaste de ser un insignificante humano, para ser un príncipe.

—¡No puede ser! —dijo Joshura dando un paso hacia atrás.

—Así son los humanos, cuando no quieren a alguien se deshacen de él —dijo Cusco.

—¡Eso no es cierto! —gritó Giovánnoli.

—¿No? ¿No es cierto? —dijo Cusco caminando hacia él.

Serena respiraba aceleradamente, con lágrimas en los ojos. Ella no podía creer lo que estaba escuchando.

—¿Le vas a mentir a tu propio hermano? ¿Le vas a mentir a tu sangre? —le dijo Cusco a Giovánnoli mirándolo a los ojos.

—Él ya no lleva mi sangre. Ahora es solo un monstruo como tú —dijo Giovánnoli.

—Te equivocas. Por sus venas aún corre sangre de humano, igual que por las tuyas. Ustedes son hermanos gemelos. Fueron salvados y separados al nacer —dijo Cusco mirando a Joshura.

—¿Quieres decir que tú no eres mi padre? —preguntó Joshura. Cusco le puso las manos en los hombros y le dijo—: Yo te adopté como mi hijo el día que naciste, siempre serás mi hijo. Hoy tienes la ocasión de vengarte de los que un día quisieron matarte.

—¡Joshura, no lo escuches! —gritó Giovánnoli.

Joshura caminó hacia Giovánnoli—: Esa es la razón por la que nos parecemos tanto físicamente —dijo mirando a Giovánnoli.

Ahora Joshura entendía todos esos sentimientos encontrados que, día a día, luchaban dentro de él. También comprendió por qué se sentía tan diferente de su padre.

—No puedo creer que los humanos sean capaces de hacer algo tan cruel —dijo Joshura mirando con desprecio a sus padres.

—Son capaces de eso y de mucho más —dijo Cusco.

—¿Cómo puedes defenderlos y sentir compasión por ellos después de lo que nos hicieron? —dijo Joshura mirando a Giovánnoli.

—Joshura, ellos cometieron un error muy grande, pero se arrepintieron de corazón —le dijo Giovánnoli mirándolo a los ojos.

—Ellos no pueden cambiar lo que hicieron con solo arrepentirse. Quisieron matar a un niño indefenso. Vamos a ver si me logran matar ahora —dijo Joshura caminando hacia sus padres.

—¡Joshura, nooo! —gritó Giovánnoli.

Joshura levantó sus manos de donde salieron dos tornados que envolvieron a Serena y a Carl levantándolos por el aire.

—Ja, ja, ja —rió Cusco de alegría.

—¡Nunca los perdonaré por lo que me hicieron! – gritó Joshura, y extendió nuevamente las manos lanzando rayos hacia ellos.

—Joshura, hermano; no hagas eso. Perdónalos – le gritó Giovánnoli. Joshura bajó los brazos y se dirigió a Giovánnoli.

—¿Perdonarlos? ¿Cómo puedo perdonarlos después de lo que me hicieron?

—Yo los he perdonado; y si yo pude hacerlo, tú también puedes. El rencor y el odio solo causan muerte y destrucción. El perdón trae vida y esperanza —dijo Giovánnoli tratando de convencer a su hermano.

—Ja, ja, ja. Te han lavado el cerebro, hermanito – dijo Joshura riendo.

En ese momento Valtrax entró a la cueva respirando aceleradamente, interrumpiendo la conversación.

—Cusco, no podemos dominar al dragón por mucho tiempo más.

—Padre, haz lo que tienes que hacer. Yo me encargaré de ellos —dijo Joshura.

Cusco se acercó y lo abrazó diciéndole—: Sé que no me defraudarás.

—Giovánnoli, debemos hacer algo. Van a matarlos —dijo Alextro con desesperación.

—Artram, tenemos que salir de aquí —dijo Giovánnoli.

Cusco salió corriendo de la cueva y se dirigió al dragón que estaba muy inquieto.

—¡Silvat! —gritó Cusco. Al oír la voz de su amo, el dragón se calmó misteriosamente. De un salto, Cusco cayó sobre él y le ordenó—: ¡Silvat, hacia el Sol ahora! La bestia obedeció inmediatamente encaminándose hacia el astro rey.

Entretanto, dentro de la cueva, Joshura seguía atormentando a Carl y a Serena. Hizo un gesto con las manos y los tornados desaparecieron provocando la caída de sus padres que sufrieron heridas. Joshura los levantó agarrándolos por el cuello.

—Joshura, estamos muy arrepentidos. Por favor, perdónanos —suplicó Carl llorando desconsoladamente.

—¡Ya basta! ¡Suéltalos! —gritaba Alextro impotente desde la celda. Giovánnoli trataba en vano de salir de su encierro.

—Ustedes los humanos son tan patéticos —dijo Joshura arrojando de espaldas a sus prisioneros—. Miren esto —agregó al tiempo que mostraba sus manos encendidas en fuego. Antes de que Joshura continuara, un rugido extraño se escuchó fuera de la cueva.

—¿Qué fue eso? —preguntó Sofiara.

—No lo sé —contestó Alextro.

Giovánnoli puso cara de sorpresa. Fue el único que reconoció el sonido. Joshura mandó a uno de sus hombres a investigar, pero no bien había salido de la cueva, fue devuelto violentamente cayendo al suelo totalmente inconsciente.

—¡Vayan todos! —ordenó Joshura.

Antes de que pudieran obedecer, una gigantesca ave apareció cerrando completamente la entrada de la cueva.

—¡Es el dráguila! —exclamó Giovánnoli emocionado.

Montada sobre el ave venía Estrella armada de su arco, disparando sus flechas por todos lados. El drágila vio a Giovánnoli y se dirigió a él. Con su fuerte pico hizo trizas los barrotes de piedra dejando en libertad a los prisioneros. Inmediatamente Giovánnoli se abalanzó sobre Joshura; Alextro corrió en ayuda de sus padres, mientras que el resto del grupo luchaba contra los soldados. Giovánnoli forcejeaba con Joshura tratando de dominarlo en el suelo, pero Joshura logró zafarse y rápidamente se puso de pie, esgrimiendo un arma.

—¡No te muevas! —le gritó Artram apuntándole con una flecha.

—Giovánnoli, ¿estás bien? —le preguntó Eclipse ayudándolo a levantarse.

—Sí. Estoy bien.

—Giovánnoli, tienes que detener a Cusco —dijo Artram sin perder de vista a Joshura.

—Pero ustedes me necesitan aquí.

—Yo me encargo de esto. Tú debes irte ahora.

Aprovechando un descuido de Artram, Joshura desarmó a Alextro, despojándolo de su espada, con la intención de matar a Serena. Pero Artram reaccionó hiriéndolo en el pecho con una flecha. Giovánnoli lo sostuvo en sus brazos y lentamente lo recostó en el suelo.

—Hermano, ¿por qué nunca me buscaste? —balbució Joshura con voz débil.

—Lo siento, yo no sabía —dijo Giovánnoli con tristeza.

—Yo te veía en mis sueños, pero nunca imaginé que en realidad vivías —dijo Joshura con voz entrecortada.

—Estoy aquí ahora —dijo Giovánnoli tomándole las manos.

La sangre brotaba de la herida. Giovánnoli recordó que ellos compartían la misma sangre; una mezclada con el bien; la otra con la maldad. Pero la sangre verdadera, la que les había dado la vida, era la misma.

—No se lo digas a mi padre, pero yo ya los perdoné —dijo Joshura. Giovánnoli sintió un gran alivio en el corazón al escuchar lo que decía su hermano.

—No te preocupes, todo estará bien. Tú no perteneces a este mundo, me acabas de demostrar que no eres uno de ellos —le dijo Giovánnoli mirándolo con ternura.

—¡Eclipse, rápido! Llévalo con Maloc. Él lo curará —ordenó Giovánnoli.

Entre todos acomodaron a Joshura sobre el dráguila para llevarlo a Pactron.

—Cuida muy bien de él —le dijo Giovánnoli a Eclipse.

—No te preocupes, haremos todo lo necesario para salvarlo —respondió Eclipse. El dráguila emprendió el vuelo. Giovánnoli quedó cabizbajo.

—Giovánnoli, ¿estás bien? —preguntó Alextro.

—No. No lo estoy. Todo esto es por mi culpa.

—Vamos Giovánnoli, ¿cómo puede ser esto por tu culpa? —le dijo Alextro.

—Es mi culpa por haber estado ausente todos estos años, sin recordar nada. Todo esto es un desastre, y ya es muy tarde para arreglarlo.

—No, no es tarde. Estoy seguro de que encontrarás la manera de arreglar todo esto. Solo tú puedes detener a Cusco y salvar nuestro planeta.

—Tienes razón. Iré aunque sea lo último que haga —dijo Giovánnoli muy resuelto.

Giovánnoli dio media vuelta y alzó el vuelo perdiéndose en la inmensidad del cielo. Volaba velozmente con sus enormes alas; aunque aún no veía al dragón con Cusco, sabía que ya estaba muy cerca. Cusco ya estaba muy próximo al Sol.

—Al fin el planeta Tierra y toda la energía estarán bajo mi poder, ¡Silvat, empieza! —gritó emocionado.

El dragón comenzó a succionar la energía del Sol que se iba apagando poco a poco. Silvat comenzó a crecer rápidamente y a iluminarse como el Sol.

—¡Sí, está funcionando! —gritó Cusco, quien al igual que el dragón estaba obteniendo parte de esa energía y poder que sentía recorrer todo su cuerpo—. Ahora sí, el mundo sentirá el poder de mi venganza.

Finalmente, Silvat absorbió toda la energía del Sol que se apagó dejando solo un gran agujero negro en su lugar. Giovánnoli observaba con espanto lo que estaba ocurriendo. No podía creer que Cusco había sido capaz de apagar el único Sol que tenía el planeta Tierra. Entonces se armó de valor y voló hacia el dragón que no se había percatado de su presencia en aquel lugar. Giovánnoli levantó su espada y, con todas sus fuerzas, espetó la cabeza de la bestia que emitió un gran rugido sacudiéndose desesperadamente.

—¡Nooo, miserable guardián! —gritó Cusco furioso.

Giovánnoli debía matar primero el dragón antes de luchar contra Cusco, por lo que voló hasta la cabeza de Silvat y recuperó su espada que había quedado allí clavada. El dragón rugía furioso persiguiendo a Giovánnoli, quien lo eludía mientras buscaba afanosamente en su bolsillo la fruta que el árbol de la vida le había regalado. Por fin la encontró, pero cuando fue a comerla, el dragón alcanzó con sus afiladas garras la espalda y las alas de Giovánnoli haciéndole caer la fabulosa fruta que se perdió en el vacío con todos sus poderes. Él sabía que por más herido que estuviera y por más insoportable que fuera el dolor, no podía detenerse. Era su única opción de matar a Silvat. Entonces respiró hondo y se volteó repentinamente hacia el dragón con su espada extendida. La bestia, que lo perseguía a gran velocidad, se enterró la espada justo en el corazón, causándole la muerte.

Ahora no tenía tiempo para pensar en sus heridas que sangraban; solo sabía que debía detener a Cusco, quien había aprovechado la lucha con el dragón para ir a la Tierra a destruirla. Allá la gente miraba muy confundida hacia el cielo buscando el Sol. Unos creían que se trataba de un eclipse; otros, que había llegado el fin del mundo. El caos era total; la gente corría y gritaba enloquecida. Una gran obscuridad cubría todo el planeta.

No fue difícil para Giovánnoli encontrar a Cusco, puesto que él era el único que tenía energía. Giovánnoli pisó tierra en silencio para tomar por sorpresa a su enemigo, pero Cusco no tardó mucho tiempo en descubrirlo. Se encontraron en el mismo lugar donde habían ocultado el dragón. Allí todo estaba destruido. El terremoto había dejado profundas grietas en el suelo y derribado casi todos los árboles.

—Me sorprendes, Giovánnoli. Eres perseverante y no te das por vencido. No puedo creer que por tus venas corra sangre tan débil como la de los humanos —dijo Cusco.

—Primero muerto antes que permitir que acabes con la Tierra y la humanidad.

—Bueno, en eso estamos de acuerdo. Primero estarás muerto antes de que yo destruya este planeta y a la maldita humanidad —dijo Cusco riendo.

Cusco levantó las manos y soltó un par de rayos que arrojaron a Giovánnoli al suelo. Luego avanzó furioso hacia él, pero Giovánnoli se levantó de prisa y echó mano de la raíz con que combatían los guardianes.

—No podrás destruir la Tierra —dijo Giovánnoli azotando la raíz contra el suelo.

—¡Ja, ja, ja!, necesitas más que eso para enfrentarte a mí —dijo Cusco levantando la mano y creando un pequeño pero poderoso tornado que arrebató la raíz de las manos de Giovánnoli y la llevó a Cusco. Este avanzó y agarró al muchacho por el cuello, luego lo levantó sobre su cabeza mientras le cortaba la respiración—. Qué lástima, hoy se escucharán lamentos en todos los rincones de este planeta, pero tú no podrás ayudar a nadie porque estarás muerto.

—Eso es lo que tú crees —replicó Giovánnoli golpeando en el pecho a Cusco con sus dos piernas, liberándose de él.

Entonces Cusco sopló creando una poderosa ráfaga de viento que arrojó a Giovánnoli contra un árbol dejándolo aturdido con un fuerte golpe en la cabeza, a pesar de lo cual logró levantarse a buscar desesperadamente un arma para defenderse. De repente sucedió algo muy extraño: la tierra del suelo se levantó en el aire formando la silueta del rey Hex.

—¡Giovánnoli, hijo mío! —dijo aquella silueta.

—Padre, ¿eres tú?

—Nosotros estamos conectados con la naturaleza. Usa su poder para vencer al enemigo —dijo Hex señalando las raíces de un árbol, que sobresalían de la tierra. Giovánnoli miró al suelo y vio las raíces, luego levantó la mirada, pero su padre había desaparecido.

Cuando Cusco se aproximaba peligrosamente, Giovánnoli hizo lo que su padre le había dicho. Arrancó la raíz que sobresalía del suelo y, sorprendiendo a su enemigo, le dio un latigazo en la cara que lo hizo sangrar. Aprovechando su descontrol, se lanzó sobre él y con la misma raíz le ató las manos a la espalda y a su cuello, sometiéndolo totalmente. Giovánnoli pensó que por fin había detenido a su enemigo, pero pronto se desvaneció ese pensamiento.

—¡Giovánnoli, suéltalo! —dijo una ronca voz. Giovánnoli levantó la vista y se le heló la sangre. Valtrax estaba frente a él sosteniendo amenazante la punta de su espada sobre la espalda de Alextro que sostenía de rodillas en el suelo.

Ante esta situación, Giovánnoli no tuvo otro remedio que soltar a su enemigo. Se levantó muy lentamente y dio unos pasos hacia atrás. Cusco tosía en el piso, intentando recuperar el aire.

—¿Creíste que nos vencerías tan fácilmente? —dijo Valtrax.

Giovánnoli, lo siento. No pude detenerlo —dijo Alextro con la respiración entrecortada.

—¡Silencio! —gritó Valtrax, dándole un puntapié.

—Déjalo tranquilo —dijo Giovánnoli dando un paso al frente.

—No des un paso más —dijo Valtrax alzando la espada que apuntaba a su hermano.

—Buen trabajo. No solo acabaremos a Giovánnoli sino también con su hermanito —dijo Cusco zafándose de la raíz que lo tenía atado y enrollándola en el cuello de Giovánnoli, apretando con fuerza para cortarle la respiración.

—Con gusto te presto mi espada para que termines con él de una vez por todas —dijo Valtrax pasándole su arma. Cusco la empuñó diciendo:

—¿Todavía sigues pensando que me puedes vencer?

Giovánnoli creyó que ese sería su final y que defraudaría a todos los que tenían la esperanza depositada en él. De repente se escuchó el silbido de una flecha que se clavó en el pecho de Cusco. De inmediato, todas las miradas buscaron la procedencia del ataque. A pocos pasos vieron la figura de Joshura quien aún mantenía el arco en sus manos.

—¡¿Tú?! ¡Traidor ingrato! —gritó Cusco cayendo de rodillas.

Valtrax intentó huir, pero fue alcanzado por otra flecha, esta vez disparada por Artram, quien había llegado con Joshura después de ser sanado por Maloc. Joshura sabía lo poderoso que era su padre y que su hermano necesitaría ayuda.

Cusco se levantó de nuevo y, con sus propias manos, extrajo la flecha de su pecho y se dirigió a Joshura:

—Hijo mío, te he enseñado que la venganza es dulce. Mira esto —dijo, al tiempo que arrojaba contra Alextro la flecha que se había arrancado. Por fortuna, Alextro estaba atento y trató de esquivarla. Pero la flecha alcanzó a rozar su brazo, causándole una pequeña herida.

—No, la venganza solo envenena y mata el alma —dijo Joshura.

Mientras tanto, Valtrax logró levantarse silenciosamente y sacándose la flecha con que fue herido, hizo el intento de arrojarla contra Giovánnoli, pero fue devorado por Onice que esperaba su turno después de haber traído a los salvadores.

—¿Están bien? —preguntó Artram a los hermanos.

—Sí —dijo Alextro.

—No te preocupes por nosotros. Haz lo que tienes que hacer —dijo Giovánnoli mirando a Artram a los ojos.

—Como ordene su majestad —dijo Artram haciendo un gesto de asentimiento con la cabeza.

—Hiciste lo mejor —dijo Artram estrechando la mano de Joshura antes de partir. Este esbozó una triste sonrisa. Ese día habían sucedido las cosas más trascendentales de su vida.

Onice asió a Cusco en sus garras y, con Artram a cuestas, levantó el vuelo perdiéndose en el cielo. Los hermanos se quedaron mirando esperanzados cómo la encarnación del mal era llevada muy lejos de allí, prisionera para siempre, en un viaje que no tendría retorno.

Los tres hermanos regresaron al planeta Pactron donde los demás esperaban con impaciencia. Giovánnoli fue llevado con Maloc, sostenido por sus hermanos; se había debilitado por toda la sangre perdida por causa del ataque del dragón. Maloc aplicó una pasta de hierbas en toda su espalda y luego la vendó completamente.

—Pronto estarás bien —le dijo antes de salir de la habitación.

—Te ves mejor —dijo Joshura que acababa de entrar.

Giovánnoli se sentó con un poco de dificultad.

—Me siento mejor. Gracias por lo que hiciste. Fue un acto de mucho valor.

—Tú salvaste mi vida primero. Y lo más importante: me enseñaste que el perdón, y no el rencor, es lo que hace que la vida valga la pena.

—No puedo creer que tengo un hermano gemelo —dijo Giovánnoli cambiando el tema.

—Yo tampoco, aunque yo soy más guapo que tú —dijo Joshura sonriendo. Giovánnoli sonrió también.

En ese momento llegó Alextro.

—¿Cómo te sientes? —preguntó Alextro.

—Pronto estaré bien —dijo Giovánnoli.

—Giovánnoli, tenemos un problema —dijo Eclipse irrumpiendo preocupada a la habitación.

—¿Qué sucede? —preguntó Giovánnoli.

—El Sol fue destruido; sin él la Tierra está en peligro —dijo Eclipse.

Inmediatamente todos salieron a reunirse con el resto del grupo que los esperaban fuera.

—Giovánnoli, no solo la Tierra, sino también nuestra galaxia no sobrevivirán sin la energía del Sol —agregó Eclipse.

—Eso es terrible —dijo Yashira.

—¿Qué haremos? —preguntó Sofiara.

—Aún no lo sé —contestó Giovánnoli.

Estando en esto, Patricia sacó del bolsillo la burbuja que Jaspe le había regalado y dijo, llamando la atención de todos:

—Tengo una idea.

—¿Cuál es? —preguntó Tristan.

—Aquí tengo un deseo —dijo Patricia, mostrando la burbuja en la mano.

—¡Paty, no lo puedo creer! —exclamó Tristan.

—¿La burbuja puede crear un nuevo sol? —preguntó incrédula Yashira.

—Jaspe dijo que me concedería cualquier deseo.

—Debes intentarlo —dijo Sofiara.

Patricia levantó la burbuja con su mano extendida hacia el cielo, diciendo:

—Yo deseo que en el cielo aparezca un enorme y brillante nuevo sol.

Al momento la burbuja comenzó a brillar intensamente y a flotar hasta dejar su mano; poco a poco iba ganando altura y volumen. Su resplandor era tan intenso que hacía imposible mirarla fijamente. Subió y subió sin parar, creciendo y creciendo cada vez más. Poco a poco, la Tierra y el mundo de Pactron se fueron iluminando nuevamente.

—Síííí —gritaron todos al unísono, llenos de alegría.

En las calles de todo el mundo la gente saltaba de emoción; todos se abrazaban observando con asombro el milagro que acababa de ocurrir. Gracias al nuevo sol, el planeta Tierra y toda la galaxia volverían a tener luz y calor.

—Wow Patricia, lo lograste —dijo Tristan besando a su hermanita, mientras ella sonreía feliz.

—¿Qué sucederá ahora? —preguntó Alextro.

—Ya que todo ha terminado, deben regresar a sus hogares —dijo Giovánnoli.

—¿Deben? ¿Tú no vendrás con nosotros? —preguntó Alextro confundido.

—Hermano, yo pertenezco a este planeta. Aquí en Pactron me necesitan —dijo Giovánnoli.

—La Tierra es tu hogar —dijo Alextro con tristeza.

—La Tierra fue mi hogar durante un tiempo, pero ahora mi deber está aquí. Este es mi hogar ahora. Pero tú no estarás solo. Papá y mamá te esperan.

—¿No te volveré a ver? —preguntó Alextro afligido.

—Claro que volveremos a vernos. Tú también ya eres parte de este mundo y, sobre todo, parte de mi vida. Gracias por todo el sacrificio que hiciste y por toda tu ayuda —dijo Giovánnoli. Luego se dirigió a los escogidos, abrazándolos uno por uno, y al final les dijo—: Muchas gracias por todo lo que hicieron. Todos ustedes son héroes de Pactron. No hubiéramos triunfado sin su ayuda. En nombre del mundo de Pactron y de todos los guardianes, quiero darles las gracias. Los recordaremos por siempre. Eclipse y Maloc inclinaron sus cabezas delante de ellos, al igual que todos los guardianes allí presentes.

—¿Qué pasará con Joshura? —preguntó Alextro.

—Ahora este será su nuevo hogar. De seguro él tiene mucho que enseñarnos —dijo Giovánnoli.

Giovánnoli abrazó a sus dos hermanos sonriendo con mucha alegría, y dijo:

—Este es el momento más feliz de mi vida.

Y fue ese día que los tres hermanos comprendieron el valor de la vida humana; que todo ser humano destinado a nacer, debe nacer, porque de lo contrario, quedará un vacío muy grande en el corazón de muchas personas.

Tres dragones aparecieron en la entrada de Pactron, rugiendo fuertemente.

—Debemos irnos ya —dijo Tristan.

Todos se dirigieron hacia los dragones que estaban justo en la caída de la cascada rodeada por los diez árboles.

—Esta ha sido la aventura más increíble de mi vida —dijo Yashira.

—De seguro ha sido algo maravilloso que nunca olvidaré —dijo Sofiara.

—Voy a extrañar este lugar, ¿crees que algún día podamos volver? —preguntó Patricia a su hermano.

—No lo sé. Puede ser —contestó Tristan.

En ese momento, Jaspe salió de su vivienda y los llamó para despedirse. Patricia corrió a su encuentro y lo abrazó sumamente agradecida por haberle regalado la burbuja que los salvó a todos.

—Gracias. Muchas gracias. Nunca te vamos a olvidar —le dijo.

—Gracias a ti. Gracias a ustedes por su gran ayuda. Serán recordados eternamente aquí en Pactron.

—Gracias a ustedes por confiar en nosotros —dijo Sofiara.

—En nombre de los guardianes, como muestra de nuestro agradecimiento, quiero darles un obsequio —dijo Jaspe.

Todos celebraron sorprendidos y emocionados.

—Sofiara Catwood, por tu perseverancia te entrego esto.

Era un collar adornado con una pequeña piedra roja, que Jaspe le colocó en el cuello.

—Muchas gracias. Es precioso —dijo Sofiara emocionada.

—Yashira Spooch, como premio a tu fe, te entrego esta muestra de agradecimiento.

Era un collar parecido, pero con piedra amarilla que también le abrochó en su cuello.

—¡Wow, gracias! —dijo Yashira mientras acariciaba la piedra con sus dedos.

—Patricia Rock, por tu inocencia te entrego esto —dijo poniendo en el cuello de la niña un collar con piedra morada.

—¡Qué bello, gracias! —dijo sonriendo la pequeña.

—Tristan Rock, por tu fuerza te hago entrega de esto —dijo Jaspe poniendo en su muñeca un brazalete con una piedra azul.

Por último, Jaspe se dirigió a Alextro:

—Alextro Poloc, por ser un gran guerrero te entrego esto —dijo poniéndole un brazalete con una piedra de color naranja—. Y recuerda que si tienes dudas en el camino, la espada de doble filo te guiará por el sendero correcto —le dijo entregándole la espada.

—¡Mi espada! —exclamó Alextro dichoso de volver a verla. La acarició por unos segundos y luego la aseguró en su cinturón.

Tras esta breve ceremonia, continuaron su marcha hacia los dragones que los llevarían de regreso a casa.

—¡Oh no! Aquí vamos otra vez —se quejó Sofiara.

—No te preocupes, esta será la última vez —dijo Yashira.

—¡Nos veremos pronto! —gritó Giovánnoli agitando las manos para despedirlos.

—¡Nos veremos pronto! —respondió Alextro.

Los dragones dieron un gran salto emprendiendo la marcha. Mientras Giovánnoli los veía alejarse pensaba en el vuelco tan drástico que había dado su vida. Unos pocos días antes caminaba desorientado y sin rumbo, viviendo una vida llena de obstáculos, limitaciones y confusiones. Ahora ni el cielo sería su límite.

Una semana después del receso de primavera, en el salón de clases, de pie frente al grupo, se encontraban los jóvenes haciendo la presentación de la tarea de investigación. La exposición fue excelente. Un tema preciso, completo e interesante. Todos los del curso, incluyendo al profesor, quedaron muy impresionados.

—Bueno, para terminar, haremos una breve conclusión de los temas —dijo Alextro.

Tristan dio un paso al frente para comenzar:

—La clave de la vida es el bien. No permitan que el mal penetre en sus mentes y arrastre sus corazones al abismo de la obscuridad. El bien es la luz que nos guiará por el camino de la verdadera felicidad.

En seguida fue el turno de Sofiara:

—El tesoro de la vida es la familia y los verdaderos amigos —dijo mirando a sus compañeros—. Ellos son capaces de luchar contigo en las más peligrosas batallas, cubriendo tu espalda cuando estás herido y levantándote cada vez que caes.

Después pasó Yashira:

—El misterio de la vida es todo lo que existe y que tiene vida; el cielo, el mar, la naturaleza, el aire que respiramos, las estrellas, el Sol, la Luna y todo el universo. Lo importante es que estamos conectados con todo esto porque somos parte de la creación, creados de la misma manera y por el mismo Creador.

Alextro dio un paso al frente, uniéndose a sus compañeros:

—El secreto de la vida es perdonar. Es algo aparentemente sencillo e insignificante, pero que puede tener consecuencias devastadoras si no se practica. El rencor solo trae destrucción y muerte; el perdón nos da vida y paz. Definitivamente, el secreto de la vida es el amor. Cuando hay amor, hay vida; y cuando hay vida, hay esperanza. Valoren sus vidas y respeten la de los demás, porque cada uno de nosotros es valioso y tiene una misión que cumplir en este mundo —concluyó Alextro—. ¿Alguien tiene alguna pregunta?

—Sí. Yo tengo una —dijo el profesor Gibson—. ¿Qué son esas marcas en tu brazo?

—¿¡Qué!? —exclamó Alextro mirándose el brazo lleno de marcas como de raíces, iguales a las de su hermano, justo donde la flecha lanzada por Cusco lo había herido. Con los ojos muy abiertos miró a sus compañeros todos sorprendidos y confundidos.

FIN

# La autora

## Biografía

Brenda nació en San Juan, Puerto Rico. Sus estudios universitarios se centraron en la publicidad, lo cual asegura "la despertó a la creatividad". Salió de la isla del encanto en el año 2005 rumbo a los Estados Unidos donde vive actualmente con su esposo y 3 hijos.

Su amor por la lectura la impulso a escribir su primera novela la cual fue inspirada por sus hijos. Actualmente se desempaña como asistente medico y escritora en la ciudad de New York.